道を拓く

千玄室対談集

ひとすじの道に生きる

淡交社

千玄室対談集　道を拓く●目次

第一章　わが人生のとき

第二章　伝統に生きる・道を拓く

第三章　今に生きる茶道の教え

装幀＝井上二三夫

第一章 わが人生のとき

心意気

塚本幸一

生かされてある戦後の人生

千　今日はお忙しいところをありがとうございます。今度、京都市社会教育振興財団の理事長をお引き受けいただいて、私と塚本さんとはコンビで死ぬまでやっていくということですね(笑)。お互いに戦争中は九死に一生を得て帰ってきたということで、二人は肝胆相照らしまして、今日までやってきたわけです。塚本さんは私よりも三年先輩でもあります。兵役は昭和十六年からですか。

塚本　十五年からです。

千　塚本さんが学校で生活された時代は日本のいちばん苦しい時代でしたから、そのあたりから少しお話をいただきたいと思います。

塚本　日本では大正九年十月一日に、初めての国勢調査があったのです。その二週間前の九月十七日に私は生まれていますから、生まれるなり正規に数えられた日本人の一人になりました。それから、小学校一年生までは仙台で、二年生から滋賀県、そして京都に移って、最後はまた滋賀県の八幡商業に五年間行っておりました。ですから小学校は三回変わっているので竹馬の友がいないのです。八幡商業の五年間だけが、唯一の学生時代ということになります。

ところがその時代は、満州事変などがあって、軍国時代で校風は厳しいし、軍事教練ばかりで何もできませんでしたね。それでも昭和十三年に卒業して、十五年に入隊しました。その間、おやじはよそで飯を食ってこいということでしたが、母親は一人息子のうえにすぐに兵隊にとられますから、なんとか手元に置いておきたいということだったのだと思います。結局おやじの商売を二年半手伝って、すぐに戦争に行ってしまって、新兵師団に入ったわけです。

千　歩兵でしたね。

塚本　そうです。それが五十五名同期で入った者のなかで、帰ってきたのは三人です。ですから、九死に一生よりもさらにちょっと分が悪いわけです。

京都を出て四カ月後の十六年四月には、中国中部での「浙東作戦」と呼ばれる戦いに参加し、十八年には南方へ転進して、十九年から最も熾烈だといわれる「インパール作戦」に臨み、二十年に終戦を迎えたわけです。

千　えらい時代を生き抜いたということですね。

塚本　本当に、今から思うと現代はあまりにも平和で、そんな話が通じるのかなと思いながらも、私たちはそういう時代に巡り合わせたわけです。

千　お互いに、考えてみると人生のなかでお金を出してもできない勉強だったと思います。

塚本　私の場合は特殊な歩兵で、しかもそういう運命に立たされましたので、復員船のなかで「なぜ自分は生きて帰ってきたのか」という疑問にとりつかれて三日ほど悩みました。挙げ句の果ては、これは俺が生きているのとは違う、生かされているのである。日本が初めて敗戦しましたから、ここで「禍転じて福となす」ということができるなら誰がするのか。結局そういう国家再建、復興の使命感をもった、熱烈な祖国愛に燃えた人間が日本に今いちばん必要なのだ。私もその一人として生かされたのだと。「よし。何ができるかわからないけれども、もう一度、子孫のためにいい日本をつくりたい」と思って、五十年計画を立ててやり抜いてきたわけです。

ところが、たしかに経済的には思いも及ばないすばらしい発展をしましたけれども、日本がせっかく歴史的に育ててきた精神文化のすばらしい面については、まったく消されてしまいましたね。唯物主義というか、自己中心主義というか、利己主義ですね。そういうことだけでもって何か再建はできたけれども、国家観も世界観も中身は悪くなったような気がするのです。

塚本　幸一
（つかもと　こういち）

1920年、宮城県仙台市に生まれる。旧制八幡商業学校卒業。1946年、ワコールの前身となる和江商事を創業し、1949年に和江商事株式会社を創立。1957年商号をワコールと改称。1971年東京・大阪証券取引所市場第1部に上場。1973年株式会社ワコール・インターナショナル設立。1983年京都商工会議所会頭、日本商工会議所副会頭に就任。京都市社会教育振興財団理事長も務める。1990年勲二等瑞宝章受章。
1998年没・享年77歳。

戦後の日本が失ったもの

千　たしかに日本は大きな成長を遂げたけれども、中身がだんだん抜けてきた。やはり塚本さんは、われわれがやっている生涯学習の一つの大きな手本になるような生き方をされてきたわけです。実際、今生きている方々のこれから先のことを考えると、果たしてどれだけ厳しさのなかに耐えられるのか。そういうものがだんだん欠如しているような状態です。

塚本　家族というものにしても、これは国家形成の基本だと思います。昔はおじいさん、おばあさんがおられ、お父さん、お母さんがおられ、子どもがいて、一家に三世代が一緒に住んでいましたし、先祖の墓があって、何かというと家長を中心に家のいろいろなことが行われていましたね。それが今はばらばらになってしまっているでしょう。いちばん心配しているのは、最近はやりの霊園です。次から次へと自分の立派な墓をつくっているでしょう。その立派な墓に子孫が参ってくれると思っているのか知らないけれども、自分は先祖の墓には参らないで子どもが参ってくれるわけがありませんから、三十年か五十年もしないうちに、霊園には誰も参る人がなくなって非常に荒れた姿になってしまうのではなかろうかと心配しているのです。いちばん人間的な基本的なものがだんだん崩れてきています。

国土は小さいけれども、世界のなかでも非常に恵まれた四季をもった美しい国でつくられた、日本の精神文化というものもすばらしいものです。ところが、そういうものはなかなか教育のなかに継承されていない。

千　中国の古い教えで、『礼記』のなかに三つの「本」(人の依って立つ根本)について書かれているところがありますね。まず第一番に、天地に感謝。第二番目に、先祖に感謝。第三番目に、師君。前漢時代の『大戴礼』という礼記のなかに書かれています。ですから中国の人たちは絶えず三本ということで、天地、ご先祖、師君、そういう人たちへの感謝を忘れなかったわけです。最近の中国人は、またそれを復活しないといけないということで、精神文化を非常に大事にしようということをいっています。

日本は残念ながら戦後、そうした「感謝の心」というものがだんだんと薄れてきています。ですから、今のお墓の話もそうですが、人に対する思いやりとか心遣いとか、他に対する心というものの向け方が非常に薄くなってきて、自分本位に考えるようになってきています。そういう意味からいって、やはり基本的な学校教育をまず見直さないといけない。それから、家庭における親子の関係というものを、もっと一体化していかないといけない。昔は「親の子」であり、「子の親」であったのが、今は「親と子」というように、間に「と」が入った関係になっているわけです。

塚本　「の」から「と」になってしまいましたね。

千　戦後、何か水臭い家族関係になってしまったように思います。もっと親の子であり、子の親であるという関係が教育の理念のなかに謳われたら、今の日本は変わっていたと思います。はき違えた民主主義が教えられ生徒もそれを信ずる。周辺がまた、将来というものに対する精密な見方よりも、そこにあるものだけを見つめていかせるような環境になっているために、みんな錯覚を起こしてしまうのですね。ですから私はよく「錯覚の時代」ということをいうのです。その錯覚から目覚めないといけない。

塚本 敗戦という、過去に経験したことのない事態が起こって、極端な言い方をすれば、日本は魂を抜かれてしまったようなものなのです。戦勝国から見れば、日本はこんなに小さい国でありながら、あれだけの強い軍隊をもっていた。そのいい悪いは別として、一時的にあれだけの力をもったということは、これは日本人の団結心とか和の精神といったものが、他国よりはうんと高かったからでしょう。そこに戦勝国は驚異を感じていたのです。ですから戦後は、日本の強みである精神面を弱くするような政策が意図的にとられたと思うのです。

昭和二十年代の終わりから三十年代までを思い出しますと、経営セミナーなどに行きましても、日本の経営に対する考え方は何もかも大福帳的で封建的、日本はまったく零点、アメリカはなんでも百点。こういう極端な時代があったのです。

しかし、やっと戦後五十年経って、かなり世の中が落ち着いてきましたから、このあたりで日本人はもう一度しっかり考え直して、新しい世紀に日本はどういう目標をもって進むべきかということからすべてを組み替えないといけない。その目標は何かというと、やはり世界のなかの日本ですから、世界の人から信頼される、あるいは世界から尊敬される、そういう国家をどうしたらつくれるのかということが大事です。このままでは、エコノミック・アニマルで、お金のためならなんでもするとか悪い批判ばかり出て、そこに日本人が誇りを捨ててしまいましたから、胸を張って彼らと堂々とわたり合う人がなくなってきました。

また、いい意味でも悪い意味でも、今の外交などを見ていますと、その奥には軍事力があって、それが強大なところは強い発言をしますし、自分の国さえ守りきれないようなところは、正々堂々と論陣を張ることさえもできないでいるのです。こんな形で二十一世紀まで進んでいっていいのかなと思います。日本は独立国家としての体制を維持するのか、あくまでもアメリカの従属国のような形でいくのがいいのかというのは、これから本当に考えていかないといけない問題だと思います。

創業と五十年計画

千　今、塚本さんがおっしゃったように、戦後日本の進み方を見てみると、思いどおりにはなっていない。むしろはっきりいうと、屋上屋を架していっている間に中身が抜けている。
塚本さんはそういうなかで、ご自分で創業してこられたわけですね。塚本さんが、女性を通じて服飾文化の見直しというものを一つの視野として与えられたことは、非常に大きな貢献であると思います。それだけに、また世界中が注目したのではないかと思います。そのあたり、京都文化と服飾ということについてお話をお伺いしたいのですが。

塚本　実は私もこんな仕事をするとは夢にも考えていなかったのです。まったく知識もありませんでしたし。戦争から帰ってきてその日から仕事を始めて、統制時代でしたから統制品外ということで、三年間はアクセサリーの個人の商売をしていました。昭和二十四年五月頃、ブラパットというものをつくる人があって、それを持ち込まれたのです。これはおもしろいと感じました。これからの日本女性は洋装化する。洋装化してきたら、ポイントとなるのはバストラインである。日本女性はバストラインが低すぎる、というわけです。

「洋装化はどうかと思う」という話をずいぶん聞きましたが、女性の社会進出は増えてくるだろうし、日本文化からつくられた着物というものは、たしかにすばらしいいい服だけれども、男性に伍して社会的な活動をしていくことについては、女性の和装は不向きである。ですからこれからの女性は洋装化する、と私も確信しましたね。

明治維新で百年前に男性がちょんまげを切って背広に着替えた。そのときに男性は肩の線が大事だからショルダーパッドを全部入れて男性のひとつの形をつくったのです。女性の場合はバストラインなのです。ですから、たまたまそういう仕事を取り次いで、今日までそれを元にしてやってきたわけです。

当時の日本人は、洋装の下着に対する知識はまったくゼロだったわけで、しかも、せっかく買って着用されても、下着ですから表からは見えませんね。見えない商品を普及させていくということは大変です。そういうことで、三年、五年という短期間にこの仕事で一定の成果を生み出すことは、不可能だと覚悟していました。ひとつの国の服飾革命という、非常に大きなテーマのなかで、こういう商品も普及していくわけですから。

けれどもやってみると日本人は手先が器用ですから、うまくすれば世界に対して、挑戦できるようになるのではないかと思って……。それには歳月をかけないといけないだろうということで、五十年計画をつくりました。最初の二十年は国内市場だけに絞って、一九七〇年の万博のときから東南アジアに進出して、三十年目にして、なんとか洋装の歴史をもった欧米の国に堂々と立ち向かえるだけの基盤をつくってやれと思っていました。八〇年にはアメリカ、九〇年には欧州、そして全世界へということを考えたのです。

アメリカ進出

塚本　ところがアメリカに行って、私はあまりの変化に驚いたのです。一番最初にアメリカに行ったのは、復員して丸十年目の一九五六年六月でしたが、当時はすごかった。よくこんな国と戦争をしたなと思うほど、あまりにも差が大きかったわけです。ところが八〇年、いよいよアメリカへ進出して仕事をしようと思って行ってみると、その間にベトナム戦争をやって、国内はガタガタでした。日本は戦後、ＱＣ運動(クォリティー・コントロール運動)というのがあって品質をものすごく高める努力をしているときに、もともとそれをいい出したデミング博士を生み出したアメリカは、QCなんかどこかに飛んでいってしまっているのです。そのうえ、カンパニー（会社）までが商品化されて、それが売り買いされている。働いている大衆も「マイ・カンパニー」などという人はほとんどいなくて、それをいう会社はよほどのエクセレント・カンパニーで、他はみんな「マイ・ユニオン」といっているのです。いつ社長が替わるかわからない。自分たちの身を保全してくれるのはユニオンしかないと。アメリカは病んでしまったなと思いましたね。

しかしアメリカは自由主義社会のリーダーで、これがぐらぐらしてもらったのでは、世界にとって非常に困ったことだから、一日も早く目覚めてもう一度立派な国になってもらいたいと思いました。

私は私なりに、アメリカに対して下着というひとつの分野を通じて、十五年間挑戦したのです。その頃アメリカは全部セルフサービスになっていて、国内の縫製産業は海外流出で空洞化してしまっていて、ピースワーク（出来高給作業）でとりあえず叩き売り的な安物ばかりを売っているわけです。それをワコールだけはコンサルタントをつけて販売サービスをして、もっともいい商品を、価格は三倍から三・五倍で販売したわけです。それを続けていたら、十年間で百二十億円損が出ました。アメリカの同業界では、ワコールはあんなバカなことをやっているけれども、今にアメリカ市場から引き上げるだろうともっぱらの噂でした。ところが、そういう噂のなかでとうとうやり抜いて、九年目にしてブレイクイーブン（収支とんとん）に入り、十年目にしてやっと収益体質になりました。そして今やアメリカのハイクラスのデパートには全部ワコールが入っています。主力を占めるようになったわけです。

　そういう話をしておりましたら、「日本は何もかもアメリカに負けて、日本の誇りを忘れてしまったような商売をしているなかで、あなたのところはついにやりきった。これを逆にアメリカ人に、『アメリカはどうなっているのだ。頑張りなさい。こうしてやったらできるのだ』といってやるべきだ」というのです。アメリカ人は、何代かにわたって継続してやっていくという継承の精神が欠けていて、とりあえず刹那的な商売で、その時の儲けが上がればいいということばかりやっている。あなたは五十年間、私たちには考えられないような経営をして、とうとうアメリカで成功した。そういう実例をぜひとも披露すべきだとアメリカ人からいわれていまして、今実績をつけて発表しようかと、いろいろ計画を立てているのです。例えば「ジス・イズ・ビジネス」というタイトルで出版したらどうだろうかと考えています。

千　私もアメリカには一九五一年に初めて行って、よくこんな国と戦争したなという気持でした。けれども、アメリカはいろいろなものが豊富だけれども、一つひとつが、こういうことをいうと怒られるかもしれませんが、粗雑なのです。今いわれたように日本の製品は、どんなものでも、いわゆる思いが込められているわけです。向こうでイージーメイドのものを買うと、ボタンなどはすぐに取れてしまいますが、日本ではきちんとつけてあります。ステッチのかけ方ひとつにしても、非常にきめ細かくやってある。ですから私はアメリカに行ったときに、やがて日本がアメリカの市場をすべて席巻するのではないかという気持になったこともあるのです。

自動車ひとつにしても、向こうのものは見た目は非常にいいけれども、部分部分を詳しく見ると粗雑さが見受けられます。だから故障が多いでしょう。

塚本　最近はかなりよくなってきたようですけれども、新車から雨漏りしたりすることがあるのですから。

千　日本の場合は、外見は大したことはなくても、中身は非常に精巧にできている。その意味においては勝負あったと、私は二十年ぐらい前に思ったのです。

ところがアメリカはどんどん日本を締め出してくる。これからも日本の市場開放に対してプレッシャーをかけてくるだろうと思います。今まで塚本さんなどが海外進出できめ細かくていいな商品を製造してアメリカに影響を与えてきたわけですが、アメリカも、そういう高品質の商品をつくるノウハウを学んでいかなければならないと、今努力している最中だと思います。私はアメリカの欠点と日本の欠点を捨てて、双方のいいところをうまく結び合わせるようなことが、これから経済摩擦を防ぐ、いちばん大きなポイントではないかと思います。

日本は世界にもっと目を向けて、製品をやたらに輸出するだけではなく、日本がどれだけの譲歩ができるかということを考えていくことが大切です。もともと日本は資源も何もない国であるだけに、やはり物質面ではこれから先も外国から資源を買い、製品を売っていかないといけない。そのときに、そういう経済的ゆとりをもつためには、やはり私は精神文化のゆとりというものをそこに加えていかなければいけないのではないかと、つくづく思うのです。

京都服飾文化研究財団

千　塚本さんはその意味においては、モノは売る。売るけれども、自分のモノを通じて服飾文化研究財団をこしらえて、向こうのものもこちらのものも、うまくアレンジして展示をされ、将来に向かっての啓発をしておられるわけです。先般はパリで展覧会を開催されましたが、大盛況だったようですね。

塚本　四月から八月まで開催しておりましたが、これも含めてこれまでの文化的な活動が評価され、パリ市より特別功労章をいただきました。今度、フランスからも勲章をいただけると聞いています。

千　それはすばらしいことですね。

塚本　フランスは、なんといっても洋装文化の発祥の地ですから、私はフランスとのつながりを深くするために力を入れて文化行事をやってきました。そういうことについては彼らは高く評価してくれるわけです。

千　エキシビジョンとかデモンストレーションとかによって紹介すること、そして交流することに対しては、私は世界中でフランスがいちばん評価を与える国ではないかと思います。

塚本さんは平安建都千二百年記念協会の副会長ですが、商工会議所の会頭さんとしても、ずいぶんとご苦労をしていただいたわけで、京都というところは、そういう活性化のために博覧会をやろうと思っても、難しい側面がありますね。けれども服飾文化研究財団はそういうものを現実に催されてきたわけです。それに対する反響というのはどうでしょうか。

塚本　いちばん最初は一九七五年にメトロポリタン・ミュージアムから「インベンティブ・クロス展」、それを日本名にして「現代衣服の源流展」というものを商工会議所の副会頭としてもってきました。これはおそらく京都の商工会議所始まって以来の大博覧会で、それがＫＣＩ（京都服飾文化研究財団）をつくる基にもなったのです。それからずっといろいろなコレクションを始めました。

ところが、フランスにはずいぶん立派なコスチューム・ミュージアムがたくさんあって、内容的にも非常にいいものを持っているのですが、いえば宝の持ちぐされのようなもので、どこの美術館に行っても非常に貴重なものがワーッと山積みにしてある。おそらく日本でもそうだと思いますが、外国の人から見れば日本のすばらしい文化や歴史的なものを、日本人はそう大事に扱っていないということと同じだと思います。

まず驚いたのは、十八世紀、十九世紀の女性は、一時中国で纏足《てんそく》が流行ったのと同じように、女性はウエストを無茶苦茶にしめこんで、胸だけ鳩胸のようにして、しかも落下傘のような大きなスカートをはいて舞踏会をやっていたわけですが、それを展示するマネキンひとつにしても開発していない。現代のマネキンをもって行っても、体つきが違うわけです。そこで、私どもがそれを開発したのです。当時の人体は、服装を分解して研究して「こんな体をしていたのか」ということがわかりました。メトロポリタン・ミュージアムと仲良くしているものですから、共同研究でマネキンをつくって世界の美術館に七百体ぐらい供給しました。それができてから、昔の王朝文化の華やかなりし頃の衣装の展示が非常にうまくできるようになってきたわけです。

千　目に見えないご苦労がいろいろあるんですね。

塚本　そういう、彼ら自身が当然すべきことが抜けてしまっているのです。やはり日本人は本当に細かいところに気がつきます。いわゆる「しつらい」ということもそうですし、「心くばり」というものもそうです。

千　緻密なんですね。

京都と日本の未来像

塚本　これは非常にすばらしいことだと思うのですけれども、そういうことをこれからももっといろいろとやっていかないといけません。しかし、京都はいわゆる大企業、あるいは非常に大きなプロダクション、モノを生産する工場というようなものには、まったく向かない。ここはあくまでいろいろな研究機関や、できれば私は前からいっているのですが、ヘッドクォーター、つまりいろいろな機関の本部を集積をしたらよいと思っているのです。山紫水明の地があり、京都だけがもっているような伝承された日本の生きた文化があって、外国のお客様をお招きするにも最高だと思います。そして、いろいろな環境のなかに世界的な文化遺産がごろごろある。あらゆる条件がそろっています。ですから、ここはそういう精神文化を基盤にしたすばらしい学術都市にしていくのに、いちばんふさわしいところではなかろうかと思っています。しかも、大き過ぎず小さ過ぎず、このまちはちょうど手頃なのです。

今度、京都府の南のほうに学術研究都市ができましたが、そこと連携をとり、歴史街道を通じて奈良とも連携をとれば、ちょうどそのあたりが日本の中心にあたりますから、首都の移転先はここがいいのではないかと一時本気で考えていたのです。ところが首都移転は東京から三百キロ圏内という見解が出されましたね。それではとコンパスで測ってみると京都などははずれます。けれども戦後わずか二十年もしないうちに新幹線ができ、東京圏と関西圏とが近くなりました。「のぞみ」などは二時間半で東京から大阪へ着くわけでしょう。

千　距離感がなくなってきましたね。

塚本　すると三百キロ圏ということは、あまり大きな意味をもたないのです。国会移転の問題について、政府がその問題に取り組んでいたときに、村田敬次郎さんという議員さんが私を呼び止めて、京都にはすばらしいところがあるというのです。学術研究都市に隣接する祝園《ほうその》というところで、戦時中は弾薬庫だったところです。四七〇ヘクタールもあるのですよ。今は技術が非常に進みましたから、弾薬の保管や処理の方法は他にもあると思うのです。

学術研究都市と京都と奈良のまんなかあたりに、国会をもってくる。国会図書館もできる。京都には、念願していた和風迎賓館も着工される。そういういい面だけをつなぎ合わせてみると、京都の将来の発展像というものは非常に楽しみができてきますね。

しかしそういう、京都の物質的な将来像を思い描くだけではいけないのであって、そこには精神的な柱が必要です。たとえば、教育勅語です。よくよく読んでみますと、これはすばらしい教育の方針です。「忠君の精神」とかいうところは疑問があるかもわからないけれども、あの時代の教育方針としては立派だと思います。「父母に孝に兄弟に友に夫婦相和し朋友相信じ恭倹己れを持し博愛衆に及ぼし」などなどは、本当にやらないといけないことが列挙されていて、それを各学校長が何かあるたびに読んで、生徒に教えたわけでしょう。

そういう教育の精神みたいなものが、日本の教育から抜けてしまっているのです。すばらしいものをつくっておきながらね。ですから、「現代版の教育勅語」というものができないかなと思っています。

千　要するに、それが生涯教育に通じていくわけですね。

塚本　いろいろな意味で国の基本的な考え方というものを変えないといけないと思います。このままで二十一世紀まで進んでいって、果たして日本の将来はあるのかと考えると、どうもあまりいい将来像が描けない。今まではなんとか、破れたところをつなぎ合わせ、折れたところをつなぎ合わせて、ごまかしごまかしでやってきたのだけれども、胸を張って堂々とやっていることは何もないのです。このままでは日本国民はだんだんいじけた国民になってしまいます。何も、再び軍国主義になって、世界に挑戦をしろというわけではないのです。

私としては、何かもう少し日本人が良い意味の自信をもち、世界の人から尊敬され、信頼されるような国家に再起させていく、そのためには生涯教育、社会教育というものが大事になってくると考えています。

ロシアは七十二年間、共産主義の国家教育をして、今それを自由主義国家の思想に変えていくのに大変苦労しています。日本人は、戦後五十年間、今のような教育を受けてきているわけで、この日本人を本当にすばらしいものに変えていくには、このあと何年かかるかと思うと恐ろしい気がします。けれども今の教育のままでは、日本の将来はありません。なんとかして、柱をしっかりと立てないといけない。

千　これを上手に生かしていくのが生涯教育だろうと思います。学校教育で足りないところを、社会人になってから年をとっていくに従って、いろいろな自分の経験と体験に新しい知識というものをプラスしていく、学習を通じて自分の信念というものをはっきりとつくっていく、そういうことが必要だと思います。

今は、曖昧模糊とした精神が跋扈《ばっこ》しているわけです。このままでいくと、あちらへ謝り、こちらに謝り、謝ってばかりいる日本人で、結局気がついたら日本は孤立していたということにもなりかねませんね。

塚本　世界から、ばかにされる国になってしまいます。
少し余談になりますが、ニューヨークのウォルドルフ・アストリア・ホテルでの事件を私は千さんに話をしましたか。

千　いや、まだお聞きしていなかったと思います。

塚本　あそこの旧館は天井の高い、ドアも樫の木で、金属の部屋番号が打ち込んであるような、とてもがっしりした立派な建物なんです。一九七四年に、先ほどの「インベンティブ・クロス展」を日本へもってくる契約に成功しまして、サインを終えて、いよいよファッション産業特別委員会としては、初めて海外の服飾展というものを京都で開くことになったわけです。河北倫明さんが、「日本の能衣装もそうだけれども、外国の衣装でももちろん文化があるのだから、やりましょう」とおっしゃってくださいました。
その契約のサインを終えた夜、一杯飲みまして、明朝十時にロビー集合と決めて、十一時に解散して各自部屋に帰ったのです。私もやれやれ大きな仕事がやっとできたと思って、部屋に戻るなり服も脱いですっぱだかになって風呂に飛び込んでバーンとドアを閉めたら、チャリンチャリ～ンという音がしたのです。何かと思ったら、把手が落ちてしまったのです。いくら努力しても把手が引っかからない。引っかからないからドアが開かない。ところが風呂場の中にはエマージェンシーベルもなければ、電話もついていないのです。

千　旧館は古いですから。

塚本　しかも土蔵のような建物で、声を出そうが何をしようが聞こえない。これは、えらいことになったと思いました。けれども私は戦争を経験していますから、こういうときは逆に度胸が出るのです。まず、最悪の事態を先に考えました。このままドアが開かないとする。上を見ると、天井の棚にバスタオルが三枚入っている。これを風呂場に敷いて寝られないことはない。ただし、朝十時までに気がついてもらえなかったら、部屋の扉の鍵は部屋の中にあるから、部屋にいるだろうと思われる。けれどもいくらノックしても出ない。電話をかけても出ない。そこでえらい騒ぎになってしまう。飛行機の時間にも間に合わなくなる。そうなるとやっぱり、なんとかして出ないといけない。

　フッと考えたのは、糸を水にべったり濡らすと、ツルツルのものでも瞬間にキュッと引っかかることがある。把手のとれてしまったところには金属が少しだけ出ていて、そのままでは指にかからずどうにもならないけれども、これをなんとかするしかない。それで初めてやってみたのです。タオルをほぐして伸ばして、細い糸に紡いでしまって、それをドボドボに濡らしてノズルにクルクルーッと瞬間的に巻きつけるのです。ちょっと引っかかりだすと、あとはどんどん巻いてこぶを大きくして、ついに手の大きさになったら、グッと開いた。

千　アイディアですね。濡れ糸でね。他は何もなかったのですか。

塚本　ないんです。それで頭にきましたから、「マネージャー！」と怒鳴ったのですが、十二時ですからいるはずがありません。ワイワイ怒鳴っていると、鍵をいっぱいつけた、見るからにごっつい夜警の人が出てきた。そこで説明しても仕方がないと思って、「カムイン！」といって風呂場へ招き入れ、糸のかたまりをとってドアをバーンと閉めてやったのです。日米競争だ。おれは二十分で開けた。おまえは何分で開けるかといって(笑)。

そうしたら大の男がおいおい泣き出すわけです。「ヘルプ・ミー」といって、ドンドンやるのですが開かない。「アンダスタンド」といっているのですが、私はテレビを見たままベッドでひっくり返っていたのです。とうとう三十分して開けてやった。「アンダスタンド!!」と聞くと「アンダスタンド」と、何度も謝りつつ何も文句もいわずに帰ってしまいました。

ホテルというものは、セーフティーであって、コンフォタブルでなければならない。そういう基本的条件が、ウォルドルフ・アストリアという高級ホテルにでも欠けているということです。マネージャーが早速に謝りに来るということもしない。それでは承知してやらないと思いましたね。私は帰るときにきっちりと抗議をいってやりました。日本人がそういうことを外国でできるかといわれるのですが、私はそれをやったのです。

千　それは貴重なことです。たいていの日本人なら言葉も通じないし、あまり難しいことをいうのもかなわないし、かんべんしておこうかという気持で、自分が下がってしまいますね。塚本さんのように、同じ状態でガードマンを閉じ込めて、そこまでやれるというのはさすがに「生き残り」ですね。

塚本　帰ってきてから詳細を書いて、ウォルドルフ・アストリアはけしからん、基本的条件に欠けているという手紙を出しましたら、平謝りの手紙がきまして、この次はぜひもう一度ウォルドルフ・アストリアにお泊まりくださいといってきました。それで、もう一度とりあえず行ってやろうと思って一週間ほど泊まった。そうしたら、五百ドルまけてくれました。私にしたら命がけだったのに、五百ドルは会社の経費が安くなるだけです(笑)。

千　ウォルドルフ・アストリアだけに限らないと思いますが、日本人と見ると、何しにきているんだという感じで応対するようなところがありますからね。

見きわめる目と心

塚本　私は外交というものは、悪いことは悪いでそのとおり堂々といっていいと思います。

千　そういうところがないといけませんね。だから、日本人には信念というものがないのか、といわれることもあります。先日も私は東南アジアに行ってきましたが、日本人はどうしてもっとはっきりとものをいわないのか、と骨のある人はいわれます。たしかに、過去にやったことで悪いことは悪い。しかし、何かちょっといったら叩かれる、と恐れるのではなく、日本人自体がもっと元気をもってくれと、特に東南アジアの記者などはいいますね。

塚本　歴史というものは、後世の人間が都合のいいように変えて、こしらえてしまうようなところがあるものです。今は過去の日本の悪いところばかりをほじくり出して、いいものは全部消してしまっているような傾向がありますね。

千　教育勅語にしても何にしても、頭から悪いというのではなく、それを見直していくという心の余裕を今の日本人がもって、大人にならないといけないと思います。この対談でちょっとひと言、塚本さんが教育勅語のような精神が必要だといわれたら、「何をいっている。軍国主義か!!」と目くじらを立てるようではいけませんね。

塚本　中身を検討することもなしにですよ。

千　すぐにそのような批判が出て集中攻撃されます。それはおかしい。もっとじっくりと、草でも木でも根元からの生え方があるわけですから、その生え方を知るために、根本の土壌にどういうものがあるかということを知ることが必要でしょう。日本人は今のような曖昧模糊な精神ではなくて、むしろもっと土壌というものに目を向け、しっかりと将来的なものを見きわめる目と心を養うことが大切だと思うのです。そのためにも、生涯学習で大いに自分自身を啓発してもらえたらいいのではないでしょうか。

塚本　本当に大事なことだと思います。

千　今日は大変貴重なお話をたくさんうかがいまして、ありがとうございました。

（『創造する市民』第五十号　平成九年一月号）

学びて時に之《これ》を習う、亦《ま》た説《よろこ》ばしからずや

田中田鶴子

千　今日はどうもありがとうございます。
まず、教育委員におなりになって一年ということですが、どうでございますか。

田中　昨年の五月に命をちょうだいいたしまして、びっくりいたしました。私のような者が本当にお役に立てるのかと。しかしながら私は、職業人を養成する専門学校を、主人が亡くなりましてからちょうど十五年やってまいりました。結婚して三十年でございますから、ちょうど半分、主人の遺志を継いだようなことになりました。

考えてみますと、今まであまり振り返ることもなくやってまいりましたので、このあたりでせっかくいっていいただいたのだから、一から勉強させていただけたらいい、そんな思いでお引き受けいたしました。

京都市は、今までもずいぶんいろいろなことを先駆けてなさっているということで立派なことだと思います。けれども、いかんせん、今はこういう混沌とした世の中ですので……。

先駆け、根付く京都の文化

千　たしかに京都が他に先駆けてやってきたことは、おっしゃったとおりだと思います。これは天皇が御所にいらっしゃって、御所を中心として京都の人たちは一緒に生きてきたということと、つながっていると思います。もちろん、東京や大阪などの大都市はどんどん新しいことをやっています。京都は目立たないけれども、例えば教育の面でも、最初に学区制度をつくったのは京都です。これは、室町時代から続いた町組の伝統を基盤としています。上京第○組という町組が市中に細かく、うまく配分されて、その町組ごとに学校が六十四校できていくわけです。明治二年のことです。ですから京都の学校は創立百二十年を越しているのがずいぶんあります。そういう点から見ると、京都は先見の明があったということがひとつ。

それから、京都の人たちはそういう「先駆け」のなかに解け込むのも早いのですね。今の教育問題にいたしましても、いろいろな伝統的な文化をその時代、時代に上手に生かしている。これは、長い歴史のなかで育まれてきた京都人の生活の知恵だと思います。

田中　そうですね。古いものと新しいものを解け込ませるのは違和感があるものですけれども、実に抵抗なく取り込んでいくという土壌がございますので、本当に京都は好きですね。

田中　田鶴子
（たなか　たづこ）

1931年、京都府長岡京市に生まれる。京都西山高等学校卒業。現在、京都市教育委員長、学校法人大和学園名誉学園長を務める。
1985年、専修学校教育功労者表彰、1989年、調理師養成功労者表彰、2003年には地方教育行政功労者表彰を受ける。
2004年、旭日双光章受章。

千　私は、この京都アスニーや図書館を運営している社会教育振興財団の理事長になったときにいろいろと考えました。京都の古い小学校には卒業生にいろいろな分野で活躍された先輩が多いのです。そういう方が自分の学校へ記念に絵画などを残しているわけです。そして、そのなかには価値あるものがたくさんあるのに、学校ではあまりそれに気がついておられない。

ですから私は、京都の小学校に残っている絵画や彫刻や、そういう美術工芸品にいいものがあるに違いない、調べてみてくださいと提案しました。そうしたら、上村松園さんや橋本関雪さんやら、明治時代から大正、昭和のはじめにかけての偉い先生方が寄付されたものが実に多いのです。それを、ここ京都アスニーのギャラリーで展覧会をしたのです。それは画期的なものでした。

そういうものが京都の小学校に残ったということは、京都人というのは自分が出たところであるとか、住んでいたところに結びつきをずいぶん強くもっているのです。

田中　今度、学校歴史博物館というのを京都市でつくります。全国から見に来ていただける、さすがに京都だというようなものをつくっていただきたいですね。

幸い京都の人は、いつもお家元がおっしゃいますように、小さい頃から本物にふれていますね。ですから、京都の子たちは他の府県に比べまして、何かひと味もふた味も違うような子たちに成長するように思うのです。

昔のいじめ、今のいじめ

千　文化、教養の面においては、京都という土地柄、雰囲気、環境、そういうことが自然に、いやだといっていても染まっていくのです。そこにしなやかな、京都的というとおかしいのですが、京都らしいものが育っていくわけです。しかしこの頃はだんだん「京都らしさ」ということがなくなってきていますね。京都だけではなくて、全国でもその土地の言葉がだんだん使われなくなってきています。これはテレビやマスメディアの影響で全国統一化されてきたことがひとつの原因でしょう。

　子どものいじめも、このあたりに原因があるのではないかと思うのです。例えば、小学校の頃、田中先生も覚えておられると思いますが、クラスのなかで猛烈な、いやなガキ大将がいる。その子が何か悪いことをすると、みんなで京都弁で、「いうたんねん、いうたんねん。先生にいうたんねん」といって囃し立てるわけです。すると、いたずら小僧がしょんぼりして、もう悪いことはしないのです。私は京都だけがそんなことをやっていたのかと思っていたら、先日、永六輔さんが、東京では東京弁で、秋田では秋田弁でいっているとおっしゃっていました。全国各地で、児童たちが自然にそういう言葉の囃し方で、いたずら小僧をなだめていこうとするニュアンスが昔はあったわけです。今は「いうたんねん、いうたんねん」というと逆に「そんな格好悪いことをいうなや」と。

田中　みんな口をふさいでしまう。見ない、聞かない、いわない。三猿ですね。

千　昔は先生に「ばかなことをするな」といわれたらそれがショックで、二度としなかった。ところが今は、頭が進みすぎていますから先生も手に負えない。第一、親がいちばん無責任だと思います。躾ぐらいはきちんとやらないといけません。親がしたい放題のことをさんざんやっておいて、子どもの前でも平気で悪いことをいう、言葉づかいもなっていない。奥さんに怒鳴られているお父さんの姿を見て、子どもはお父さんは偉いと思っていたら、お父さんより偉い人がいる。それはお母さんだったと(笑)。もちろん私は母親は大変だと思うのです。けれども、親はお互いに子どもの前では遠慮するという、親といえども節度というか……。

田中　私の両親も、話しているときに、たまたま子どもが入っていくと急にしらけたりしていましたね。子どもに聞かせていいことと、いけないことのけじめをきちんとつけていました。

千　やはり、親の再教育ということから始めないことには、いじめはなくならないですね。われわれは本当に反省しなければならない時代にきているのではないかと思います。

田中　そのとおりですね。いじめは危機的状況です。京都市教育委員会では、いじめ問題を毎年、重点事項のひとつとしており、学校、家庭、社会、あるいは地域が三位一体になって取り組んでいかなければ、ということをさかんに申しております。

千　それでも、だめですか。

田中　妙薬というのはないのですね。かといって、じっとしているわけにはいきません。家庭も学校も、それぞれの立場で力を尽くしてくださっています。けれども世の中が変わってきております。先生方もやはり社会との温度差があったのでは具合が悪いわけです。

千　温度差が大きいと、一丸となって取り組むことが難しくなりますからね。

親の姿勢

田中　今は、あまりにもあれをしたらいけない、これをしたらいけないということが多い世の中で、先生はどちらかというと家庭に対して受け身になりますし。しかし、家庭と学校がほどほどではどうにもならないわけで、このあたりで本当にお互いが信頼感をもてるような環境づくりがどうしても必要になってきます。それにはやはりお互いに会って話をすることが大事でしょうね。それから、先生も家庭も忙しくても、できるだけ子どもにはちゃんと接してやらないと。

千　せめて子どもに、「今日はどうだった」と聞いて、子どもが得意になって「今日はああだった、こうだった」と話せるような親子の関係をつくっていかないといけません。それが「お父さん、今日ね」といっても、「忙しい」「疲れてる」ということで、たいてい「風呂」、「飯」、「寝る」ということでしょう。母親にいっても、聞いてやる余裕がない。子どもも取り付く島がない。お父さんとお母さんもあまり関心をもたない、子どものいっていることなど聞いていられない、という態度は困ります。

田中　親のほうのゆとりも大事ですね。

千　それで二言目には「勉強しなさい」となる。勉強しないとろくな者にならないとか、いい学校へ行かなとか。わしみたいになるぞとはいいませんけれども、たいていお腹のなかではそれを思っていますね。子どもには、偉くなってもらいたいというのは親の気持ですから。なんとか子は良いところへ進ませようという親心もいいけれど、そこは考えて見直す必要がありますね。

田中　新聞に載っておりましたけれども、この頃は親も、普通でいいといわれるそうです。ただ、みんながいい学校へ行って塾にも行ってというのが、普通の基準になっている。普通が普通でないと私は思っています。

千　親が自分の都合でおだてたり、突き放したりしてしまうでしょう。これはいちばんいけないのです。

田中　とことん追い詰めるのはいけませんね。やはり逃げ道をつくっておかないと。大人の世界でも一緒ですけれども。

千　私も公安委員のときに暴走族の連中を見てきましたけれども、一人ひとりは話を聞くと根は悪くないのです。集団でいるから、ちょっといい格好をしようとするのです。ですから一人ひとりの立場になって、いいところを伸ばしていってやろうという教育でないとだめです。

それから今、子どもたちには、「なぜ」とか「なんだろう」という疑問詞から考えていくというコースがなくなってきている気がします。最近は、そういう余地があるようでないのです。

自分で考え、実践する力を

田中　考える前に手が打たれて、準備されています。便利で、至れり尽くせりの世の中になっていますから。

千　ボタンを押すだけで、エスカレーターのようにスーッと上まで上がっていける。「叩けよ。されば開かれん」ではないのです。叩かないでも門が開いて、選択権を行使するより先に、ずっと勝手に押し上げられていくという世の中になってしまっています。そういうわけで、教育のシステムについて、考え直していかなければならない段階にきているのではないかと思います。

例えば、ドイツは戦後、教育だけは連合国に絶対に手をふれさせなかった。教育が戦争を起こしたわけではない、というわけで毅然として自国の教育制度を守ったのです。日本は全部お手上げで、戦勝国の言いなりになってしまった。昔の教育がいいとか悪いとかいうことよりも、日本の教育は軍国主義に流されてきたこと自体が弱いのです。ドイツなどは教育制度が確立していたということがすごかったと思います。

田中　日本の近代教育制度は明治以降ですからね。

千　今、世界的に見て日本は治安がまだましとかいいますけれども、麻薬問題もありますし、性的な問題でも中学生にまで及んでいるらしいですね。子どもたちは、いい悪いの判断のうえでやっているのではないのですね。あの人がやるから私もしよう、自分もやらなかったら仲間はずれにされる、というひとつの流行なのです。単純なのですね。ですから親が善悪の価値基準で目くじら立てて叱りとばしても、だめです。

田中　親も先生も忙しい。けれどもそういう善し悪しの状況の判断というのは、その場、その場で、細かく説明するなり納得させないと、いきなりいってもわからないですからね。忙しくてなかなか手がまわらないというのはよくわかりますが、そうはいっておられない世の中になっています。短期的なものではとても片づく代物ではありません。

千　とにかくわれわれは一般的に政治が悪いとか、経済的な機構が悪いとか、すぐに他を批判します。けれども、それは卑怯だと思います。そういうことよりも、それでは自分たちが政治ひとつにしても、よくするためにはどうしたらいいのだろうと考えていく。考えるだけではなく、実行に移していくという実践力を子どものときから養うことが大事だと思います。

都人のプライドと市民の活力

田中　まさしく今はいろいろな専門家も政治家も経済人も、子どもの問題、教育の問題は集中して考えているわけですから、あとは実行以外に何も残されているものはないわけです。ですからそれぞれの立場で、何を今から実行するかということですね。

先日、新しく就任された﨑野隆教育長が、一つひとつの学校がそれぞれ目指すべき子ども像を明確にして、校長、教職員が一体となって行動に移そう、というようなことをいっておられました。京都市は文部省がいろいろおっしゃることに先駆けて、率先してやっていこう、と情熱を込めてご挨拶をされました。

千　京都はそういう意味においては積極的で反骨精神があると思うのです。東京や中央集権というものに対して、昔の都人であるというプライドがあるのです。ですから中央からの押しつけとか、一律同様のことでは収まらないということがありますね。

海外の方が「京都は静かな都ですね」とよくいわれます。例えば、祇園祭りにしても、六十万、七十万の人が出ているのにコンコンチキチンと静かでしょう。市電が走っていた頃の笑い話で、「次は千本丸太町」といっているのに、千本丸太町に着いて、もう電車が出るという頃になってから「降りまっせ」といって降りるという話もあります。

そういう点では悠久の単位に生きる都人という血を受け継いでいるのか、京都人というのはあせらず、あわてず、よそはよそ、こっちはこっちという、そういう考え方が教育の面でもいろいろなところに出ているのではないでしょうか。

けれども私は京都に生まれ育って、外へ出ていろいろなところから京都を見たときに、「これでいいのかな。京都は」と感ずることが多い。少し活気が足りないのではないでしょうか。

田中　先日も大阪に参りましたが、すごいですね。オリンピックを誘致したいとか、「なみはや国体」もありますし。

千　京都で二巡目の最初の国体があったときは、私なども体協の副会長、役員として、本当にありがたい、これでスポーツ界も活気づいてくると思っていたら、済んだらふにゃふにゃと火が消えていくみたいになってしまっている。

　ですから、京都の将来像を考えていくと、もう少し積極的に、未来志向の考え方を実行に移していくような教育方針が必要であると思うのです。

体験が生む知恵

田中　創造的な子どもを育てよう、夢をもたせようということで、実際に体験させることを授業に組み込んでいくということが、ますます大切になってきますね。

千　体験をさせるということは、失敗であろうがなんであろうが大事ですね。転んだら二度と転ばないようにしようと思って工夫しますが、はじめから転ばないように仕向けているのが今の教育ではないかと思います。引っくり返って、階段から落ちて、木から落ちて「アイタタ」という、そういう失敗を重ねてこそ、本当の教育経験というものができるのではないかと思います。乱暴な言い方ですが。

田中　過激なことはいけませんけれども、多少のことは……。スポーツだけではなくてすべてにいえることですね。

千　今、私はボーイスカウトの振興財団の理事長をやっているのですけれども、ボーイスカウトもガールスカウトも人数がだんだん減ってきているのです。というのが、小学生、中学生のいちばん大事なときに受験で、全部塾へ行くのです。お母さんやお父さんはボーイスカウトで体験させて、たくましく、泥んこになってというのをさせたい。ところが本人たちは、友だちが塾に行っているから自分も行かないといけない。あそこの塾に行かないといい学校に入れないと。

田中　生きるうえでの工夫する力、知恵というのは教室のなかではなくて、むしろ外で身につくものですからね。

千　私たちの時代は論語の「子曰く《しのたまわ》」で鍛えられたほうですから、「学びて時に之《これ》を習う、亦《ま》た説《よろこ》ばしからずや」という論語のなかの一節で、勉強しているのもいいけれども勉強を生かさないといけない。どうやって生かすかは自分次第だということをやかましくいわれました。われわれの教育を受けた時代がよかったとか、悪かったということではなく、そういう教え方を実際にされたのです。

ところで、先生は京都市教育委員をはじめとして、いろいろな公職をお持ちになって活躍されていまして、何からお伺いしたらよいか困るのですが、まず、京都商工会議所婦人会の会長をされていますね。

女性経営者として

田中　商工会議所婦人会には発足当時すぐに入会いたしました。これが女である私の「経営」に対するチャレンジの第一歩となったわけでございます。

千　どういう組織か、簡単に紹介していただけますか。

田中　この部会は、全国で三万人の会員がおりまして、趣旨は、異業種交流のなかからそれぞれの職業において切磋琢磨し、そのうえでお互いに認め合い、尊敬し合い、情報交換をしながら発展しようという会でございます。

千　今まで、どちらかというと、女性は経済に関することは弱いと思われていましたが、その点についてはいかがですか。

田中　これからは強くならなければいけないという認識がございます。男性中心社会の経済界にあっても、二十一世紀は女性の時代ともいわれております。追いつけ追い越せと競争するのではなく、この世界にあっても男性との共存、共生ができるように、大いに学び、多くの経営者や各界のトップの方との出会いを大切にしていかなくてはと思っております。

千　そういう共存、共生というかたちが一番自然ですし、そうしていかないとこれから伸びていくことは難しいでしょうね。

商工会議所婦人会会長としては、昨年は平成女鉾の発足にもご尽力いただきありがとうございました。大変でしたでしょう。

田中　「平成女鉾をつくる会」の会長をさせていただいていたのですが、昨年、おかげさまで「京都まつり」でのお披露目もできまして、今は「平成女鉾の会」になりまして、これは北村陽次郎さんが会長でございます。女鉾は、皆さまに育てようというお気持をもっていただいて、皆さまに守られて、一気にではなく徐々に立派になっていけたらと。

料理講習会から大和学園へ

千　それにはやはり女性だけというのではなく、もう少し男女入り乱れていただいてもいいと思うのです。女が、男が、というのではなく、古くからも男女が協力してこそ、ということがありました。

先生はご主人とご一緒に京都でも珍しい料理専門の学校を経営され、調理師をずいぶんお育てになったという今までのご経験がありますね。私が軍隊に行ったときに、目の前に食べ物ばかり浮かぶのです。それが一段落すると、今度は寝るのです。いかに人間には食べることが大事か。ですから、食べるということ、食文化、食生活についてお話を聞かせていただきたいのですが。

田中　実は私どもの学園は、もともとは大衆料理屋の木屋町の鮒鶴で、創業百三十年ほどになります。昭和天皇のご大典のときに、寝る間もないほどはやったそうです。そのときに大量の調理になりますので、同じものを、一度にたくさん出さないといけない。今はいろいろな機械がありますけれども、みんな人手をかけてやります。そこで板場さんの教育が大切だったのです。

それから日本が戦争に負けたときに、日本人の体格が外国の方より大変劣っている。これではどうにもならないというので、国をあげて栄養士法とか調理師法というものが制定されました。そういう学校をつくりましょうということがきっかけです。

昔は、料理をつくるのは、先輩の技を盗むというようなことでしたけれども、今は逆に公開しています。もちろん秘伝といわれるものは、それぞれございますけれども、一般的な料理はできるだけ公開していこうと。

千　今の学校をおつくりになったのは、昭和何年ですか。

田中　鮒鶴が明治二年創業でして、昭和六年に鮒鶴料理講習会をお座敷のうえでやったのが学園のはじまりです。料理屋というのは夜は忙しいのですがお昼は空いておりますし、場所も広うございますので、お得意さんの奥様方をお呼びして講習会をやったのです。

その頃、洋食というのは、こんないやらしいものは食べられないといわれたりしていたのですが、父が中央市場に毎日行って、中央市場から「こんな珍しい野菜が豊富にあるけれども、ひとつ調理法を考えてもらえませんか」というようなことを頼まれたりもしていたようです。京都の中央市場も京都市民の台所に安くておいしいものを並べてもらいたい、もっとおいしい食べ方をということで……。

千　直結していたわけですね。

田中　そういうことだったと聞いております。私はお嫁に来たほうですから、聞いたことしかわかりませんが。

千　今の学校法人にされたのは。

田中　昭和二十九年ですから、もう四十年ほどになります。卒業生は家庭料理も含めまして今では四万五千人にのぼります。

　京都は日本料理、和菓子、お茶の発祥の地ということで皆が集まって来られますから、やはり京都の恩恵を受けて、育てていただいたということがいえると思うのです。ですから京都を大事にしないといけないと、いつも思っております。

千　生活文化というものは、京都から全国へ発信している。その意味においては、田中先生が食文化を通じて教育の世界にご貢献されているという、大変ありがたいことだと思っております。最近は料理だけではなくて、幅広い教育をなさっていますね。

「学ぶ」とは生き方が変わること

田中　大和学園という名前は、人の和の広がりを大きくし、もって人類の福祉増進に寄与する、ということで付けた名前なのです。この精神を踏まえて、どのように社会と関わっていくのかということになりますと、時代の流れによって求められるものがどんどんと変わってまいります。今ではお料理をつくるだけではなくて、すべてにマネジメントがいりますし、質の高い専門性と積極的な労働意欲をもった人が求められていますから、そういう職業人を養成していくために、ビジネス、健康、食文化、サービスの総合教育研究機関をめざして、力を尽くしているところでございます。

また今、生涯学習社会といわれておりますが、私どもの学校もその一翼を担うことは、ひとつの使命だと考えております。

千 そういう学園を運営されていて、ご苦労も多いでしょう。

田中 私どもの仕事は教育ということですから、「学ぶ」ということについてよく考えることがございます。はじめにも申しましたように、私がいろんなお役をお受けする前にはいつも悩みます。私のような者が本当にお役に立てるのかと……。そしてあれこれと考えた末に「学ぶ機会を与えていただいた。もっともっと勉強せよ、ということなんだ」と自分にいい聞かせております。

千 常に「学ぶ」という姿勢をもっているということは、何をしていくうえでも大事なことです。そして、その充電したものを今度は放電する。それを上手に繰り返すことが大切なのです。

田中 私は「学ぶ」ということは、大袈裟な言い方になりますが、考え方や生き方が変わることだと思っております。人生八十年といわれる現代、情報化や国際化、また高齢化、少子化など今までに経験したことのない激しい変化が起こっております。こういったなかでより豊かな生活を送るためには、その変化に対応できるだけのものを、人生のあらゆる場面で学ぶ必要があると思っているのでございます。
お家元のお話をお伺いできる今日のこの場もそうですが、私自身いろいろな方とお会いし、多くのことを教えていただいて、多くのことを学べたと感謝しております。素直な気持になって、学ぶことの喜びを知れば、いくつになってもどんなときにも、学び続けることができますし、常にそうありたいと思っているところでございます。また、私の学びましたあらゆる事柄を、学園をはじめ多くの人々に還元し、お互いに良い影響を与え合うことができればと考えております。

千　まさに生涯学習ということですね。
今日はお忙しいなかをありがとうございました。また貴重なお話を聞かせてくださって、楽しゅうございました。

（『創造する市民』第五十二号　平成九年七月）

生きるということ、学ぶということ

松山義則

千　松山先生は同志社の総長としての役割の他に、私学振興や生涯学習のためにご尽力いただいておりまして、大変ですが、ご活躍をお祈りしています。

松山先生と私は中学が同窓で、二年下に江崎玲於奈さん、大学では一年下に黒岩重吾さんなど、それぞれ活躍されています。

松山　また若い人がどんどん出てきていますよ。同志社は本当に考え方が自由ですから。

千　大学の校歌が「蒼空《あおぞら》に近く」で、「輝け自由、われら、われら地《つち》に生きん」と。私はいい校歌だと思うのですがほとんど若い人は知りませんね。それからチャペルにもあまり入りません。私などは中学の五年間毎日チャペルに入って、おかげで木魚をたたいてお経もあげますが、教会で讃美歌を歌って、ちゃんとお祈りもできます。

松山　一度拝聴に行かないと(笑)。

欲望と学習

千　先日発表されました「21世紀日本の構想」懇談会では、英語を第二公用語にすることについて議論を促したり、中曽根文部大臣が私的懇談会をつくって、英語によるコミュニケーション能力を高めるためにはどうしたらいいかを話し合っていく、というような発表がありましたね。私たちが同志社に入ったときにはアメリカの先生方が多かったでしょう。ですから会話に対しては耳慣れしていたといいますか……。

松山　習いはじめたときに、ローマ字を先に覚えていたらもっと上手にいけたと思ったのは逆で、知識としての英語ではなくて実践から入っていきましたから。中学の一年生で西洋人の発言そのもののなかに放り込まれたのがよかったのですね。

千　私はあとでアメリカに行ってホームステイをしたときなどは役に立ちました。勘といいますか、そういうものが早かった。それから恐れることがなかったですね。

松山　私は恐れの研究をずっとしてきたのですが、ものを覚えるのが怖いと思うと勉強が怖くなる。人間は、一回見たらひとつの印象で入るようにできています。それを怖がってしまうから学習遅滞とか今いろいろ問題とされているようなことが起こってくるのです。

千　子どもからお年寄りに至るまで、どんな世代の人でも恐れることなく、自分が学びたいもの

松山　義則
（まつやま　よしのり）

1923年、京都に生まれる。1985～2001年、同志社大学総長に就任。京都市生涯学習市民フォーラム会長を務める。
著書に『家族の感情心理学—そのよいときも、わるいときも』・翻訳（北大路書房）、『異常心理学』（東京大学出版会）がある。

にすっと入っていけるような場を与えるということが、私どものひとつの大きな目的であろうと思っているのです。

松山　センターとか自治体がそれを用意していただいて、市民の方々がそれぞれの個性に応じてなんでもやりたいことができるという、京都はそういう意味では千二百年を越えた文化がありますし精神がありますから、すばらしいところです。一人ひとりが自分の生涯を楽しく生きられるいいところだと思います。

学習でいちばん大事なのはやはり自発性ですから押し付けるわけにはいきません。自ずと思う自分の動機、希望、もっとも低い言葉では人間のもつ欲望、そのような各自のエネルギーを大事にしていかないといけません。

欲望という言葉は非常に総括的で時には悪い意味にとられますが、もっといい意味では意欲という言葉があるかもしれません。意欲というものは生まれながらにもっているよりは学習してつくられてくるものです。ですから誰もが同じ意欲をもっているわけではなくて、その人がどういう環境や場面に生き、どういう人に触れたかによるのです。欲望がどのように発展し、どのように新しい欲望になるかということを研究している人もたくさんいます。条件付けでやったり、いわゆる試行錯誤で。

千　心理学的に研究するのですね。

松山　「学習性動機」という堅い言葉があります。

それから感情もまた欲望なのです。エモーショナル・モーティブ（感情的動機）といって、怖いとなると逃げ出したり走り出したりするエネルギーがあります。怒りもそうです。それが何かと結びついて怒りが高じたり、ある人と結びつくと大変なことなのですが。この結びつきというのは学習ですから、やはり感情と学習、あるいは欲望と学習というのは大変大事です。

人間が与えられた人生を生きている間に、自分の今もっている感情以上の感情と、自分がもっている欲望以上の欲望を美しく豊かに大きくしていくような学習状態をみんなで探し当てていくのがいちばんいいことではないかと思います。

我慢と奔放

千　今おっしゃったように、人間はどうしてもエモーショナルな動きというものが、そのときどきの状態によって変わりますね。それも年代によって違います。

私は若いとき、非常に短気でした。感情的にも豊かなものがあって……。

松山　中学のとき、お家元はエネルギーに満ちていました。

千　ところがそういう私自身や他の人を見ても、短気であったのが年をとってきて直る場合と直らない場合があるのです。年をとると焦りが出ます。生きている間に、という欲望が潜在的な意識になるのですね。どちらかというと自分が年寄りになるまでのプロセスのなかでいろいろな教養を積んだりしていると我慢をしやすい。あまりにも縦横無尽に生きてくると傍若無人のような格好で出てくる。

松山　おっしゃるとおりです。やはり我慢、待つ心構えということができないと、人間はだめです。それが基本的なものでしょう。

一方で、奔放であることが新しい創造性を生み出します。お家元などは芸術の世界と大変深く関わっておられますが、クリエイティブであるにはそういう奔放的なものに自由であることが大事です。

やはり人間にとっては自分が大事で、考えてみたら主観以外何もないみたいなものなのです。けれどもそんなことをいってしまったら交流がなくなります。私もお家元の心のなかはわからないし、私の心も本当のところはおわかりいただけない。それでももっと基本的には、歌を歌うときにはひとつになるし、お茶の世界もそうだと思いますが、個人を超えた主観と主観がひとつになっていくようなことが同時にあるわけでしょう。ですから奔放であると同時に、そういう主観と主観が交わり合って社会的な行動をとらざるを得ないときには、やはり我慢をして待つ。学習のなかでそれは大事なことでしょうね。

千　待つというのは、私はある意味からいうと「静観」、静かに観るということだと思うのです。われわれは座禅をして無の世界に入る。その無の世界に入るまでに静観になるわけです。静かに自分というものを落ち着かせる。そうでなければ無の世界に入っていきません。入っても嘘なんです。静かに自分の呼吸を調節して、観無の一つの世界に入っていく。トランクィリティー（静寂）というひとつの世界のなかに入っていく。そういうときに初めて自分の本来の姿がそこに出てくるのです。

ところがこれを話しても、座禅などをしておられる方ですと多少わかるのですが、体験をしなければなかなか難しい。ですからお年寄りでも若い人でもそういうエクスペリエンス（経験）がもたれるようなコースを生涯学習の講座のなかに幅広く設けていくことがいいのではないかと思うのですが、どうでしょうか。

言葉と文化

松山　私もそう思います。体験学習という言葉が使われますが、いちばん大事なことですね。知的学習というのは非常にスピーディーで抽象的ですから、エッセンスをつかんでいけます。けれども体に残るものは少なくて、喜びなり悲しみがそこから出てくるのも少ないですね。その意味では、ラーニング・バイ・ドゥーイングのドゥーイングがそのまま学習であるという、人生というのはそういうものですね。

千　先ほど話に出ました英語にしても、十年間も一生懸命にやった人が初めてアメリカに行ったら、相手のいっていることがぜんぜんわからないしこちらのいうことも通じなかった、というのはよく聞く話です。ブロークン・イングリッシュでもいいと思います。一つひとつ自分で体験して理解していけば、ある程度のものがつくれるのです。英作文でやらなくても。

松山　そうですね。怖がらないこと、そして話す内容をこちらがもつことです。これも意欲ですけれども、ぽーっとしていたらだめです。ノンバーバル・エクスプレッション（言語によらない表現）で、半分はジェスチャーでも表情でも通じますから、それに言葉が入ればね。やはり人間は意思の交流が大事です。

千　今、中国や韓国や東南アジアの人たちが日本語を熱心に勉強しています。日本語学科や日本文化研究科というのはすごいです。ですから私なども呼ばれて行って、忙しいのです。日本語の土台となる日本の文化とはどういうものかを教えないといけないのです。

松山　言葉というのは文化ですし、精神ですからね。お茶とかそういう世界なしには言葉はないわけです。

千　言葉から入っていって、そのなかにある文化というものを、東南アジアから世界中の方々がみんな勉強しようとしておられます。それに反して日本人は、どうしても日本に閉じこもってしまいがちです。

松山　英語は英国やアメリカの言葉というよりも国際語ですからみんなできたらいいと思うのですが、やはり近くの国のアジア諸国の言葉を学ぶことは、われわれは隣人ですから、若い人たちには特に大事なことだと思います。

日本人が外国語を学びづらいのは、言葉自体の問題以外に、世界の文学や思想などあらゆるものが日本語に翻訳されているということがあります。もちろん翻訳でその奥にある本当の精神をつかむことができるのかというのは、翻訳論でいろいろ考え方がありますが、日本人は日本語ができればあまり不自由しないのです。それがなければもっと原書に当たらなければならない。明治初期の私たちの先輩はオランダ語をやり、大変だったのです。そのお蔭で今私たちは日本語で世界の文化を自分のものにできる。それがある意味では残念なふうにも出ているのでしょうね。

千　私どもは中学時代に本を読めということで、明治の文豪たちの書かれた本を読みました。そのなかに難しいわからない言葉がずいぶんあったように思うのです。それを調べてみたら、本当に何でもない表現の仕方になっているのです。これが外国の人たちが日本の本を勉強して、あるいは翻訳したときにびっくりするひとつのことだと思います。ボキャブラリーの豊富なこと。ちょっとしたことのなかにも日本のフィロソフィー(哲学)があったり、人間性の感情というのが言葉のなかに生かされているのです。

感情と理性

松山　言葉というのは知的な働きをして、お家元と私はこうして心の交流ができるわけですが、言葉に即している感情が大事です。私は芸術のことはわかりませんが感情のことに興味があって勉強していて、ある美術評論家に、「感情がなければ、知的なことだけではガサガサしてよくないですね」といいましたら、「当然じゃありませんか。感性なき理性なんてありません」といわれました。絵を見たり音楽を聴いたりして評論するのは知的なことですが、ベースにあるのは感性です。美術評論家だから的確におっしゃったのでしょう。

感性を磨く、というと教育的な意味があっていけませんが、本来もっている感性を豊かにしていくことで知的な、また人間の愛情とか相互の交流とか倫理の問題とか、いろいろなことが豊富に出てくるでしょう。ですから堅い道徳家でなくて、豊かな感性にあふれた人間たちが喜び合うような……。

千　そのような豊かな感性をもつこと自体が生涯学習のなかでいちばん大きな目的なのです。そうやって自分で理解して、感性のなかから知性を引き出して、その知性がどの程度のものであるかを、年を取っても自分自身で理解しなければだめだと思います。

松山　自分の生涯はひとつしかないし、やはり年をとるということは痛みです。痛みという表現はいい格好の表現ですが、人生はしんどいですからね。毎日そればかりいっていると暗くなるのですが、瀬戸内寂聴さんなどのすばらしい小説で、岡本かの子の有名な「年々にわが悲しみは深くしていよよ華やぐいのちなりけり」と出てきますよね。あの歌を聞くと生涯学習がそのまま出ている、と思うのです。林芙美子の「花の命は短くて」というのも、人間は生涯苦しいものだけれども、その生涯を送らざるを得ない。けれどもやはり学習で……、学習という言葉が堅すぎるのかもしれませんが。

千　学習という言葉に私自身抵抗を感じるのです。決められた枠のなかで、こうしたものを学ばなければならないという強制的な圧力を感じるのです。何かもう少し柔らかい言葉に代えないとだめなんじゃないかなと思うのですが。

松山　お家元も十分ご承知のように、結局、学ぶというのは真似ることからきています。考えれば、赤ちゃんがお母さんとふれたところから真似ることが始まりますから、これを学習という言葉でまとめるとちょっと堅くなるのかもしれませんね。

学習そのものは人間の行動の、人間の命のなかにあるのです。学習なしには人間はありえません。いつも学んでいるし、学んだものは獲得してまた忘却して、大事なものはなかにちゃんとあって必要なときに脳から出てきます。それを取り巻いている感情というか豊かな感性というものが学習のなかに豊富にでてくることが生涯学習だと思いますね。

「おもしろくなき世の中を……」

千　学ぶということ自体が繰り返しやるということで、学びながら取捨選択していけるフレキシブルで自由な態勢が自分にあれば、学習でもなんでもいいと思うのです。それがなかなか人間にはできませんね。そこまで学ぼうという意識と意欲と心がなければ中途半端な勉強なのです。上滑りのものになってしまいます。孔子もおっしゃったように「学んでときに喜ばしい」という、本当に学ぶということに対しての意欲を自分自身がもたなければ、だめなのですね。

松山　アスニーの前所長の河野先生が高杉晋作の歌を引用されて本の名前につけられましたね。「おもしろくなき世をおもしろく」と。いやな世の中だけれどもこれを生きていくうえには心なのだという。高杉晋作も日本の将来を考えて命懸けでした。あの頃の青年たちは明日の日はわからない。だから土を噛んで泥のなかで生きていく。お家元も海軍だったから苦労されたと思いますが。人類は情けないもので戦い合ったり憎しみ合ったりして、いい・悪いは別にして、残念なことですけれども、人類の歴史にはこういう事実があります。けれどもそこで生き方を高杉晋作のようにもつということが本当の学習ですね。

千　明治維新の頃の高杉晋作のみならず、坂本龍馬にしても、ああいう人たちは真摯《しんし》な心をもっていたのです。われわれは当時二十二、二十三歳で海軍に行って、そのときに考えていたことというのは、自分の命はどうでもいい、愛する国が救われたらいい、少しでも国のお役に立ったらいいということだけなのです。何も自分の力で国が救えるわけはないのですが、そういう気持が高杉晋作や坂本龍馬と一緒だったのではないでしょうか。

けれども今の若い人たちを見ると非常にさびしく思います。そういう世の中になってしまったからだといってしまえばそれまでかもしれませんが、もう少し生きる力を、生きるということに対しての喜びを感じる、その目をもってほしいと思うのです。

松山　今まで人類の歴史は国家思想のなかで大変不幸なことをしてきました。今はそれを乗り越えて地球がひとつになろうと努力していますが、なお地域紛争もあり、もっとも人間を超えるべき宗教が喧嘩をしているような情けない世の中です。やはりこの現実は現実として受け止めながら一人ひとりが、お家元がおっしゃるような広い自分の世界をもっていくということですね。

形と心

千　茶髪も結構、ピアスも結構、もちろん現代式にみんな一生懸命に生きようとしている若い人たちを見ると、それなりにいい。ただ、目を見ると死んでいるような人たちが多いんです。輝きがなく活力がありません。

松山　お家元のように精神力をずっと鍛えておられた方は、目を見たらすぐにおわかりになると思います。

千　私は日韓文化交流会議の委員の一人に選ばれて韓国に近頃よく行くのです。韓国の青年たちも茶髪でピアスをして、地べたに座り込んで携帯電話で話して、日本と一緒です。けれども目がきゅっと締まっています。というのは、やはり思想的にも北からいつ襲われるかもしれないという恐怖感、緊張感があるのです。それと韓国は徴兵制度があります。要するにつかの間に自分たちは自分の青春を謳歌しているということなのでしょう。

日本では、私も及ばずながら大学などに講義に行って、「起立！」というとみんなびっくりした顔をして、しばらくぼけっとしています。そのうちフニャフニャッと立って、「礼」というと、「おっす」とかしている学生もいますね。お辞儀ができません。それでお辞儀を教えるのです。人間の交わりというものは、松山先生がいわれたように心から心へ交わるといってもなかなかできませんから、パッと会った瞬間にお互いに、やはり礼に始まって礼に終わろうじゃないかと。

今は退任して若い人に任せていますけれども面白いですよ。教えられればみんなやるのです。教える人がいないのです。若い人たちの話を聞くと、そういうことを気軽に教えてもらいたいと。ですから生涯学習のなかにそれが必要だと思います。若い人たちにもここ京都アスニーへ来てもらって、お茶室に座ってお辞儀を覚えるとか。それだけでもその人は得ですよ。

松山　形と心は相即しないと……。いちばん最初の問題になってきますが、自由奔放だけではまた困ります。本質と形相とか難しい言葉で学者さんはいうけれども、形の底に自由がなくてはいけない。こうしてお家元とお話をしていると、礼というものがありますね。それを通じて心が通うので、礼のない世界というのはむちゃくちゃになりますね。

千　今の日本は中途半端な生活様式になっているでしょう。畳というのはたたむ文化だというのが持論です。西洋は吊るす文化です。畳の上でものをたたむ、折り目をきちっとつける。それがけじめなのです。椅子、テーブルでもちろん結構かもしれませんが、やはり日本古来の培われてきた畳の生活をもう一度思い返さないといけない時にきています。

松山　畳の上で、折り目正しくきたわけですから。ただ、いわゆるけじめをつけるのを他人に対して「けじめをつけろ」というのではいけませんね。今の世の中は他者批判が多いのです。学生紛争以来そうですが、他者批判も大事で、自分の思想のために感情を込めて怒るとか、そういうことができるような勇気も必要です。けれども基本的には自分が自分を正すので、本当に正しいかどうかの判断は難しいです。

千　ただ、今のだらだらしたものに流れてしまうということ自体が非常に残念なことです。先生がおっしゃったように、今の若い人たちも日本人全体にも勇気がないのです。凛としたものがないといけない。立ち向かっていこうとする心構えですね。

知恵と弁舌と勇気と……

松山　司馬遼太郎がいっていましたが、「戦国の武将は知弁勇の徳をもつ」と。知恵と弁舌と、そして最後は勇気です。けれどもそれだけではだめで、やはり人に愛されないといけないのです。勝手に知弁勇だけで走り回っている人もいますが、それは浅はかです。基本的には豊かな、人に愛されるような深いものをもって、いつでも知弁勇が隠されているような、そういう若者がね。そして礼に生きてくれるようなら……。難しいですけれども。

千　そういう人が年をとっていくと、司馬遼太郎さんではないけれども、この国の姿がもっと透明になってくるのではないでしょうか。今は不透明です。

松山　透明でないといけません。私もこの頃、白内障でかすんでいまして、手術をしたら透明になるようですが、心も透明でないと。

千　そうですね。今日はよいお話を聞かせていただきました。ありがとうございました。あっという間に時間が過ぎました。

松山　こちらのほうこそ、どうもありがとうございました。

（『創造する市民』第六十三号　平成十二年四月）

己を修め、道に生きる

藤岡　弘

千　去年の京都市国際交流会館でのご講演が大変好評で、またお話を伺いたいという声が多かったものですから、対談をお願いし、本当にスケジュールがお詰まりになっているところありがとうございます。

藤岡さんはしばらく京都を舞台としたテレビドラマの『あすか』（NHK）にお出になっていらっしゃったわけですが、相当頑固な和菓子職人の役でしたね。

藤岡　私の小さい頃には伝統的なことを守っている職人気質の方が多くて、いろいろなことを学んだ記憶がありましたので、それをちょっと思い出しました。私の父はかなり厳しかったのですが、そういう周りの人も恐くて、恐いけれども教えられることが多かったんです。今考えますと、そこで学んだものが役者をしているときに役に立っているように思います。

千　そういうことが背景にあったのですね。それとお父様は武道家でいらっしゃったそうですが。

藤岡　仕事をしながら武道を青少年に教えていたわけです。私も小さい頃から武道の教育を受けてきました。厳しく鍛えられましたが、今では本当にやってよかったと思います。

俳優藤岡弘の根源にあるもの

千　藤岡さんは俳優でありながら、空手をはじめ武芸百般、二十段ぐらいもっていらっしゃるということですが、最初は何から始められたのですか。

藤岡　柔道ですね。受け身から教わったのですが、今思いますと当時は柔術だったような気がするのです。古武道に近いものだったんですね。それからだんだんと武道というものが好きになって、いろいろなことをやっているうちに多くの師に出会いました。それぞれの方から学ぶうちに、基礎がみんな同じだとわかってびっくりしましたが、おかげで覚えやすかったですね。

千　やはり柔道にしても空手や剣道にしても、礼に始まり礼に終わるという規則正しいなかでやらないといけない厳しさがございますね。

藤岡　お家元も柔道をかなりおやりになると聞いていますが。

千　柔道が好きだったものですから、二段で国体の予選に出たりして、今では講道館から六段をいただいております。これはちょっと名誉的なものもありますけれども。

藤岡　昔の方たちの初段、二段、三段というのはものすごいのです。私も父の姿を見てきました

藤岡　弘
（ふじおか　ひろし）

俳優・武道家。愛媛県出身。
1965年松竹映画ニューフェイスとしてデビュー。「仮面ライダー」、映画「日本沈没」など、映画、ドラマ等で主演多数。また、ハリウッド映画で主演し、米国の俳優組合に所属する国際俳優として活躍する一方、武道家としても知られ、あらゆる武道に精通している。
昨年芸能生活40周年を迎え、初のＣＤアルバム「愛こそすべて　合掌、」をリリースし、著書「愛と勇気と夢を持て！」を発売。
若者へ熱いメッセージを発信し続けている。

から、本当に今とは修練が違うなと思います。

千　テレビで拝見していても、藤岡さんは単なる俳優というよりも、何かそこに一本筋の通ったものがあるのです。やはり武道などで鍛え上げられて、またお家では古典的なことがお好きなお母様の影響のなかで育たれたということがあるのですね。

藤岡　本当に古い家で育ったのです。母はお茶やお花や琴、裁縫などを村のお嬢さんたちにいろいろと教えて、父は父で武道をたしなむという家で。けれども周りには結構そういう伝統を重んじる家が多かったのですね。土壌、環境が良かったのだと思います。

憧れと苦労、映画浸けの青春時代

千　どういうところから映画の道に入られたのですか。

藤岡　映画に連れて行ってもらって感動しまして、それから夢中になってしまいました。自分の未知なるもの、見知らぬ国にいろいろな夢が出てきて、そういう世界に行きたいと思ったんです。昭和三十五、六年頃ですか、当時は外国の文化を知るのは映画しかなかったものですから。

千　ちょうど日本に映画がどんどん入ってきた頃ですね。ご自身で映画のほうに入ろうと思われたのですか。

藤岡　映像の世界に入りたいと思いまして、東京に行かないといけないと考えました。それで田舎の町にいるのがたまらなくなって、準備して出て行ったわけです。その頃は映画の二本立てとか三本立てを土曜日などは朝まで見たりして、映画浸けの生活でしたね。映画を見ていると世界が広がるのです。ものすごい数を見ました。映画を見たいためにアルバイトをして全部つぎ込んで。映画が私にとってのロマンだったんですね。逆に家が厳しい、堅い家でしたからそういう自由を求めたところがあったのかもしれません。

千　それでご両親はよくお許しになりましたね。おいくつのときだったのですか。

藤岡　十八歳ぐらいですか。自分の夢は自分で追いかけようと思っていましたから、反対されても行く覚悟でした。話をしたときには難色を示されましたが、母は自由に自分でやりなさいといってくれました。

千　どういう世界に入っていくにもそうですが、チャンスというものが必要ですよね。やはり誰かのお弟子さんになられたのですか。

藤岡　私は全然なかったのです。アルバイトをしたお金をもって、「どうにかなる」といった単純な考えで単身東京に出て行ったのですが、行ってみると甘かったわけです。東京ではバイトを探すにもなかなか見つからず、友達の下宿に世話になりました。バイトを見つけてもなじめずに転々として、生活することで精一杯でしたね。

千　いい得ない苦労をされたのですね。

藤岡　けれども帰る気はなかったのです。やはり東京はいろいろな面でカルチャーショックがあって日々新鮮で、不安もありましたけれども逆に期待や感動がありましたね。自分のなかで葛藤はありましたが、やはりそこでもってこれたのは、武道をやり続けたからだと思うのです。東京でも道場を見つけて転々としたのですが、それが唯一自分のなかのプレッシャーに打ち勝つ方法だったのですね。

千　それがおありだったから、ご自分を見失われなかったのですね。そういう苦労をなさったからこそ今日があるので、大スター藤岡さんがすぐに生まれたわけではなく、一歩一歩堅実に自分で何かを探し求めていかれた。

藤岡　人との出会いに支えられたこともありました。これは自分が本当に感謝しているのですが、いろいろな出会いによって引き立てられ、助けられて現在に至ったと思っています。多くの師に出会って、教わったことが自分の身についていったのですね。

大好きな先輩、西村　晃さん

千　映画の世界で先輩として一番尊敬されたり、教えられたという方はどなたですか。たくさんおられると思いますが。

藤岡　その頃から先輩の俳優さんは皆さん、僕にとってまぶしいばかりで尊敬していましたし、多くのことを学びました。

千　『水戸黄門』をやっていた西村晃君が同じことをいっていました。入ったときは本当に苦労ばかりだったようですが、私が聞くと「いろんな人がまぶしい」といっていました。

藤岡　私も西村さんには相当お世話になりまして、大好きな先輩で本当に尊敬しています。というのは私がまだ何もわからない頃に西村さんと一緒に仕事したのですが、僕の至らない部分をうまくカバーしてくれて、助けてくれたのです。この見事な先輩の芸といいますか、技術というものに魅せられました。西村さんは奥行きと深さと厚みがあって、それでいて存在感があったのです。人間的に大きかったのですね。

千　生きていたら喜ぶでしょうな。

藤岡　とても気さくで、ほっとさせてくれる面がありながら締めるところはピシッと締めて、中心がきちんと取れている。

千　決まっているのですね。彼は舞台が好きで私もいろいろな舞台を見ましたが、だんだん年をとるにしたがって彼の持ち味が出てきましたね。自分で舞台の俳優としての世界を開いていったことが水戸黄門につながったのだと思います。

藤岡　人の痛みをキャッチして、さりげなくカバーしていくということを何ともいえず心得ておられて。大きくなられた先輩たちは、皆さんもっていらっしゃいますね。

千　西村君とは戦争中、ともに海軍で厳しい訓練を受け、毎日が地獄の底から這い上がっていくようなことでしたから、彼は人の痛みとかいろいろなことを十分にわかっていたはずなのです。

だからこそ水戸黄門という大きな役もやり遂げられたと思うのです。

藤岡　相当厳しい訓練で、当時は大変だったでしょうね。

千　私も自分でよく生きていたなと思います。飛行訓練というのは過酷なものですから、今になってようやくこういうことも話せるのですが、帰ってきてしばらくは話すのも嫌でね。それともうひとつはたくさんの連中が亡くなったのに、自分が生き残ったということでの負い目を感じるのです。

藤岡　皆さんそういわれますね。そういう過酷な訓練を越えられて生き残られた方たちが、日本を支えてつくってきたわけですね。

人の和から学ぶ

藤岡　私の死んだ父が「先人から知恵を学べ」とよく話をしていました。そういう面でいろいろな先輩の話を聞くのは、必ず勉強になりますね。

千　われわれは戦後を生き抜いてきて日本の発展と一緒にきたわけですが、情けなく思うのは気力というものが今の日本人にないということです。みんな贅沢のなかで「俺が、俺が」でしょう。昔は本当に一つのものを隣近所で分け合って、母親でも自分が食べないで子どもに食べさせて。今はみんな捨てていますから、もったいないです。もったいないという気持とか、そういう気力などが全然ないのです。それで子どもが悪いと学校や先生のせいだとか、友達や世間が悪いと考えてしまって、自分が親としての責任をもたなければならないことを、今の親は忘れているのです。

藤岡　おっしゃるとおりで、今は人間性の荒廃が問題になっていますね。青少年の事件がよく起きていますが、親に問題があるのではないかと思います。私が育った頃は自分の親以外にも周りに教えてもらえる大人がたくさんいましたが、今はそういう方たちがだんだんいなくなってきたということでしょうね。

千　他人のことを見ながらも知らん顔をしてしまう。連帯意識がないのです。例えば藤岡さんも故郷に帰られると、近所の人に「大きくなったな」とかいわれるでしょう。それが大事なことだと思うのです。「やんちゃしてたけど、立派になって」といわれること自体がね。今ははっきりいうとそういう故郷がないですね。

藤岡　伝統がどんどん破壊されてきていますね。地域社会のなかで昔から育んできた地元の人たちといたわり合う、思いやるということ。そういうものがなくなってきたために、今の日本のこのような現状が起きているのかと思います。どうやったらいいのでしょうか。

千　みんながもう一度、原点に戻るというのは、なかなか難しいことだと思うのです。すべてが貧乏な時代の日本に戻れというわけではないのですが、今は金持ちになったような錯覚にとらわれているのです。本当はまだ日本という国は貧しいのです。資源も何もない列島のなかにみんなが生活していて、肩寄せ合っていかないといけないのが、みんな個々になってしまった。それが原因の主たるものではないかと思います。

藤岡　自己中心的な欲望のみに執着し始めて、本当に自分本意になってしまった。

千　これも一つはマスメディアの影響ですね。

藤岡　おっしゃるとおりで、マスメディアの悪影響には多大なものがあると思います。

千　そういうなかで、あなたが演じられたお菓子の職人という、厳しい世界のなかの一人の人間の生き方、それを教えておられることは大事だと思うのです。

親から受け継いだ財産

藤岡　私の父がよくいっていたのは、家は貧しくておまえに渡すものは何もない、けれどもひとつだけ他人に奪われないものを残してやろうと。物や金や地位や名誉などの財産はすべて他人に奪われる可能性がある。しかし奪われないもの、それは己という生き方をきちんと修めること。その精神的な生き方を教えると。我慢すること、耐えること、そして足ることを知ること。そういう礼儀、倫理、道徳、つまり、心磨き、人間磨きをしなさいということをいわれた記憶があるのです。今思うと、われわれの先人がつくりあげた、そういう大事なものがどんどん今の社会から消え去っていっているような気がするのです。そういう意味では、お茶の世界などにはまだ大事なものが残っているんですね。

千　そうなんです。お茶は難しいといわれますが、難しいからいいのです。これがやさしかったら消えてしまっているのです。難しいルールとか何かをいうから、作法だけの問題ではなく、そこにひとつの大きな対人関係が生まれるのです。一杯のお茶をいただくのに「お先に」とか「いかがですか」というのはややこしいといわれますが、それをやることによって人間のすばらしい生き方を教えてもらえるので、これほど大事なものはないのです。何もお茶の世界だけではなくて、昔は家で「お先に」とか「どうですか」といういたわり合いというものを教わったのです。

藤岡　思いやること、慈しむこと、奉仕すること、感謝すること。たしかにそういうことを結構いわれました。

千　今ではお茶でしか教えられないのです。「いただきます」とか「お先に」「どうですか」という、それだけのことなのです。要するにこれまで日本人が一番上手に使っていた言葉の情けというものが、今は失われてきているのです。ですからそういうところからやっていかないと、日本は立て直しができない。

藤岡　二十一世紀は、環境と人間学というまったく同義のこと、それを悟る時代ですね。経済の豊かさばかりではなく人間の中身の方向です。そうなるとお茶の世界というのはものすごく重要になってきますね。

千　お茶は礼に始まって礼に終わりますが、武道でもそうでしょう。人間同士が戦うけれども、そのなかに「失礼しました」という気持がある。受け身と攻撃のなかにおいて人間関係がわかってくるのです。今おっしゃったように経済成長というのはここまできたら焦らなくてもいいと思うのです。

藤岡　母がよく「足ることを知れ」といっていたことを思い出したのですが、人間がそういうものを知らないと、すべてだめでしょうね。

心を豊かに……

千　二十一世紀後半になると食糧も人口過剰でだんだん少なくなってくる。ですから今のポイ捨ての癖をやめないといけませんね。今は食べないものをつくり過ぎなのです。環境を大事にすることさえ考えたら、もう少しいい知恵を出せると思うのです。

藤岡　自己欲望とかエゴイズムというものが人間にはあります。よく釈尊の説法のなかに「小欲」というのがありますが、多くの利を求めないというか、分をわきまえる。足るを知るという教えが思い出されますね。

千　日本人だけではなくて世界中の人が謙虚になって、地球人であるという意識の下で、お互いに助け合っていかないといけませんね。

藤岡　日本には調和という文化がありますが、これは世界にかなり影響を与えられると思うのです。

千　なぜお茶が盛んになってきて、理解しようとされているかというと、たった一杯のお茶をそこまで大切に扱うということなのです。そしてそのお茶を二人なり三人なりで分け合って、いただき合う。何ともいえない自然環境に対する心というものを教えられる、花をめで、静けさを楽しみ、心を豊かにしていくのです。

藤岡　身は富んでいても心貧しきというのは、よくないですね。

千　ですから心が豊かになって、心が富んでいかなければいけない。これを求めるために外国の人はみんなお茶を求めてきていると思うのです。

藤岡　今の教育は、結局、競争社会において出世と利益と自己中心的欲望を満たすような教育でしょう。これは間違いですね。心の教育がないと思います。

千　だいたい親の欲望です。お母さんなどは本当に大変だと思うのです。子どももまた遊ぶ暇もなしです。私の孫を見ていると、今、中学の受験期を迎えているのですが、毎日学校から帰ってきたらそのまま塾で、帰ってくるのが夜の十一時です。それから寝て、明くる日に早く起きて宿題をして学校に行くのです。ですから運動をやらないといけないと私はやかましくいうのです。幸い私の息子は休みのときに、子どもとキャッチボールをしたり自転車で走りまわったりしていますがね。

藤岡　文武両道という言葉がありますが、肉体と心を鍛えながら頭も磨く機会がなくなった今の子どもたちはかわいそうですね。子どもたちに対して社会も家庭も過保護になってきた。不自由ななかに一生懸命に知恵を絞りながら努力することで人間は磨かれていくわけで、挫折や失敗をしながら学ぶわけですが、今はそれをなるべくさせないようにもっていく便利な環境になっていますね。

千　自然というものに対する人間の多様性が大事なのです。今はみんな過保護で、一人ひとりを見ていても逆境のなかで立っていける気力があるのかと心配ですね。

藤岡　みんなもろくも崩れて、そのストレスを他人にもっていくのですね。

千　それがいけないのです。それがいじめの原因になったり、殺人になってしまったりするのです。先ほどおっしゃったように、不自由さというものをもっと知らないといけないと思いますし、難しいことですが、学校の先生がそういうことをもっと勇気をもって教えてほしいですね。今はPTAなどからのプレッシャーがあると、無難なことや決まっていることしか教えられず、先生はみんな後ろ向きになってしまうのです。

藤岡　しかし、子どもたちがそうなってくると国がだめになりますね。この問題を解決しなければ日本の国の二十一世紀は本当に大変な時代に突入すると思います。

千　私も同じような意見なのです。あっと気がついたら、日本はもう沈没していたというようなことでは困ります。

心と体で学ぶ

藤岡　私は武道を通して、父親から教わってきたことを青少年たちにぜひ教えたいと思っています。同時にお茶の世界の奥深い、自然と人間との問答というような心の世界も教えたい。気を練る「気練」といいますか、心を練る「心練」というすばらしい世界が私はとても好きなのです。

千　塾をおつくりになったらいかがですか。藤岡塾というので、武道、茶道、座禅を学ぶというのは。全寮制というのはとてもよろしい。

藤岡　私も本当はそれが夢なのです。俗世の概念をすぱっと断ち切って、自然のなかで生かされしわが命に心から感謝する、そういう精神性のものはどうでしょう。

千　いいですね、ぜひ必要だと思います。そこへ十四、十五歳ぐらいの子どもを合宿させて、食べるものも自分たちで都合させるのです。われわれは飯盒炊爨《はんごうすいはん》をしたり、いろいろなものを結構つくれますが、自分たちでするぐらいでないとね。

藤岡　自立する精神をそこで学ばせないとだめですね。

千　そして粗食に甘んずるというのが大事なことですね。

藤岡　耐えること、我慢するということを教えないと、多くを求める我欲の亡者のようになってしまいます。「心頭滅却すれば火もまた涼し」といいますが、食べたくても「俺はお腹一杯だ」と思うこと。そういうことが大事な時代になったのですね。世界中いろいろと難民を見ましたが、餓死死体や飢えた子どもたちを見ますと、飢えるとどうなるかということは本当にすごいです。人間でなくなってしまいます。あの悲惨な状況のなかで、物を奪い合う餓鬼の世界ですね。あれを見たときに、「人間ってこうなるのか」と思ってぞっとしましたけれども、ある面でそういう経験をちょっとでも得るということは、今の日本を考えますと本当はいいのではないかと思います。

千　私もそういうことを考えたことがあるのです。飽食で過保護にされていて、日本のどこに行っても飢餓で苦しんでいる人はいません。今、藤岡さんがおっしゃったように、飢餓の子どもたちの周囲にハエがたかるでしょう。その自然のなかでの凄まじい現実を、体験されたのは貴重です。

藤岡　今の子どもは頭だけで知識はもっていますが、行動実践学がないと思います。私の父はとにかく行動しなさい、体験しなさいといいました。挫折、失敗は山のようにありますが、身につけるということはそういうことなのです。よく父に武道をやりながら断食をさせられたのですが、断食をし稽古をすると体がフラフラになるので、そこで中心を取ることがいかに大事かということをいわれました。

千　目が回りながらでも、克服しながらやって、どうでしたか。

藤岡　精神力がつきますね。体は駄目になるのですが、精神だけはどんどん戦いを挑むのです。この肉体と精神の違いがまたすごいのです。まず頭の思考からなくなって、肉体もなくなって、最後に残るのは精神、心なのです。心だけで動いて、心だけで剣を振っているのです。人間は心を修めなければ、心という中心をもたなければすべてだめなのだということを、父は教えてくれたのだと思います。

人間の精神力と気力

藤岡　前に戦争体験をされた方から、逃げて行軍しているときのことを聞きました。最初、頭でどちらに逃げたらいいか考えていても、そんなものはどうでもよくなっていく。次は肉体との戦いになって、そのうちに一緒に逃げている体力だけの馬や牛が、人間よりも先に倒れるのだそうです。人間は体力がなくなっても記憶がないまま精神力と気力で歩いて、ちょうどたどり着いたところが味方の陣地だったので助かったそうです。もし体力に負けて倒れたらそこで死んでいるけれども、それを越えて心、精神と気力で歩いた者は助かった。人間、最後に心と精神を修めることができればやれるのだということをいわれて、親父のいっていたことはこれだったんだと思ったことがあります。

千　本当にそうだと思います。陸軍に行って生き残った人の話とまったく同じなのです。倒れる人は倒れるのですが、最後にどう歩いてどう生き残ったかというのは、精神力と気力だといっていました。食べたい、飲みたい、眠りたいのですが、それに打ち勝つためには、自分自身を引きずっていかないといけない。その引きずり方が問題だということです。

藤岡　お茶というのは、そういう心の世界をいろいろな形で教えるわけですね。

千　例えばお坊さんたちは不眠不休で座禅をするとき、夜中に座禅堂から出て、わざと石垣の縁などに座るのです。そこで座禅をすると、腹が減り睡魔に襲われて落ちると大怪我をする危険がある。ですからわざわざ縁のところに行くのです。人間の本能というのはどんなに眠たくなっても「俺は崖っぷちにいるんだ」という意識があるらしく、グラッとなってもみんな後ろにそっくり返っているそうです。それが生きる力であり、先ほどの精神力だけで歩くのと一緒なのです。お茶は柄杓《ひしゃく》を構えたりお点前をしながら、崖っぷちではないけれども、自分の心を定める禅定ということがあります。

藤岡　心を乱れないように修めるということは大変なことです。

千　それが大事なのですが、本当にそういう鍛えられ方、心の内容のもち方というものが今の日本人に必要なのではないでしょうか。

二十一世紀に続く「道」

藤岡　私は日本の武道というのはスポーツとは違うと思うのです。なぜなら心を磨いて気を練るという魂と心磨きの人格形成が基盤にあって、それが一番重要な己自身を修める道だからです。自己に勝つという道があるわけで、肉体を強化するだけでなく、善なる行動、善なる心を修めるものに通じているのではないかと思います。そう考えると日本の武の道、そして「道」と付く茶道、華道、あらゆる日本の道というものは、今こそ二十一世紀に世界に向かって皆さんに伝えられるすばらしいものではないかと思うのですが、そのあたりはどうでしょうか。

千　私はこういう「道」の世界というもの＝「Ｗａｙ」は、本当は目に見えないものであると思うのです。ですから武道でも茶道でもみんな一緒で、目に見えない、頂点がないから、それに対してもがきながらでも上っていこうということができるわけです。これが目に見えていたらだめですね。武道というものは、あくまで精神的な内容で技も高める。それによってひとつ人格形成ができる。今のスポーツは娯楽というと怒られるかもしれませんが、ある意味においては楽しむものですね。周囲がそうさせているわけです。スター的な人ばかりを養成して、贔屓が出てきて。

藤岡　人間のエゴが見えますね。二十一世紀は、国家も企業も個人もエゴではやっていけないのではないかと思います。信頼できる国家、企業、個人。誰から見ても、善なる心をもった行動をとる道義国家と道義的に動いている国民。道義的に営み、そこで生産されているもので環境や持続的な未来が見えるような産業を興している会社。そういうものしか残れない。今までは、それを教えるものがなかったということですね。

千　柔道は受け身から学ぶのですが、それははじめから組むことはできないということなのです。何でもそうですが、今の社会にはそれがないのです。社会的なルールを基本的に教え、習うことをせず、みんなはじめから組み合いをしているのです。これは一つの間違いだと思います。経済機構でも何でもそうですが、ひとつ技をかけ損なうととんでもない方向にそれが向かっていってしまうのです。ですからもう一度、政治、経済すべてがエゴを捨てて、みんなが自重してしっかりした基礎をもち直すべきだといいたいのです。

分をもって福を養うこと

藤岡　私の好きな説に、金も人も水の流れのごとく回って、生きた状況で動いていると活性化して腐らないという湧源国家論があります。ですから人的な流れもすべて循環還元主義で、新陳代謝機能がさかんなことがいいと思いますが、今の日本は心貧しく、身は富んでも腐っていっているようです。

千　それで、継ぎはぎだらけなのです。体裁よくしようとか、国際社会にこれが見えたらいけないとやっていますが、今はその継ぎがどんどん破れていっているでしょう。きちっと継ぎはぎをするなら継ぎはぎをしていかないといけないというのが持論なのです。釈尊が教えられた「布施」というのは、何でも布に染み通らせなければだめだということで、「布を施す」というのですが、要するに小さな一寸四方の布にでも、全部染み通ったらそれが布施なのです。何も大風呂敷を広げなくても、個々にみんなが布に自分の志を染み透していって初めて、布施というもののあり方が出てくるわけです。ですから、みんなが自分に与えられた使命を、私は私の許容量、藤岡さんは必要ですね。

藤岡　藤岡さんの許容量というように、自分の許容量でそれに染み込んでいくようにやっていくことが

千　それぞれの分によって行いなさいと。

藤岡　それで「分をもって福を養う」。

千　いい言葉ですね。これからは一人ひとり、己の心の置き方ひとつを変えていくことによって、二十一世紀は変わっていくと思います。私も先祖からいろいろ教わったものすべてを還元するべく、何か日本のどこかに自分の足跡を残したいと思います。

藤岡　京都においでの撮影の合間には、うちへ来ていただいて、もう少しこの続きを語り合いながら、お茶をいたしましょう。

千　ありがとうございます。私も今、お茶に本当に興味があるのです。

藤岡　今日はお忙しいところをありがとうございました。ご健闘をお祈りいたします。また、お目にかかれる日を楽しみにしております。

千　こちらこそ本当にありがとうございました。

（『創造する市民』第六十五号　平成十二年十月）

絵心は童心に通ず

永田　萠

絵を通して社会の役に立ちたい

千　今日は本当にお忙しいなか、ありがとうございます。今回は京都在住のイラストレーター、永田萠さんにお越しいただきました。

永田　こちらこそ、お招きいただきまして嬉しく思っております。

千　永田さんは子どもたちに夢を与える大変いい絵本をお描きになり、いろいろと受賞もされていますね。しかも絵本だけではなくエッセイストとしてもご活躍でいらっしゃる。

その上、ボランティア活動もなさっていますね。たとえばカンボジアの難民救済。直接カンボジアへ行かれて、家を失い路頭に迷う難民の子どもたちに、絵本をお見せになって、世の中の美しさや夢、平和を教えておられる。大変すばらしいことだと思います。

永田　自分にどれほどの力があるかわかりませんが、社会のお役に立つには人それぞれの手法があると思っております。私の場合は他に何もできませんから、やはり絵を通してですね。絵は言葉を超えて大人も子どもも、日本人も外国人も共通の理解ができますから。何かそういう懸け橋になれればと、いつも願っております。

でも、そういうことができるようになったのは、ようやく最近になってからです。こちらの力がある程度たくわえられませんと、こちらから求めても「まだ、こんなことを頼んでも無理だろう」と思われますので、大人になってこのくらいの歳になってようやく、若い頃やりたかったことが少しずつ実現できるようになっていくのだなあと思っております。
千　そもそもどういうことから、絵本を手がけられ始めたのですか。
永田　私の子ども時代には色のついた本は今ほどたくさんなくて、数少ない絵本の何ページかに一枚くらい、やっと挿絵があるくらいで、今から思えば粗末な印刷なのですが、子ども心に本当に美しくて大好きでした。そうすると、もっと他のページにも絵があったら……と思えてくるのですね。自分なりの挿絵を描いて、絵本にはさみ込みました。それが発展して、おそらく私が思うような絵を、子どもたちに見せてあげたいと願ったのがきっかけだろうと思います。
千　やはり画才がおありだからそんな風に思われるのですよ。我々でしたらただ読むだけで、ここへこう絵をはさもうという気持があってもなかなか描けません(笑)。
永田　確かにそういう意味では、環境に恵まれていたと思います。父も母も絵が好きでしたから、

永田　萠
(ながた　もえ)

イラストレーター、絵本作家。兵庫県加西市に生まれる。出版社などでグラフィックデザインの仕事に携わった後、1975年に独立。
1987年に『花待月に』(偕成社)でボローニャ国際児童図書展グラフィック賞受賞。国内での作品展のほか、デンマークやパリ、台湾でも個展開催。画集、絵本などの著書は100冊を超える。(株)妖精村、ギャラリー妖精村主宰。現在、京都在住。主な著書に「マッチうりの少女」(講談社)、『京都夢いろ彩時記』(淡交社)がある。最新刊『夢がうまれるその時に』(妖精村)。

小さい頃は「家中どこに落書きしてもいい」といわれました。
　それが、下手でも楽しく絵を描く心を育ててくれたのだろうと思っています。

千　なるほど。そういうところから永田さんの絵の才能が伸びたのですね。

永田　まだまだですが、絵を描く楽しさはあの頃と少しも変わりません。有難いことです。

震災後、ボランティア活動に目覚める

千　今はどういう絵本をお描きになっているのですか。

永田　阪神大震災で亡くなった男の子のお話を絵本化しておりまして、今ちょうどラストスパートにかかっているところです。
　私は兵庫県の加西市出身でございます。震災のとき、実家はさほどの被害でもなかったのですが、神戸や芦屋や西宮に友だちがたくさんいたものですから、とても話したり表現したりできないくらい悲しいこともございました。でも七年経った現在、つらいけれども表現者として一度はきちんと震災を描いておかなければと思いまして。今は神戸の町が燃えているところを描いておりますす。絵本のストーリーとして原作を頂戴しているのですが、かなり絵で表現しないといけない部分が多くて、男の子が死んでしまう場面を描くのは、すごくつらいですね。

千　いくつくらいの子どもですか。

永田　小学校五年生です。ある程度実話をもとにしてつくられたストーリーですから、絵本が出来上がったら、たくさんの方が涙を流されると思います。

千　阪神大震災は多くの方が一番身近に感じた、大きな事件でしたからね。

永田　私自身も、絵描きとしてずいぶん気持が変わりました。ボランティア活動に真剣に取り組もうと思うようになったのは、震災がきっかけなのです。

千　やはり震災を契機にして、永田さんだけでなく日本人がずいぶんボランティア活動に目覚めましたね。

永田　はい。小さな力でも、集まることによって何かを変えたり動かしたりすることができるというのを、大きな犠牲をはらって教えてもらったような気がいたします。

千　外国ではキリスト教やそれ以外の宗教の方々が、ボランティアとは、自分たちの心の糧としてする奉仕、サービスだと、日々教えておられるわけでしょう。

永田　早い時期から教育として精神のなかにそれが組み込まれている……素晴らしいことですね。

千　ところが日本の場合は仏教国でありながら、奉仕、ボランティアというのは、ちょっとお手伝いに行って、しかもご祝儀でもいただくものだというような感覚が多かったのではないでしょうか。

永田　そうですね。今おっしゃったキリスト教の精神とは、根本のところでちょっと違いがあるのかもしれません。でも、日本人のもっている優しさや助け合う心というのは本来、ボランティア精神に沿うものだと思うのですが。

千　そうですね。ですから震災後、ボランティア活動がありとあらゆるところへ広がってきたのは大変いいことだと思います。「人間にできないことはない。みんなが集まれば、どんなことでもできるのだ」という事実に、日本人全体が目覚めたのではないでしょうか。

永田　もっと時が経って振り返ったときに、はっきりと「阪神大震災から日本は変わった」といわれるような、よい結果が残せると思います。

子どもは天才

千　震災後のボランティア活動としては、他にどのようなことをなさったんですか？

永田　子どもたちと一緒に絵を描くイベントを始めました。年二回、春と秋に行っております。淡路島のちょうど震源地の近くで、夢舞台という淡路花博の跡地があるのですが、そこで六百人ほどの親子さんたちと絵を描くのです。

千　兵庫県の子どもさんたちと？

永田　いえ、大阪の子どもさんもいらっしゃいます。七千人くらいの応募者のなかから抽選で親子六百人なのです。当日は私一人で三百人くらいの子どもを教えないといけません（笑）。

千　お一人でそれだけたくさんの子どもたちを！　テーマはお決めになるのですか。

永田　基本的には「人と自然の共生」がテーマです。あそこは春も秋も、花がたくさん咲きますので、たいていは屋外に出て、花や海や緑を描いてもらいます。それによって、自然がどんなに人間にとって大切なものか、人間が自然に対して何ができるかということを考えてほしいと思いまして。これが今、私がやっているなかでは大きなボランティア活動ですね。もうそろそろ大変なのですが(笑)。

千　大変ですね、お一人で六百人を見て、しかも相手は子どもたちでしょう?　すごいことですね。

永田　ものすごく疲れます。会場が広いもので、子どもたちを探すだけでも大変なのです。

千　皆それぞれ、好きなように描かせるわけですか。

永田　はい、いろんなところで。毎回、皆さん楽しみにしてくださって、ご家族でいらっしゃるのです。日頃なかなか一緒に遊べないお父さん方も来ていただいて、といってもたいていは芝生でお昼寝していらっしゃるのですが(笑)。お母さん方は一緒に描かれたりもします。そして、休憩時間には仲良くお弁当を食べます。家族団欒も、大きな目的のひとつですね。あとはお天気だけが心配で、皆で祈るのです。

千　画材は絵の具、あるいはクレヨン……自分の好きなものでいいのですか。

永田　はい。私の子ども時代がそうだったように、今の子どもたちにも自由にのびのび絵を描く楽しさを教えてあげたいと思いますので。一応指導ですから、聞かれたら「ここはこうしたら?」

とアドバイスはいたしますが。

千　すばらしい。ぜひ一度京都でもやっていただきたいですね。植物園でもいいから、「みんなで絵を描きましょう、みんなでストーリーをつくりましょう」というようなイベントを開催すると、休日に眠っているお父さん方も起きてくると思います。

　賞はあるのですか。

永田　はい。知事賞とか市長賞とか、なかなか立派な賞があります。おもしろいことに、一応、中学生くらいまでが対象なのですけれども、大賞を受賞するのはたいてい、小学校低学年くらいまで。最も多いのは幼稚園児ですね。あの時期の子どもは、大変おもしろい絵を描きます。もうみんなピカソかと思うくらい（笑）。

千　そうそう。子どもの無邪気さのなかから出てくる、自然に対する洞察は、本当にすごいですよね。

永田　どうしてあれを、大人になると失ってしまうのでしょう。

千　それはやっぱり、だんだんと欲が出てくるからでしょうか。うまいこと描いてやろうと思うようになったらダメですね。

永田　とにかく、子どもたちの感性はすばらしいものがあります。ですから最近ではいろいろなことがいわれますが、私は今の子どもたちを見る限り、日本は大丈夫だと思います。

大人よ、童心に帰れ

千　絵本は決して幼稚園児のものではないと思うのですよ。大人ももっと絵本を読んだほうがいいですね。

永田　本当に。絵本は人生の長い友だちでいてくれる種類の本だと思います。ですから、お年を召した方にももう一度、絵本にふれる機会をぜひもっていただきたいですね。

千　この京都アスニーの教室でも、お年寄りが一生懸命学んでおられますが、私はそれと同時に「童心にかえる」というのも大切ではないかと思うのです。子どもの頃にいろいろと考えた夢を、年をとってから再びわくわくした気持で思い出すのは若返りにもつながると思いますね。

永田　それではぜひ、京都アスニーのなかに大人のための手づくり絵本教室を置いてみられてはいかがでしょうか。

千　大人のための絵本づくりですね。私が一番に入りたい（笑）。

永田　手づくりで絵を描いて製本しますと世界で一冊の絵本ができるわけですが、大人も子どもも、絵本というのは鏡のように心が映るのです。ですからおそらく、ご高齢の方ほど童心を取り戻されて、人生の忘れられない出来事を形にされると、良いものができそうな気がいたします。

千　先日ちょっと聞いた話ですけれども、八十歳、九十歳を過ぎてほとんど記憶を喪失されかけているくらい認知症の進んだ方々の手を握って、目を見つめて、ふるさとの歌を歌ってあげると、手がだんだんグーッと握り返されてきて、目が子どものように輝いてくるそうです。頭のなかで、子どものときのふるさとを思い出すからでしょうか。

永田　誰にとってもふるさとや子ども時代というのは、どんなに他のことを忘れても絶対に残るものなのですね。

千　ですから、今おっしゃっていただいた絵本教室は大切だと思うのです。子どもの頃の純真さや無邪気さを、もう一度呼び起こしていただいて(笑)。

永田　そうですね。少年少女だった自分にもう一度出会うことができます。

絵は誰にでも描ける

千　これから何かご計画は?

永田　いろいろありますが、年内に制作中の本が終わりました後、すぐにまた次の本へ入ります。私の場合、展覧会の多い年と、出版物の多い年がちょうど交互にまいります。来年は、大きな展覧会が続く年になりそうです。

千　どこでおやりになるのですか。

永田　今年十一月から十二月にかけて、永観堂で展覧会をいたします。永観堂禅林寺さんの講堂に、作品を五、六十点ほど、新作も含めて展示させていただきます。それを皮切りに来年にかけて、いくつか展覧会場を旅する予定です。

永田 日本国内へ?

千 日本も海外も計画がございます。

永田 それは大変ですね。仕事で旅をすると、自分のやりたいことができないでしょう?

千 そうなのです。私は旅先でスケッチしたいと思うほうなのですが、その時間をとれないのが残念で。その点、プライベートの一人旅でしたら、もう半日でも、座ってその場所の風景を描くことができますね。

永田 でも、それはある意味では忍耐がいりますね。私はどちらかというと走り回っているほうですから(笑)。

千 そうですか。でもきっと上手にお描きになると見ておりますが。

永田 絵心がないわけではないのです。部屋へ帰ってきて、下手ながら絵日記みたいに描いていこうとするのですが、全然ダメですね。描けたとしてもまったく違うイメージになってしまうのです。そのくせ、何気ないときにポッと描けるのだから不思議なものです。

千 「さあ描こう!」と思われると、かえって描けません。絵描きを本業にしている私たちでも、思い立ったときにすぐ手を動かすのは難しいことです。だから絵を描くことを習慣にしないといけないのですが、なかなか……。ちょうどポストカードサイズくらいの、小さなスケッチブックがあるのですが、あれがよろしゅうございます。何冊か、適当にどこにでもお置きになって、カバンのなかにいつもお入れになってはいかがでしょう。

千　スケッチやデッサンには、やはり鉛筆ですか。

永田　鉛筆がいいですね。６Ｂくらいのやわらかい鉛筆でお描きになると、線に味わいが出てとても上手に見えます。

千　それはいいことを伺った。ひとつやってみます（笑）。

永田　上手に描こうと思うと手が動かなくなります。だからひたすら無心に。小学校以来、今日、まったく久しぶりに絵を描くという方たちが、私たちから見ると本当にいい絵を描かれたりするのです。「こうでなくてはいけない」という思い込みの枠をちょっと取り外されると、すごく伸びやかないい絵が描けると思います。

千　ひと口に絵といっても油絵や水彩画、水墨画などがありますが、自分の好きなものをやればいいのですか。

永田　画材は人の性格にずいぶん関係しております。私は割とせっかちで早く結果が見たいタイプなので、油絵は向かないのです。反対にじっくりと積み上げていくタイプの方は、水彩画なんかはあっという間に終わりすぎて物足りないとおっしゃいます。水彩画は筆を加えていけばいくほど濁った、いやな画面になるのですね。ですからやはり、まずはご自分の性格を分析されて、それから画材を決められるとよろしいと思います。

千　私も油絵は絶対に向きそうにないですね。水彩画をやらせていただきます（笑）。

永田　水彩画は下手に手を加えず、一息に描くのがコツです。思い切りの良さを求められるので、ある種の大胆さがないと難しい。その点、向いていらっしゃると思います。

千　なるほど。お話を伺っている間にどんどん、絵心とはどんなものかわかってきました(笑)。

永田　だいぶ刺激をいたしましたでしょうか(笑)。でも私のほうこそ、今日は良い気をたくさん頂戴いたしました。普段は仕事で部屋にこもりっきりで、一生懸命絵ばかり描いておりますと、ずっと一人ですから、もう誰とも口をきかないこともたくさんあります。ですから今日はとてもうれしかったです。

千　大分、お口をきいていただきましたからね(笑)。集中力を奪ったのではないかと心配です。

永田　いえ、とんでもない。気持がひろびろとリラックスして、また絵を描く元気がわいてまいりました。

千　ではそのエネルギーをぜひ、形にして作品になさってください。私は永観堂の展覧会を拝見に行ってメルヘンの世界に浸り、少年の頃にかえってみたいと思います。今日は本当に貴重なお話を伺いまして、あっという間に時間がまいりました。永田さんの今後のご活躍とご多幸をお祈りいたしております。本当に、貴重なお話をありがとうございました。

（『創造する市民』第七十四号　平成十五年一月）

旅は道づれ

犬飼栄輝

栄西《えいさい》いわく「二日酔いにはお茶を」

犬飼　わが国の茶道の歴史は大変古いんでしょうが、そのルーツはやはり中国でしょうか。

千　おっしゃるとおりです。臨済宗の祖、栄西禅師（一一四一〜一二一五）が最初に日本へ茶種を持ち帰ったといわれておりますね。

栄西禅師は宋へ渡って禅宗を学ぶわけですが、宋の禅院では座禅をするのに、眠気を覚まし、心気を爽快にするというのでお茶をいただいていたのです。

これは健康のためにもいい、と茶種を持って日本へ帰ってきた。

犬飼　一般の人にまで広まるには何かきっかけがあったんでしょうか。

千　当時の鎌倉幕府の源実朝公（一一九二〜一二一九）、この方、非常にお酒が好きで、いつでも二日酔いになっていたと（笑）。それで栄西禅師が『喫茶養生記《きっさようじょうき》』という、お茶の効用をあらわした書にお茶の葉を添えて献上するんです。

将軍がお茶を飲んで身体がしゃきっとしてきた、ということになれば大変な宣伝効果がありましたでしょうね。マスコミは要らないわけです（笑）。もう、うわあっと広まってしまう。

犬飼　ほんとに二日酔いに効くなら、もう一杯いただきましょう（笑）。

千　いや、これはね、室町末期に『酒茶論《しゅちゃろん》』というのが書かれているくらいですから。いわく「酒を飲み過ぎたらお茶を飲みなさい、お茶を飲み過ぎたら酒を飲みなさい」と。

犬飼　いいことをうかがいました(笑)。

千　お茶事ではお懐石をいただきますが「一汁三菜に酒三献」といいましてね。空腹にはいっさい酒は出しません。

先にご飯とお汁をいただいて、そこではじめて一献が出る。その次にいわゆる煮物をいただいて、また一献が出る。最後には八寸という海の幸、山の幸が出て、そこではじめて亭主と客が杯のやりとりをする。

無理強いなお酒の飲み方でなくて、適量にいただく。そしてその後、お菓子をちょうだいして、お濃茶《こいちゃ》をいただく。これ、衛生的にも医学的にも、大変うまくできております。

千利休と戦国武将

犬飼　私どもがいちばんよく存じ上げている茶人は、やはり千利休さんです。

千　利休は単にお茶を飲むということだけではなくて、そこに食も、住も、つまりお茶室や散策できる露地ですね、そういうものすべてを含めた茶道文化を作った人です。

犬飼　利休の時代には、武家の会議や懇親会にずいぶんお茶の席が使われていたんでしょう。

千　たんに人を集めて、お酒を飲ませて、おみやげを持たせて帰らせるというんじゃなくて、「お茶一服参らせ候《そうろう》」という、そのお茶一服に大変な効果があったんです。

その席で、殿が臣下にお茶碗や棗《なつめ》をつかわす。そうやって殿からいただいたものには、一国一城と同じくらいの価値があったのです。

犬飼　とくに豊臣秀吉は百パーセントその効果を利用していたように思うんですが。

千　秀吉は織田信長から、天正五年に長浜城で「茶会、亭主をつとめてよし」といわれて、有頂天になって利休のもとへ弟子入りするわけです。当時の武将にとって、お茶をやっていいと許されることはいちばんの勲章だったのですから。

犬飼　あの時代のことですから、いろいろな思惑や謀《はか》りごとがあったでしょうが、お茶の席ではそれがわかっちゃうんでしょうね。

千　おっしゃるとおりなんです。大名は皆、丸腰で茶室に入る。そしてお茶を飲みまわしするわけです。そこには大変な親近感ができてくるのです。

犬飼　栄輝
（いぬかい　えいき）

1929年、愛知県に生まれる。京都大学法学部卒業。1952年、名古屋鉄道株式会社入社。1992年に同社副社長に就任。また、名鉄観光サービス株式会社相談役を務める。1998年没・享年68歳。

たとえば敵味方でも、お茶室に入りましたらね、亭主の仕草の中に自分が入っていかなきゃならない。そのときには自分を忘却してしまう。そして、お茶を一服いただいた時には、そこにはもうなんの野望もない、無邪気な気持ち。謀略もすべて捨て去ってしまうというように。

今から思いますと、大変粋《すい》な、思いやり、気くばりがそこにあったわけでございます。今の世の中にいちばん欠けているものを、あの乱世の時代に、利休が教えていたのでしょう。

茶道は民主主義の縮図

犬飼　家元は、お茶の心は世界平和につながるとのお考えでいらっしゃる。

千　「一盌《わん》からピースフルネスを」は私の終生のテーマでございます。

一九四八年に、当時の占領軍の代将でダイクという人が早稲田大学で講演したんです。その中で「諸君、日本には昔からすばらしい民主主義の精神がある。それは茶道だ」と。

茶室に作ってある小さいにじり口、そこを出入りするときは武士といえども帯刀は許されない。扇子一本で、丸腰で茶室へ入る。まさしくこれが、平和の中に生きる民主主義だと。

それに民主主義はルールを遵守するものだ。作法や順序、折り目けじめを茶道はきちっと教えている、と講演されたのです。

私、その講演を聞いた人から知り、茶道の家の者として大変うれしかった。その時、茶道を世界中に紹介しようと考えたのでございます。

犬飼　まだ戦後間もない頃ですね。

千　最初の渡航は一九五一年でございますから、まだ日本がアメリカの占領下にあって、パスポートのない時分です。マッカーサー司令部の「占領国民保護証明書」をもらいましてね、それを持ってまいりました。

まずはハワイから。ロサンゼルス、サンフランシスコ、シアトル、ニューヨーク。ちょうど一年かかりました。

ブラジルに半年間、それからチリとかアルゼンチンなど、一年間まわりました。当時は飛行機はまだプロペラ機ですから、まあ長い旅程でした。

若いからできたんだと思います。それと意地がございましたから。

犬飼　意地、ですか。

千　戦時中、私は海軍の特攻隊におりまして、戦友がたくさん亡くなりました。自分が生き残ったことが腹立たしかったし、つらかった。

ひとつ、亡くなった連中の弔《とむら》い合戦をしないといかんと。それには戦争でなくて、日本の茶道をもって平和を訴えようと。利休さんはまさしくそれをやってたではないかと思いまして。

日本文化と茶の心を世界に

犬飼　茶道行脚の旅は、何カ国になりますか。

千　五、六十カ国にまいりましたですね。もう、かれこれ二百回以上、出たり入ったりしております。

犬飼　世界中でお点前を披露されたでしょうが、どこの国の方も、皆さん喜んでくれるそうですね。

千　皆さん列を作って待っておられるんですね。そのお茶は茶室も何もないところに来ていただいてお点前をするのです。そこにあるのはお迎えする気くばり、思いやりの心だけです。

茶室に入られて、なんでもない花ですけども、花一輪。それと掛物とのハーモニー。釜の煮える音の静けさ。こういうものを外国の方は、哲学的にとらえるようですね。やっぱり、キリスト教の考え方の影響が大きいのでしょうか。

犬飼　彼らにとっては神秘なんですね。東洋的なものに対する、我々には想像のつかないほどの好奇心といいましょうか。

二〇〇五年の万博が愛知県に決まったのも、カルガリーのような野原の真ん中でやるより、日本には茶道とか瀬戸物とか、要するに彼らにとってエキゾチックな伝統文化がいっぱいあるからだと思います。

千　私はいつも、外国の方には「この一盌のなかに緑があります」といいます。失われていく大自然があると。この一盌のなかに、大自然をみなさん見つけてください、ということをいつも最初にいうのです。

そうするとみなさん、お茶の雰囲気に溶け込んでくれるのですよ。最初はまあ、一口召し上がって「う〜ん？」なんて顔をする人もなかにはありますが、大半以上の方たちが「美味しい」と。

日本人でもわかろうとしない人は、味もお茶の心もわからない。反対に外国人でも、日本人以上にわかろうとする人にはわかってもらえるはずだと。

それには一服、召し上がっていただいて。そこには言葉も何もいらない、すなわち心と心のつながりが大切なのです。

犬飼　おっしゃるとおり、言葉は単なる手段ですから。その言葉で、何を伝えるかが大切だと思います。

千　なんかこう、国際人というと外国語ができなければと、そればかりでございましょう。言葉ができなくても、精神を持っていたら解け込んでいくことができるのです。

学生の皆さん、たくさん海外へ留学されますね。彼らが、ホームステイ先の人たちと一盌のお茶を通じてふれあってくれたら、これほどの国際交流はないと思うのですよ。

犬飼　これからさらに国際化時代、ボーダーレス時代を迎えるにあたって、家元はますますお忙しくなるんじゃありませんか。

千　お茶の勉強に、海外から私どものところへ来ていた人たちが、母国で指導者になって活動してくれてまして、その数が多くなってまいりました。ありがたいことだと思います。できたらもっと大きな規模で、茶道の国際学校、インターナショナルスクールを設置したいとも考えております。

これから何年生きられるか、まあ四、五年か十年か、天命を覚悟しながらですが。

犬飼　お茶を飲んでおられるのだから、もっともっと長生きされるはずですよ(笑)。

千　いやいや、この頃、特攻隊でともに飛行機に乗っておりました俳優の西村晃君が亡くなり、それから私のもとに入門してお稽古をずうっと熱心にやっていた黛敏郎君も亡くなった。取り残されたような気持がいたします。

犬飼　『水戸黄門』の西村さんとは戦友でいらしたんですね。

千　あの人とはね、いつも同じ飛行機にペアで乗せられて。私は身体が大きくて、彼は小さくて。なんか助さん格さんみたいでしょう(笑)。上官にポカスカ殴られながら、ふたりで訓練しておりました。

私、出撃命令の下った隊員にお茶を点ててあげましたらね、「ああ美味いなあ、千少尉。生きて帰ったら、貴様のところへ行くからまた飲ましてくれ」といいながら出て行きました。

そうやって仲間が二百人ちかく亡くなっております。みんな敵艦に突っ込んで。

亡くなった戦友の身代わりという気持がありましたからこそ、私はお茶で平和を訴えてまいりました。

犬飼　茶道を、またいろいろな日本の伝統文化をもっと世界中で理解していただかないと。

千　そうでございますね。私はハワイ大学の歴史学部教授ですし、コロンビア大学と、ハーバード大学、中国の大学でも客員教授をしておりますので、年に一回ずつは講義にまいります。世界中に茶道への若い理解者が増えて、よろこんでおります。

犬飼　家元にはますますお元気で、日本のために活躍していただきたいですね。本日はお忙しいところをありがとうございました。

（月刊『私の旅』八月号　平成九年七月十五日）

●第二章●伝統に生きる・道を拓く

心を引き継ぐ

片岡仁左衛門

※この対談は十五代片岡仁左衛門襲名前の平成九年八月に行われたものです。

千　大変お忙しいところをお運びいただき、どうもありがとうございます。
ぜひとも、京都出身の大歌舞伎俳優である片岡孝夫さんということで、ご襲名も近いのでお忙しいこととは存じますが、お願いをいたしたわけです。

片岡　お招きいただきまして、ありがとうございます。

千　お盆に入りますので、ご先代のご法要やらでこちらへいらっしゃったのですか。

片岡　ちょうど毎年、今日八月十日に入ってくるのです。

顔見世に地元の方が減っているのは、京都市民がへそを曲げているのです

千　これもご先代のお引き合わせですね。本当にありがとうございます。
今度、京都市芸術文化委員会という新しい委員会ができて、片岡さんはその委員におなりになって京都市とも特別な関係がおできになったわけですが……。

片岡　私などは本当に芝居するしか能がなくて、あまり考えたりできないほうなのですが、選んでいただいて恐縮しています。このあいだはじめて会議があって、そこでお願いしたのですけれども、京都市とかいろいろな有志の団体で京都の文化を高めようとなさる運動というのは、いく

らでもできるんですよね。問題はいかに市民の方がそれに乗ってくださるかなんです。ですから、そういうほうへ力を入れていただくようにと。

千　ありがたいですね。とかく市のほうは、そういうものをつくることはいつでも早いのですが、ただ、いかにいい人が選ばれて、いい発言をなさっても、それが市民と本当に直結しないと、結局なんにもならないということになりますからね。

片岡　そうなんですよね。

千　京都市民というのは、どうも文化芸術というものに対して、表面的にはよそよそしい。しかし、実は腹のなかでは非常に関心があるのです。ところが、それを上手に引っ張り出してあげないと、ちょっとやそっとでは動きません。

顔見世などは、ふだんお芝居を見なくても、これだけは年中行事のようにお小遣いを貯めてお

片岡　仁左衛門
（かたおか　にざえもん）

1944年、大阪に生まれる。父は十三代目片岡仁左衛門。1949年、本名の片岡孝夫で『夏祭浪花鑑』の市松役で初舞台。父の旗揚げした〈仁左衛門歌舞伎〉で演じた『女殺油地獄』の与兵衛で脚光を浴びる。代表的な役柄に、『石切梶原』梶原平三、『勧進帳』武蔵坊弁慶、『菅原伝授手習鑑』菅丞相など。1998年十五代目片岡仁左衛門を襲名。1970年第20回文部大臣芸術選奨新人賞、1987年度芸術祭賞、1988年第44回日本芸術祭賞、1999年大阪舞台芸術賞、2001年京都府文化賞功労賞など多数受賞。

いて、切符を買って、みんな行くというのはちょっとおもしろい意欲なのですね。

片岡　それが正直にいって、残念ながら減ってきているのです。やはり、私たちが子どもの頃はいっぱいで、それは本当に地元の方がほとんどでした。今は地元の方は非常に少ない。全国から顔見世ツアーでいらっしゃる方が多くて、ですから反対にホテルがいっぱいですよね。

千　ひとつには、今の観劇ツアーとかで全国から募られることに、京都市民がへそを曲げている。切符が簡単に取れない。どうしても切符を買うためには並ばないといけない。昔の人は、例えば片岡さんなら片岡さんの番頭さんがいられますが、番頭さんにお願いしたら切符もすっと手に入った。そういう意味において、役者と観客というものが非常に近い関係であったのです。「片岡仁左衛門は関西の役者やで。しかも京都にいはんのや」と思う、そういうひとつの誇りがあったんですね。留守になった御所を京都市民が守っているのと同じような意識があるのです。それがだんだんよその人にそうした場をとられるようになると、京都弁でいうと「しょうもな」という気持になってくるのですね。もっとも、いつでも行けるという気持もありますし。

ですから、何かの場合にもっとお役者衆が市民の前に姿を現してもらって、「来てください」というように呼び寄せていただくというのも、大切なのではないかと思います。

片岡　たしかにそう思いますね。

人間には逆らえない流れというものがあります

千　来年には、いよいよ十五代片岡仁左衛門という名跡をお継ぎになるわけですが、ひと口に十五代といっても、これは長い、代々の歴史がありますね。こんなことをおうかがいするのもなんですが、お生まれになったときからの歌舞伎俳優でいらっしゃるから、覚悟はおできだと思いますけれども。

片岡　いや、まさか私が仁左衛門を継ぐということは本当に考えていませんでしたから、ちょっとうろがきているということも事実なのです。

千　お兄さんや皆さん方とご相談のうえで、片岡さんが十五代を継がれるということでお決めになったということですから、これはいい判断でなかったかと思うのですが。

片岡　良かったか悪かったたか、これから先を見ないとわからないのですけれども(笑)。

千　一時、病気をされて、心配していたのですけれども、よく、お立ち直りになりましたね。

片岡　お蔭様で、ありがとうございます。本当に人間というのは弱いもので、自然の流れに沿って生きていかないと仕方がないということがわかりましてね。死ぬなら死ぬ、生きるなら生きる。これは本当に神様の思し召しのままという。仁左衛門を継ぐことは私が病気になる前に決まっていたのですけれども、そのときはまだ、これでいいのか、僕でいいのかなと、いろいろもやもやしていたことがあったんです。けれども、入院中にいろいろ考えて、自然の流れ、いろいろな意味での大きな流れ、これには決して逆らえるものではない。ならば流れに逆らわず、といって、ただ流れに任せるのではなく、流れの力をフルに活かせるように努力することが大切だと思ったのです。

私も正直、もう死ぬかなということが二回ほどございました。そのときに、もし私がこの世で必要であれば、また逆の意味でもっとこの世で修業しないといけなかったら神様が生かしておかれるだろうし。それしかないいんです。ですから、仁左衛門を継ぐことになったのも、やはりそういう私たちの力ではどうしようもない流れがそうさせてくださったのだと思うのです。

千　お父様、先代の仁左衛門さんがお亡くなりになったときも参列させていただいたのですが、偉大な方が亡くなられたな、このあと、ご兄弟がどうやって名跡を守られるのかと、それが正直心配であったわけです。やはり歌舞伎というのはそれぞれのお家の事情があっても、名跡を継がれるということが非常に大事な問題でしょう。単に普通の家を継いでいくというものではなくて、その芸というものを次に伝えていかないといけない。

いつもお正月に欠かさずに、ご先代の仁左衛門さん、あなたや我當さん、秀太郎さんや、みんな小さいときからお母様と一緒にうちへおいでになっていたあのときの、あの姿を思い出して、それぞれ皆さん方が立派に成長されて、これだけの片岡家の芸というものを続けていくということは非常に大事なことだと思っていました。

そしてあなたがご大病であったとき、一日も早くご平癒になるようにお祈りしていたのです。

とにかく奇蹟的な回復ということで。あれも、お父様やお母様の祈りのお力だったと思いますが。

片岡　あとで聞かされたことなのですけれども、ちょうど私が倒れたとき父も非常に具合が悪くて、家ではどちらが先かと。父も盛り返しましたし。

千　それで結局は、あなたがお父様の名跡をいただかれた。そういうお家の因縁を思うのです。立派な十五代をお名乗りになるわけですが、来年の襲名のご披露は。

片岡　東京の歌舞伎座で一月、二月とございまして、それから大阪の松竹座で四月、五月。十月が名古屋、そして十二月に京都です。

千　顔見世ですね。余計楽しみで、観客も増え、おおいに喜ばれると思いますね。今年の十二月もおいでになるのですか。

片岡　今年はちょっと。私も残念なのですが。

歌舞伎のなかには人間形成に大切なことが全部入っています

千　それではなおさら来年が楽しみですね。なおいっそう京都の人にはそれを機会に顔見世にもっと来てもらわないといけませんね。

お父様は晩年、お目がほとんどお見えにならなかったということで、私が行く散髪屋さんでよくお会いしたのですが、お姉様がいつもついていらして、「お父さん、千家の家元が見えていますよ」といわれても、お見えになっていられなかった。ところが舞台に立たれたら、あれだけ細かい所作がちゃんとおできになっている。すごいなと思いましたね。

片岡　やはり子どものときからやっていますから、各劇場の寸法というものは心得ていますし、もちろん稽古のときに歩いて歩数を測ったり。しゃべっているシーンでは、「あたしは、これであんたの顔を見ているか」「この角度で大丈夫か」とかね。「もう少し左のほうを見てください」というと、「ああ、そうか。これで見ているみたいか」とかね。

千　普通の人が見るのと違って、お父様などはフッと見られただけで格好がその姿になっているわけで、それがやはり長年の稽古、修養の大きな賜物だと思うのです。あれには驚きました。今度の演《だ》し物などは、ずっと十八番をいろいろ……。

片岡　はい、父の当たり役と、それからそれ以外の芝居もやります。名前は代々続いていきますけれども、その代、その代で役者の特徴があります。父も祖父とは違いましたし、もちろん祖父の芸を受け継ぎながら父の味を出していました。ですから私も父の芸を受け継ぎながら、私の色というものを出したいものだと思います。

千　私が印象に残っているのは、「桜時雨」という、あれは吉野太夫の物語で、茶のお点前も入っています。ああいうものは踏襲していかれるのですか。

片岡　あのお芝居は残したいですね。ああいう雰囲気のお芝居は、なかなかありません。

千　叔父の井口海仙と私が、お父様を囲んでいろいろ研究したりなんかしたグループがありまし

はよろしくお願いします。

た。「桜時雨」のときはそのグループが大活躍でしたね。

片岡　あれは父が何十年ぶりかでやったのです。また他の人ではなかなかできないんです。ですから私もやれるまでには、相当時間がかかりますけれども、ぜひ残したいですね。また、その節はよろしくお願いします。

千　われわれも大いにお力になりたいものです。

今はギスギスした世の中になってきたので、私は歌舞伎で取り上げられる人情的な、特に親子のつながりというものを、ああいう情緒豊かな舞台のなかから、どんどん今の人に教えていってあげないといけないのではないかと思うのです。

片岡　大昔も歌舞伎というのは庶民の方の気持を豊かなものにするとか、そういう役割もあったようですね。教育というと大それた言い方ですけれども、特に江戸時代、庶民の方は無学の方が多いですから。それで今の学校で教えられないようなこと、人間形成に大事なことを教えていくようなところがあったようです。ですから、お子さんの頃からご覧になっていたのですね。

千　今のお子さんは、皆テレビの前でゲームをやっていますけれども。

片岡　歌舞伎は、特に子どもが親を大事にすることは当たり前のように諭しています。けれども、今は子どもは親の面倒を見る義務がないと、こうきますからね。

千　反対ですね。忠孝とか、昔は修身とかで教えてもらったものが、歌舞伎のなかに全部入っているんですね。そういうものがあるからこそ、言葉を超えて外国の人でも人情物とか、忠義ということに対してのものがよく理解してもらえるのではないですか。

今は隣のことは我関せず、それが寂しくて……

千　ところで、片岡さんは子どものときからずっと京都で成長されたので、思い出はたくさんおありだと思いますが、小学校はこちらでしょう。

片岡　高校まで京都です。

千　といっても、お稽古やいろいろなことでお忙しかったでしょうけれども。

片岡　お稽古は多かったですからね。私は大阪で焼け出されまして、京都の四条川端のあたりに引っ越して来たので、物心ついたのは京都なのです。今、あの頃の生活を懐かしく思い出して、つくづく思うのですけれど、何か世の中がのんびりしていましたよね。それは子どもの目から見た感じと、今大人の目から見る感じですから、比較が正しいかどうかわからないけれども。四条の駅のところなどに人力車がずっと並んでいたりね。あの頃は生活も今より苦しいはずなんですけれど、それでも今より何かゆとりというものがあったような気がするのです。

今はすべてが非常に便利になって豊かになって、けれどもいちばん大事な心のゆとり、豊かさがなくなった。京都の思い出というのは、その四条通り界隈ののんびりしていた頃。そして小学校の頃。小学校の頃には大仏さん（大和大路正面）の近所に引っ越したんですけども、町内がやはり温かかった。今はだんだんと隣のことは我関せずみたいなことになってきているでしょう。それが非常に寂しくて。

千　とにかく、その頃は食糧難とかいろいろ貧しかったけれども、分け合うという気持が日本人にありましたね。

片岡　いただいたものでも隣にあげたり、お隣からいただいたりとかね。おもちゃも自分で一生懸命につくりましたし、チューインガムでも自分でつくって、非常に楽しんで噛んでいました。今はモノがありすぎて、ありがたさがわからないというか……。

千　物流もこれだけ便利な世の中になったし、それからコンピュータのお蔭で、子どもたちが手で遊ぶというより、頭と目と耳で遊んでいるわけでしょう。ですから妙なところだけが発達するんですね。

変な話ですけれども、昔は子どもたちとおじいさん、おばあさんたちのコミュニケーションとかもっと温かいものがあったんです。今は他人行儀になっています。それで、子どもたちに対する躾けというものがうまくいかなくなって、いい加減なものになってきている。老人が、私も含めて、若い人たちには若い人たちだけの考え方や世界があると思ってしまうことがいけないのかもしれません。

片岡　私もときどきものわかりのいい人になりすぎているかな、相手の立場を考えすぎているかなと思うことがあります。辛かったことが今は非常にプラスになっていることが大変多いですね。

ところが、それを体験していながら、「辛いだろうな。やめておいてあげよう」と思ってしまう。思いやりのようで逆に思いやりでなくなっている。どこかで、自分はいい人だと思われたいのかなとか。恨まれてもいいから、憎まれてもいいから、それはやらすべきだなと最近思うようになってきたわけです。

歌舞伎にあこがれて役者になりたいという人は多いのですが……

千　それだけ人間関係がややこしくなってきたといえるのでしょうね。歌舞伎の世界などは特に古い体質がずっと続いているでしょう。そういうなかで、この頃は新しい気風というものがやはり入ってきていますか。

片岡　入ってきていますね。ほか様よりは昔のことがまだ残っているかもわかりませんが、なかなか昔のようにはいかないですね。今は生活が楽にできますでしょう。役者をやめてもすぐに生活ができます。逆にそのほうが豊かに暮らせるのです。ですから、本当に好きで入ってきてはいるのですけれども、皆さん結婚しますと、自分は好きで続けたいのだけれども、女房がこれでは生活できないからやめてくれというとか。そういう問題もあります。

千　辛抱ということはどうなのでしょうか。

片岡　辛抱は昔ほどしないですね。そして必ず、今は自分の時間がなかったらだめですね。ですから私たちが子どもの頃のお弟子さんたちというのは、弟子入りしたら師匠の家に寝泊まりして、掃除から全部やって、師匠が寝るまで起きていて後片付けして、そして師匠が起きる前に起きて、庭掃除から全部してというのが当然でしたけれども、今はそんなことしたらだめです。誰も来ません。けれども、そのときの修業というのは本当に舞台に役に立つんですよ。

千　掃き方ひとつにしても、舞台でちょっとほうきを使うときに役に立ったり。

片岡　父なんかでも日常の出来事で注意するわけです。給仕をさせても、役柄に合った仕方を教えたり、お酒を注ぐのでも、こういう役のときはこう注ぐんだよと、いろいろ教えるわけです。

千　そういうこと自体が舞台に通じていくということですね。けれども若い人で弟子入りしたい、歌舞伎にあこがれて役者になりたいという人は多いのでしょう。

片岡　多いです。けれども例えば国立劇場で研修生を募っていますが、途中でかなりやめていきます。華やかな面だけ見て入ってきてやめる方もいますし、途中の修業が辛くてやめる方もいます。

千　裏千家から研修生にお茶を教えに行っているのですが、「どう」と聞くと、みんな筋はいいのだけれども、役者になっていく人たちかなと思うといささか疑問も残るということをいっておりました。

片岡　最近は皆さん、器用なのです。ある程度のことはパッパッとこなせる。けれども心からできていない場合が多いのです。

千　基本を超えてパッと次のところへ飛び上がっていくということが上手なのですね。

片岡　ですから割りと最初の頃に不器用な人のほうが、あとで伸びたりしますね。

映画では目を一ミリ動かしても演技になります

千　片岡さんは、テレビ、映画にもずいぶん出られましたね。テレビと映画も同じようでも違いますし、歌舞伎は全然違いますね。あなたのように歌舞伎の世界で本当に修養されて一つのものをなし遂げた方が、テレビや映画などに出られたときに、感覚的にはコマが早いでしょう。所作自体がコマ撮りみたいなものですね。

片岡　人間を演ずるという意味ではすべて一緒なのですけれども、ただテレビとか映画というのはレンズが近づいてくれるわけです。ここはアップにしてほしいとか、ここはロングでいこうとか。舞台の場合は、テレビでいうアップというところはオーバーアクションで芝居をする。ここはロングで見てもらうというところはおとなしくしている。その演技の違いですね。お客様の目をワッと自分一人にひきつけるか、全体を見ていただくところかというのは、演技者が自分で計算してやらないといけない。テレビとか映画というのはレンズのほう、つまりお客様のほうが近づいたり離れたりしてくるわけですから、同じように普通にしていればいいわけです。この計算ができないとだめなのですね。

千　どうしても歌舞伎はワイドで、全部見るわけでしょう。ところが、本当に今おっしゃったようにテレビとか映画というのは、一コマ、一コマ、ここがクローズアップとか、ここは細かいところとかがあって、ずいぶん気を遣われることが多いでしょうね。

片岡　そうです。テレビよりさらに映画のほうが多いですね。画面が大きいですから、同じ目を一ミリ動かすのでも、舞台で一ミリ動かしてもわかりませんけれども、映画はスクリーンが大きいですからシーンによっては相当大きく映ります。ですからテレビとか映画は逆に芝居をしなくても、唾を飲み込むだけでも演技になるんです。舞台でじっとしていて唾を飲み込んでもね（笑）。

千　同じ舞台でも『ハムレット』は西洋のものだからまた違ったでしょう。

片岡　私は絶対に外国人に見えるわけがない、日本人が外国のお話をしているのだと割り切ってやりましたから、歌舞伎の延長です。

千　やはり苦労があったんじゃないかと思いましたが。

片岡　歌舞伎というのはご存じのように間口が広く奥行きが深うございますでしょう。そのなかの引き出しのひとつですね。

千　そういう色とりどり、華やかであるからこそ、歌舞伎というのはすばらしい日本の国のひとつの誇るべき芸になっているのですね。先ほど京都の歌舞伎離れのお話がありましたけれども、全体的にはこの頃はずっとお客さん層は増えているのでしょう。

片岡　ただ、やはり波がございましてね。昭和三十年中期から四十年ぐらいのどん底期に比べれば、夢のようにお客様が増えてくださっていますけれども、そのなかでもまた波がございました。私たちが十代から二十四、二十五歳の間で、こちらでお芝居をやらせていただいても、お客様が半分来てくださっていたら上等という時期がありましたしね。お蔭様でだんだん増えて、補助席が出るようになりますでしょう。すると、今度は人間というのは怖いもので、補助席が出なくなると空いているとなるのですね。「補助席が出ていないのか。今月は芝居はだめかな」とか。半分の頃から六分に増えたときの嬉しさというのを忘れてしまうのですね。

千　補助席がないということに一抹の寂しさを感じると。

血筋というのは、案外あてにならないものだと思うのです

千　しかし、お子様方も上手にお育てになって、やはり資質だなと思うのですが、コマーシャルで宝塚の汐風さんとも出ていらっしゃったりしていましたが、お一人は宝塚でお一人は女優の道に行かれて、大変なものですね。

片岡　大変なことはないですよ。親は何もしていませんから。息子は、跡を継ぐわけですけれども、まさか娘が芸の世界に進むとは思っていませんでしたしね。長女の場合、下の娘の京子のほうが宝塚を見るのが好きで、それにつきあい程度で見に行っていただけなのですけれども、ある日突然に宝塚の舞台に出たいといったんです。中学二年の夏休みぐらいで、それまで歌を歌った

こともないし、ダンスもやったことがなかったのです。それで、一年間とにかくいろいろなところへお稽古へやらしました。

宝塚というのは中学を卒業してしまうと、一度すべったら受けられないのです。高校へ入っていると、すべっても高校を卒業するまでは受けられる。中学を卒業して高校の道がないと、一回でおしまいなのです。学生でなければ受けられないのです。

千　おもしろいですね。しかし大変なことでしたね。

片岡　ですから、一応高校も受けておきなさいといったのですが、いやだというのです。「すべったらどないするんだ」といっても、「いい」と。それでやっとこさ受かったわけですけれども、それから宝塚の有名な厳しさがあって、親ですから、そんなバカなこと、やめてしまえといいたいようなこともあって。先ほどの話と矛盾しますけれども(笑)。結局、やはりよかったと思います。苦しさを乗り越えた今の娘を見ていますとね。

千　スターになられて、これからどんどん活躍なさるでしょうね。また、お一人は女優さんで。

片岡　下のほうも、見るのはいいけれどもするのはいやだといっていたのですが。

千　血筋ですね。

片岡　劇団があるわけでもなし、ポツポツとやっているだけですけれども。

千　妙なもので、私の戦友で、亡くなった『水戸黄門』の西村晃君とか、娘は絶対に女優にはさせないといっていたのが、結局は孫が女優になるといって、劇団に入って、「知らんで」といって怒っていましたけれども。「やっぱり血筋やで」といっていたのです。

片岡　けれども、血筋は関係ないと思います。自分がこういう家に生まれていてなんですが。血筋というならば、今とにかく有名な役者、歌舞伎をひっくるめて他のジャンルを全部入れて、先祖代々みんなそういう演劇をやっていたか、というんです。お豆腐屋さんの息子だったとか、呉服屋さんだったとか、サラリーマンだったとか、そういう方で名人、名優がたくさんいるわけです。逆に芸能関係の家に生まれながらも役者をやめている家もある。われわれの場合、環境がそうだったということであって、血というものは案外あてにならないなと思うのです。

千　そうかもしれませんね。なんでもないところの人のほうが、バックも何もない、だからこそ、しがみついたら一生しがみついていこうという気力と努力が出てくるかもしれません。才能というのは努力と気力がなかったら、絶対伸びませんからね。いくら才能があっても、溺れてしまったらおしまいです。そういう意味においては、歌舞伎の世界でもどんな世界でも同じなのですけれども。

おもしろいのですが、私の孫が中学に入って、だんだんそれらしくなっていくのですね。小学生のときの顔と中学に入ってからは、全然タイプが変わってきますね。

片岡　それは、また矛盾しますけれども血ですね（笑）。

千　小学生のときはお稽古などでも、義務みたいなことでやっていたのですけれども、中学生になってくると、見ていると自分で独創的にやるのですね。

片岡　それは素敵なことですね。

千　これは、ものになるなと思うけれども、口には出しません。黙っています。

片岡　創作的な若い方が少なくなってきていますね。教えられたことは守っても、それに味付けをなさる方が少なくなってきていますね。

人間としていちばん大事なことをいちばん大事な時期に……

千　学校教育で、同じことを教えて、そして成績だけでやっていく。そういうなかにおいて、うぬぼれるのではないですけれども、自分の才能を自分で引っ張り出していって磨きあげていくようなことのできる、学校の態度というものが必要だと思いますね。

片岡　修身とかいうと、すぐに戦争ということと結びつけられる方が多いですけれども、人間としていちばん大事なことをいちばん大事な時期に教えていれば、こんな変な犯罪はもっと少なくなっているはずです。もちろん、昔から犯罪はあって、なくなりはしないでしょうけれども、こんな異常な増え方、異常な現象、やり方というのは出てこないはずです。これが、いちばんの原因だと思いますね。

千　何かというと、うわべだけ戦争は反対といって、それで口を閉じてしまう。そうではなくて、子どもたちがもっとおおらかに本当に親に対する気持、先生に対する気持、友達に対する気持、のびのびとしたおおらかさというもの、豊かさというものを育むような教育が必要ですね。

片岡　たしかに一部の方のためにまちがった方向には進みましたけれども、それさえしっかりしておけば、やはり忠孝、義理人情というのはしっかり身に付けさせるべきだと思います。

千　戦争というのは、これからそんな考え方で国を誘導していくという人は、もしもいたとしたら即刻追放です。そんな心配はもうないと思います。それよりももっと個性豊かな人間性というものを教育していかないといけないし、それは学校だけの責任ではなくて親の責任でもあるし、社会全体がそういう雰囲気をつくりあげていかないといけないと思うのです。それには、歌舞伎などを大いに子どもたちに見せるのもいいことだと思いますね。京都の高校生に対してお能の公開講座みたいなものをやっているのです。ですから、例えばロータリーとかライオンズとかソロプチミストとかいう奉仕団体にスポンサーになってもらって、小中学生に歌舞伎のいいのを見てもらうというのはどうでしょう。

片岡　そういうのは中学生、高校生にはあるのです。ただ、たしかにそのなかから歌舞伎ファンが増えていることも事実ですけれども、いちばんいいのは親御さんが連れていくことです。歌舞伎というと拒絶反応を起こす若い子がいます。そういうかたまりのなかで歌舞伎を見るのと、みんな歌舞伎を見ようとしている観客層のなかで自分が見るのとでは全然違うのです。なかには歌舞伎を見るのは格好悪いと思う人たちがたくさんいます。情けないのは、私たちが生で舞台に立っていても、学生が前の椅子に足を投げ出して見たり、芝居をやっているのに、なんやかんやしゃべったり。

千　観客としての態度がなっていない。マナーを教えるにも良い機会です。

片岡　エチケット、礼儀というものを教えていない。生の人間が自分たちに見せるために努力しているのにね。つまらなかったら寝てもいい、眠たくなるのは仕方がない。しかし最低限のことは、やはり必要ですね。

話は飛びますけれども、今日も電車でここに来るときに子どもがいっぱい騒いでいるのに親御さんは何もしない。他の方への迷惑とか考えないのです。子どもが騒ぐのは仕方がないと思います。そのときに親御さんが、こういうところでは暴れたらだめだとか教えることが躾けですね。それをいわないで暴れさせて、親も一緒になってワーッなんてね。人への迷惑、相手の方への思いやりができていない。

千　結局そういう大人の態度自体がなっていないから、子どもが知らず知らずにそういう大人に育っていくのでしょうね。

人任せではなく、親御さんが子どもを連れて見に来てください

片岡　ですから先ほどの話に戻しますと、きちんと芝居を見ているなかで子どもが一人入れば、周りの雰囲気にのまれてじっとしていますね。これをスポンサーがついて、学生さん見なさいと

いうと、ガヤガヤになるわけです。もちろん、そのなかでも初めて歌舞伎を見て好きになったという方もいらっしゃって、ずいぶんお手紙もいただきますけれども。

千　結局、家族がそういうものを見るという雰囲気をつくりながら、子どもたちに自然に観客マナーも教えていくということでのエチケットも覚えられたら、一石二鳥ですね。

片岡　子どもを育てるうえにおいて、人任せの部分が多いのですね。学校に任せとけとか。今もおっしゃったように、子どもを集めてやればいいというのはある意味で人任せなのです。自分が連れて行けばいいのです。面倒くさいからそういう団体へ、お金は出しとこう、となるわけです。

千　どうも世界的な傾向で、なんでも人任せで、何かあると人のせいにしてしまう。これがいちばんいけないところでしょうね。ですから、歌舞伎の世界もひとつの道を教える。私どもの茶道もそうですし、そういう日本古来から続いてきた美しき躾け、そういうものをもっと知ってもらえるようにしていかないといけないと私は思っています。

そういう意味で、いよいよご襲名の片岡さんにおいでいただいて、有意義なお話をうかがえたのは、私にとっても良かった。本当にありがとうございます。

片岡　どうもありがとうございます。失礼いたしました。

（『創造する市民』第五十三号　平成九年十月）

京舞に生きる

井上八千代

※この対談は京舞井上流家元五世井上八千代継承前の平成十一年十月に行われたものです。

千　今日はお忙しいところをありがとうございます。

井上　お呼びいただきまして、どうもありがとうございます。よろしくお願いいたします。

京舞の道へ

千　三千子さんは、おばあ様の厳しいご指導をずっと受けて育ってこられたのですが、あとを継ごうというお気持になられたのはいくつぐらいのときですか。

井上　稽古事を始めるのは六歳六月六日とよく申しますが、私の父が男三兄弟で、女の子の初孫が私でございましたので、待ちきれなくて満三つぐらいから手ほどきをしてくれました。怒られることもなくずっときておりましたのが、幼稚園の年長組のときに、今の八千代が四代ですが、三代八千代の追善の会がございまして、ちょっとお役があたりました。そのときにいきなりドカンと怒られました。それからずっと怒られっぱなしで。

代が一つ抜けておりますから、祖母は「継いでほしい」と口に出してはっきりは申しませんけれども、ひしひしと感じまして、高校を卒業しましたときに、迷いましたけれども「この道に入ろう」と思いました。

千　私は初舞台をお踏みになった頃のことをよくうかがっています。

六月六日と申しますと、平安建都千二百年の理事長をやっておりましたときに、たまたま平成六年だったので、六月六日午後六時に式典をやろうと決めました。すると知事さんや市長さんが、「どうして六に拘泥されるのですか」というから「六歳の六月六日にすべてのものを身につけるスタートを切れば、行く末は大成するという中国の諺があります」ということで、当時、三笠宮殿下、妃殿下をお招き申し上げて式典を行ったのです。

井上　では若宗匠方も皆様方がそうですか。

千　若宗匠などは先代がおりましたけれども、孫は五人全員六月六日に私が稽古始めをいたしました。ちゃんと小さな道具があるのです。それから男の子は五歳になりますと着袴《ちゃっこ》の儀というものがありまして、それもやはり故事どおりみんないたしました。

井上　そういうお家で、そういうことを経験してこられるのも大切なことですね。

千　今頃は、そのようなことをやいやいいうのは決まったお家しかありません。

井上家は能楽のお家で、しかも京舞のお家元というお立場であって、両面からそういう雰囲気のなかでお育ちになっているから……。

井上　いえいえ。

千　抵抗はありましたでしょう。

井上　一代あいたから急《せ》かされているということもありましたけれども、親と違って反発すると

井上　八千代
（いのうえ　やちよ）

1956年、京都に生まれる。祖母は京舞井上流の四世家元・井上八千代。父は能楽シテ方観世流・九世片山九郎右衛門。1970年名取、井上三千子を名乗る。ノートルダム女学院高校卒業。1975年、八坂女紅場学園の舞踊科講師となり、現在に至る。
1999年に日本芸術院賞受賞。2000年、家元・井上八千代を襲名。現在、(社)日本舞踊協会理事などを務める。

いうことがございませんでした。母は専業主婦ですけれども、母親が舞をやっていたら私はおそらく別の道へ行ったのではないかと思っております。

祖母は明治三十八年生まれですから、今は満九十四歳です。私が昭和三十一年でございますから……。

千　ちょうどいい。かえって叱られなかったと思うのですよ。

井上　祖母としてはやさしゅうございました。師匠としては厳しい人ですけど。自分にも厳しい人やから、よけい今の歳になれば人にやさしい師匠になりましたし、怒られた頃が懐かしゅうございます。

孫を教えるということ

千　私の弟の子どもの利美もよくお宅にお稽古におうかがいしていたのです。三千子さんとはノートルダムでご一緒でしたね。その頃まだ小学生でしたから、着物を着てお稽古をさせてもらうのがうれしかったのでしょうね。

井上　大人の方にもそれはいえると思います。日常的に着物を召される方がずいぶん少なくなりましたし、それだけでも違った時間をもてますから。割合に小さい方からもう子育てがすんでゆっくりされる年頃の方、七十歳になってからご入門という方も多うございます。これからの時代は、宗匠のお茶とか私どもの舞の世界というのはよけいに大切になるのではないでしょうか。

千　若い人たちは、日本の伝統的なものに対してそっぽを向いているといわれがちですが、私は必ずしもそうではないと思います。今までは家にお父さんやお母さんや年寄りが一緒にいて、知らず知らずのあいだにやっていることを見ていましたね、いいことも悪いことも。それが取捨選択されて日本人らしい生活態度というものができてきた。けれども今は個室をもっていて、おじいさんやおばあさんとの関係を断絶してしまう。

井上　伊住さんの坊ちゃんとうちの娘が学校でご一緒で。大晦日に大きな置所《おくど》さんでもち米を蒸して皆さんがお餅を搗《つ》かれますそうで、そのときのことを作文に書いておられまして、お写真と一緒に教室に貼ってありました。ああ、京都にもこういう生活がだんだんなくなってきて寂しいことやなあと。

千　私は教えるときには家元の立場なのですが、家内に「おじいちゃまが教えているときの顔を見ていたら、ほんとへナへナね」とよくいわれたんですよ。「若宗匠のときにはもっと恐い顔をしていた」と。実際、息子たちに対しては隙を見せたくないと、変な威厳を保とうと思ってしまう。しかし、孫にはだめでしたね。

井上　やはりお狂言の茂山先生のところも伝統的におじいちゃまがお孫さんをお教えになるそうです。何か一つワンクッションおいてものを教わるということはいいことなんやろうなと思います。

好き・器用・伎《わざ》を積む

千　井上の大師匠さんを拝見していると、背筋をピンと伸ばして、後ろについてみんなのやっているこことをうなずきながら見ておられる。一人ひとりの舞に全部ご自分が責任をもっておられる。私はよくわかるのですが、普通の人でしたら負担がかかって引っくり返ってしまいますよ。さすがに井上の大師匠さんは鍛えに鍛えぬかれた方です。

あの小柄な方が舞台に出てこられると、大きく見えるのですね。逆に私は「あなたは大きいから、お点前をするときにはなるべく小さく見せるように」と先代にいわれたことがあります。そのときは意味がわからなかったのです。ところが小間などでお点前をするときは、私がお辞儀してパッと出ただけでお客さんのほうが威圧感を感じる。それではお茶にならない。ですから、できるだけスーッと入っていくような気持でお点前をしないといけないこともわかりました。利休も「大男なるがゆえに小さきもの好めり」ということが出ています。うちにございます利休の等身像というのは私と同じぐらいです。大きいですから、むしろああいう小さな躙口をつくるとか、小間の四畳半の茶室で侘茶をするとか、わかるのですね。

大師匠さんはあれだけの体のなかからワーッと舞台全部に発散する。あなたを拝見したときにびっくりしたのは、それを受け継いでいらっしゃるのです。これはやはり天性の才とご自身の努力でしょう。それと、舞が好きで好きで、ということ。

井上　こういう仕事をする者は好きでないとやれない部分があります。やめてしまったらどうしてもかなんやろうなと思うのです。お茶もそうでございましょうね。

千　そうですね。好きで、器用で、伎《わざ》を積むということ。こんな面倒くさいこと好きでなかったらできませんよ(笑)。器用というのは、要するにきちんとできるということ。それから伎を積むというのは、いろいろな経験を積んでこないと機敏な働きができない。働きは非常に大切です。それも則をちゃんと決めて、そのうえでの働きでないといけない。これをいうとよく、「それならばはじめから崩して」となるのですが、そうではないのです。それでは成立しません。

井上　私は不器用なたちですから、同じものを何度も繰り返します。曲目の違うものも広く全部に近いほどやってみる。そして、同じものに再び出会ったときにどう感じるかということを大切にしていきたいなと思っております。

「戦友」

千　ご結婚なさって、しかもご主人の観世さんは東京ですから、東京と京都と行ったり来たり、大変ですね。

井上　この頃はだんだんと京都、京都になってまいりましたけれども、東京に住民票がありまして、たまにはあちらへ帰ります。そうしますと、京都がどうなるかとか京都のまちがやっぱりいいなあと、京都に対する思いは深くなりました。

この間うっかりいたしまして、私が東京へ行きますと、主人は関西へ来ている、そんなことがございました。

この頃は京都のお正月の行事が割合に簡略になりましたもので、祇園の始業式が始まる前に戻るというふうにさせていただいております。子どもを京都の学校へやりましたもので、京都におりますことが多うございますが、年末と夏休みは一緒に東京へ帰るようにしています。

千　考えてみると、お能のお家と舞の家元がこうやって結婚されて、そこで一つの芸術的な、また大きな家風というものが、すでにできていますね。

井上　お恥ずかしゅうございます。ただ私ども夫婦は同い年で、三十歳直前で一緒になりましたもので、どちらかといえば共に舞台人で、いわば戦友みたいな感じでございます。宗匠に戦友というといけませんね、私ら戦争を知らん者が戦友という言葉は……。

千　いや、戦友というといちばんよくわかります。いい換えると、こいつとなら一緒に死んでもいいという気持でしょう。夫婦もそうしたものです。

井上　ちょっと普通の夫婦とは違うのかもわかりません。でも宗匠は、戦争を経験されたということが、ご自身のなかでものすごく大きなことでございましたのでしょうね。

千　それが今日まで生きてきた、私を支えた唯一大きなものですね。今はもう亡くなりましたけど『水戸黄門』をやった西村晃君が戦友で、無二の親友でございました。最後の特攻隊のときに「西村が行くか、俺が行くか。先はどっちや」ということを賭けていたんですね。そうすると西村に先に命令がきた。私には待機命令が出た。西村が泣きましてね。「おまえ、俺と一緒に死ぬというたやないか。嘘つき」といってすごくなじられたのですよ。もしあれで西村が死んでいたら私は一生浮かばれなかったと思います。

私たちの年代というのは、先般亡くなった塚本幸一君もそうですし、みんな戦争で苦労してきた。よく命があったというとそれだけですが、本当に頑張ってきましたね。

井上　飛行機に乗っておられるときには、お茶のこととかお家のこととか、やっぱり思いが……。

千　このままこの飛行機に乗って帰りたいと最初に思いました。徳島の航空隊にいたときは大阪などの上空を回るのです。本当は京都の上を通ったらいけないんだけれども、ちょっと延ばして京都の端まで来て、上から拝んで帰ったこともあります。

でも、私は帰ってきてからずっと、伝統の世界というものがどうなるのかと心配しておりました。そうしたら、こういう文化は大事にしないといけないと、むしろアメリカのほうが日本に言ってきた。歌舞練場の踊りも再開できるし、われわれのお茶のほうもどんどんできるようになった。アメリカという国は寛大な国だったし、また日本を立て直すために懸命に努力をしてくれ、それだけ日本の文化を研究していたのですから驚きですね。

変わる風情

井上　京都が焼け残ったということだけでもね。大事にせんなりませんね。形のうえでいえば、やはり町並みや京都の山々のこと、できるだけ美しいままであってほしいとものすごく思います。

私がまだ五つ、六つの頃には夏は物干しへ上がりまして、上でものをいただいたりしました。東山がまっすぐ見えて、もちろん大文字もみんな見えましまして、周りもみんな瓦屋根やったんですけど、その瓦屋根の風景がなくなりましたね。

千　うちも今でも、満月のときは物干し台にお供え物をしたり、物干し台へ上がって星を眺めたりするんですけれども、お寺の甍だけだったのがビルディングになって、何か味気なくなってきている。特に三千子さんのところは京都のど真ん中、祇園町でしょう。

井上　祇園のはずれでございますから。

千　そこでちゃんと祇園を監視していらっしゃるんですよ。

井上　私どもの住まいの新門前という通りは、ほとんど全部道具屋さんだったのが、一時次々となくなりまして、どうなるのかしらと思っていましたら、この頃はかえってまたおもしろいお店ができるようになりまして。一軒でもお店が閉まると寂しいもので、本当に風情が変わってしまうのですね。やはりまちというものは人が住まんとあかんのやなと思いましたね。

京都を支える井上流独特の舞

千　私は、京都の祇園町がもっているのは井上家の三千子さんや大師匠さんのお蔭だと思います。芸者衆がしゃんとしていらっしゃる。うちらは井上流という京舞で鍛えられているという芸と誇りがあるんですね。ですからお稽古で、お師匠さんにピシッとやられて泣きながらでも一生懸命にやっている。やはり井上流というものが京都のまちをある意味においては支えているひとつの印だと思うのです。

井上　これからもそういうふうにみんなが思ってくださるといいんですけど。

千　井上流は一種独特のお能が入った舞ですね。私らは小さいときからお能、謡で鍛えられてきましたけれども、よく皆さんが夏に総ざらえでお能のお稽古をされていましたが、あれも稽古としては得難いことです。

井上　私もだいぶん遠ざかっておりましたけど、二、三年前にありましたときに拝見に行きまして、いつもの舞を舞っているところと、お仕舞いを舞っている姿というのが全然ころっと違う人もあって、興味深く見せてもらっておりました。

千　昔、おねえさん連中がわれわれの前で華麗な舞だけではなくて、全然変わった構えを見せていただいて、「はあ」と思ったことがありました。

井上　ありがとうございます。皆さんで応援をしていただきまして。宗匠は、私はどなたかにお聞きしましたが、お舞台に立ってはいかんというようなお決まりがあるのですか。

千　そうなんです。稽古するにはいいけれども、舞台に立つということはいけないというのが不文律になっています。

井上　それは何かお茶をなさる方が相反する部分があるんでしょうか。

千　というよりも、仮に舞台に立つというようなことになるとうぬぼれてくる。洒落でやるのはいいけれども、深入りすると自分の本業を忘れてしまう。ただ、先代などは、自分は教えてばかりいるから習うということをしなきゃいけないということで、自分も清元とか長唄をやっていたのです。

井上　お芝居もお好きでしたね。私が小さい頃に何か顔見世の桟敷においでになられて、お重をお持ちだったでしょうか。そういうお姿が記憶の端に残っておりますけれども。

千　先代は歌舞伎が一番好きで。おたくのおじい様も一緒に井口の叔父と会をこしらえていまして、よく歌舞伎の若衆役、特に先代の中村吉右衛門とか歌右衛門とかと一緒にやっておられました。あの頃はまた役者衆ものどかでしたね。

井上　宗匠もお忙しいでしょうけれども、お楽しみ事をこれから増やしていただきまして。こんなところでいうといけないのでしょうが(笑)。

千　またお稽古いたしますので、よろしく。

皆を勇気づける大師匠の舞

千　私は三年前に文化勲章をいただいたときに、大師匠さんにおいでいただいて、私よりも先輩の文化勲章をおもちですから、恐縮して「二人で手をつないで歩きましょう」と。

井上　いっていただいて喜んでおりました。

千　あれが忘れられません。

井上　あの時分はまだ元気でございまして、ちょっとそのあと歳がいきましたが。

千　しかし、ああやってまだ舞台にお立ちになられて。

井上　一年ほど抜けまして、明日はちょっとしたお座敷で人さんの前で久方ぶりに舞うてみはったらと思っております。強い人ですから今までも大病を越して復帰してまいりました。私の望みは、抽象的な言い方ですけれども、祖母の舞はいつも自分を励ましてくれた。生きる力を与えてくれたと思っておりまして、それが私の支えやったんです。そやからお稽古をしてもらうこともやし、たまには家の舞台でも舞うてはるところを見たいなと。どんな形にしろ生涯現役ということを貫いてほしいし、またそう生きられる人やと思っております。何とか百歳までいってほしいと。

千　大師匠さんの気持になってみると、あなたというすばらしい後継者ができたことをどんなにか喜んでおられると同時に、やはり自分自身も生涯現役という気持でいらっしゃるから、なかなかお倒れになりません。病気をなさってもシャキッとされて。井上の大師匠さんのそうした生きざまというものが本当にみんなを勇気づけると思います。どうぞひとつ大師匠さんにすばらしい姿を見せていただきたいものです。

井上　幸いにしてうちの舞は、短い短い三分、四分のものもありますし、京都へ来ていただかんとよそへは行けませんけど、ご覧いただけたらいいなと思っております。

千　見ていただいたらみんなおそらく気合が入ると思います。やはり生きるということに対する希望をもつことが大事なのですね。

井上　自分の今生きていることの目標みたいなものがあるかないかということがすごく大切です。私たち次に続く年代の者というのは、その年を経た方のもつなんともまた違った力みたいなものを、大切にしていくことが務めやなと思います。

京舞のなかの生命力

千　これからの抱負を。

井上　とりあえず私は、舞のことは好きな道ですから続けるということしかないと思うのですが、人数の少ないなかでやっておりますので、舞のことをどんな形でもまず知っていただいて、ご覧いただけるならばありがたいと思ってお話をさせていただいたりするようになりました。こつこつと積み重ねが大切やと思っております。

先ほどの祖母の話やないですけど、先代というのはやはり百歳まで生きた人なんです。ずいぶん大柄なおばあさんで、その当時、奇術の松旭斎天勝という人が好きで、それから拳闘といったのですがボクシングが好きで、そして、おはぎを食べながらお酒を飲むという人やったそうです。その人が都をどりを始めた人ですが、古い映像を見ますと、私どもの見知った舞とまた違うのですね。今の八千代の舞とは違うのですが、とっても力強い、命の満ち満ちたと申しましょうか、生命力のある舞なんです。私は祖母とたちが違うけれども、そういうことを京舞のなかに見出していきたいと思っております。新成人の方やらは、私どもの舞の世界とはまったくご縁がないかもしれませんが、成人式で初めて着物をお召しになるという方もおありやと思います。その際にちょっと続きに座ってお茶をいただいたりとか、そんなこともいいんじゃないかなと思います。

千　そういうところから譲り合いとか思いやりという気持が出てくる、舞を通じて若い人にもどんどんそういうことを教えてあげる、また年寄りには勇気をもたせてあげるということをぜひお願いいたします。

井上　ありがとうございます。まだ私のほうが皆さんに助けていただくことばかりですけれども、どうぞよろしくお願いいたします。

千　今日はいいお話をありがとうございました。また、お目にかかりましょう。

井上　宗匠もお忙しいのに時間をお取りいただき、ありがとうございました。

（『創造する市民』第六十二号　平成十二年一月）

和事《わごと》の芸脈に新たな広がりを

坂田藤十郎

※この対談は坂田藤十郎襲名前の平成十七年十一月に行われたものです。

比叡山薪歌舞伎と吉例顔見世興行での襲名披露

千　今年の夏は「比叡山薪歌舞伎」で傳教大師・最澄になりきられました。本当に比叡山でおやりになるのは、大変なことと思います。

中村　傳教大師というお役をさせていただき、体に染み込んでくる尊さみたいなものをいただきながら、大勢のお客さんに観ていただくというのは、何かご縁があればこそですから、本当にありがたいと思っております。

千　傳教大師の御開宗千二百年という非常に古い歴史とともに、京都では平成六年に建都千二百年を迎え、私どもはそれを機会に大きないろいろなイベントをしたのです。京都は千二百年と、それに続く行事が次から次へと出てまいりますから、ありがたいと思っています。

中村　本当にそうでございます。千二百年という、そういう大きなイベントに出会えるということだけでもありがたいことです。成功祈願というので根本中堂で護摩を焚いていただいたんですが、体全体に霊気が漂ってくるような。堂内には千二百年間ずっと灯がともっておりますね。

千　一灯がねえ。一灯から萬灯へ、本当に大切な灯です。

中村　一昨年にも傳教大師をさせていただきました。あのときに、灯をおともしになる「あきらけく」というお言葉も比叡山でいわせていただいて、また二年おきまして入寂の一番最期をさせていただくという。

千　今度は入寂の最期のところですね。これは一番大事なところで、演技にも工夫や何かで大変ですね。

中村　最期の「命は限りはあるけれども、自分の志は永遠に生きる」という言葉や、「一隅を照らす」という傳教大師様の素晴らしいお言葉を、しかも比叡山でいわせていただいた自分を生涯忘れられません。

千　続く暮れの顔見世では坂田藤十郎襲名ということで、晴れの大きなご責任がまた増えますね。

中村　そうなんです。この頃の襲名は東京からスタートするのが一般的ですけど、坂田藤十郎という人は京都の人で、上方の歌舞伎をつくったお方でございます。いろいろ調べましたら、坂田藤十郎のホームグラウンドの都万太夫座は四条大橋の東詰、今の南座のあたりで芝居をしていた

坂田　藤十郎
（さかた　とうじゅうろう）

1931年、京都に生まれる。父は二世中村鴈治郎。1941年二代目中村扇雀を名乗り、初舞台を踏む。1953年、『曽根崎心中』のお初を演じ、「扇雀ブーム」を巻き起こす。1990年、三代目中村鴈治郎を襲名。1994年重要無形文化財保持者（人間国宝）、芸術院会員、2003年には文化功労者ほか、多数受賞。アメリカ、カナダ、ロシアなど海外でも歌舞伎を積極的に上演、功績を上げる。2003年『曽根崎心中』お初役の通算上演回数が1200回を数える。2005年、231年ぶりに四代目坂田藤十郎を襲名。

そうです。だからどんなことがあっても最初は南座でさせていただきたいと……。まして私は生まれ故郷が京都でございましょう。まだ母校の立誠小学校が残ってますんですよ。

千　立誠校に行ってられたのですね。

中村　はい、何十年ぶりに入りましたらね、私が廊下を走っていたときと同じ建物なんです。

千　いろいろと子どもの頃のことを、思い出されましたでしょう。

中村　ええ、そのままだったですね。変わってないよさがありまして、嬉しゅうございました。

千　京都は伝統的に学区制というもので、ものすごく団結しているのです。たとえば我々ですと室町学区。学区の中でひとつの集団的なことをやるのです。昔の東京でいうと木戸があって、その木戸の区域からエリアが決まっていくわけでしょう、江戸八百八町の。京都は学区で決めていたのですね。ですから縦横の連絡が実に京都はそれでうまくできていたのです。

中村　でも、周りは昔と随分変わりました。昔、木屋町は静かな通りでございましたけど、今は大変にぎやかで私が住んでおりましたところも、きらびやかな光が随分ついておりますね。

千　でも、そうやって京都のご出身である名優のあなたが、比叡山でおやりいただいて、そのあと藤十郎のご襲名のつながりがあるのは、我々にとってものすごくありがたいことです。京都中が沸いてくると思います。

中村　嬉しゅうございます。

二百三十一年ぶりの名跡

千　ご存知ない方もいらっしゃると思いますので、藤十郎さんのご襲名についてちょっとお話いただけますか。

中村　わかりました。歌舞伎には、江戸歌舞伎の形と上方歌舞伎の形の二通りの長い伝統・芸脈があるのです。今から三百年ほど前に市川團十郎という人が、「荒事《あらごと》」という江戸歌舞伎の形をおつくりになりました。上方のほうは、ラブストーリーと申しましょうか、男と女の愛情のキメの細かい芸「和事《わごと》」というお芝居が、上方歌舞伎のひとつの大事な芸でございました。それをつくったのが坂田藤十郎。ちょうど同じ時期でございました。ですから、私は、江戸歌舞伎の芸と上方歌舞伎の芸と両方が栄えないと、歌舞伎というのが本当の意味で栄えたということにはならないとずっと思っておりました。市川團十郎は、その三百年ほど前から十数代に至る今まで、ずーっと名前がございました。でも、上方歌舞伎をつくった坂田藤十郎の名前は二百三十一年間空いていたわけです。

千　そんなに空いたのですか。

中村　自分の芸を一生懸命やっていれば、名前なんてどちらでもよいというものでございますけれども、やはり伝統芸能というのは、ずっと続いている江戸歌舞伎の市川團十郎と同じように坂田藤十郎という名前も、両方出ているほうが今の方たちにもよく理解できると思い、名前だけでも二百三十一年ぶりに出させていただきました。両方の芸脈があればこそ歌舞伎がよくなっていくということをわかっていただければと思い、私が継がせていただくことになりました。

千 ご先代の頃からそういうご襲名の話が？

中村 私の祖父・初代鴈治郎が、その時代に「当代の坂田藤十郎はあなただ」といわれたらしく、自分もちょっと坂田藤十郎を継いでみたいなと思っていたようなことを父から聞いておりました。でも、やっぱり鴈治郎という名前を一代で大きくしましたので、そういうことにはならなかったんですけども。祖父も憧れていたみたいです。

千 やっぱりまわり回ってねえ。因縁と申しましてもいいでしょう。

中村 そういうことなんでしょうねえ。上方歌舞伎のシンボル的存在ですから、やっぱり名前があったほうがよいのではないかと思います。

千 そうですね。歌舞伎の歴史というのをひもといてみると、上方の藤十郎と江戸の團十郎の両方の面白い組み合わせができますね。

中村 坂田家というのは私だけということになりますけれども、それは上方のお芝居の膨らみみたいなところがございます。

千 坂田藤十郎という名前は一代だけですか。

中村 今度の場合は私だけになります。成駒屋を出て別の家号になりますが、上方の芸脈というのは変わりませんからね。

千　そうでございますね。大阪の芸脈は、中村家が最も広範囲に培ってこられました。

中村　それは大事にしたいと思っております。京都の役者ですから、本当に京都でさせていただくのは嬉しゅうございます。

千　京都で生まれてお育ちになって、ここまでおやりになったのですから、私は当然藤十郎さんに相応しい方だと思っております。

中村　南座も何かと考えてくれましてね、四条大橋から見ましたら、カウントダウンと申しましょうか、南座の屋上に『藤十郎の襲名の初日まであと何日』という看板を掲げているものですから、全然歌舞伎を知らない人でも「あれ、なんやぁ」と。

千　なるほど。今までにないことですからね。

中村　ないです、ないです。劇場の方が一緒になって考えてくれて、いつも以上に何か温かいものを感じます。京都の皆さん方に応援していただいて、京都のお祭りみたいにしてくださって幸せに思っております。

千　もう滅多にないことですわ。京都にとっての名跡を、京都出身の藤十郎さんがおやりになるというのは大変な大きな話題であるし、また京都人全体が応援申し上げなければと私自身思います。

伝統の活性化

中村　今度、京都に立派な迎賓館ができましたですね。

千　そうなんでございますよ。私も建都千二百年協会の会長で、迎賓館を誘致したものですからね。京都というのはだいたい、まち全体が迎賓館なのですよ。別に御所のなかに迎賓館を設けなくても、ありとあらゆるところにお迎えできるような施設がありますでしょ。だから、サミットとかで一堂にお集まりになってやるというようなときには、警備の問題で京都御所のなかにつくったわけなのです。でも、果たしてサミットが京都に来るかどうかというのは政治的な力と経済的な力と外交的なものがあって、近辺に大阪とか神戸とかがございますしね。

中村　でも世界の人たちにとって日本というと、東京と京都ということで、やっぱり京都へ行きたいと皆さんおっしゃいます。京都というのは日本の一番大事なところですしね。なんといっても、都が一番長い間あったところですから。

千　あのときは、ご夫人の扇千景さんにいろいろと陳情に伺いました。

中村　迎賓館ができたときに伺いまして、京都の皆さんは素晴らしいなとつくづくいっておりました。

千　そうですか、ありがとうございます。なかにある調度品は全部京都の伝統的なものを使いましたから、迎賓館のおかげで伝統美術工芸というものが生き生きとしてまいりました。

中村　なるほどね。

千　たとえば今度、比叡山で傳教大師をおやりになって、そのために比叡山全体が盛り上がり、また傳教大師に対する一般人の信仰心がぐっと込み上げてきます。それと同じように迎賓館で美術工芸というものを研究していただいて、古いものをもういっぺん活性化させたのです。

中村　歌舞伎もそうなんです。何かイベントがあって歌舞伎の幅を広げるというか。伝統は大事ですけれども、歌舞伎というのがずっと長いこと続いているのは、お客様に今、観ていただいて親しめる演出なり何かすることが大事だと。今度の藤十郎襲名も、狂言は全部古典ですけど、ストーリーをよく理解していただけるよう、もう一度洗い直してみようというのも、ひとつの大きな狙いなんです。一般的に襲名というのは家の名前と芸を継ぐといわれますが、私の場合はそうではございませんので。また、そういう役目をいたしませんと襲名した意味がなくなります。歌舞伎の伝統の活性化ということを考えてさせていただこうかなぁと思っているんです。

千　いいなぁと思いますね。私が期待いたしておりますのは、単に襲名をなさるということだけでなく、その名前をいただかれるあなたが、ご自分をそこへ生かしていかれるということ。

中村　もちろん、先輩たちが素晴らしいものをおつくりになってますから、まあ私なりに今の方でも楽しんでいただける形に。非常に難しいことなんですけれども、これからの大事な歌舞伎の幅の広がりだと思いますし、頑張ろうと思っております。

千　市民の皆さん、大いに期待しておりますから頑張ってください。

中村　力強うございます。京都の素晴らしいお方たちにそういうふうにいっていただけたら、二百三十一年ぶりに名前が出てまいります「藤十郎」という人もきっと喜んでくれると思います。

千　京都人で支える会をつくらせていただいたらと思います。歴史的にも、坂田藤十郎が二十一世紀に再現することは素晴らしく意義あることです。

中村　ありがとうございます。

千　だいたいいろいろな面で京都に本当の旦那衆、歌舞伎が本当に好きで好きでたまらないという旦那衆が少なくなりましたね。

中村　でもねぇ、やりましたらわかってくださる方がいらっしゃると思います。

千　この頃、京都造形芸術大学が舞台芸術に熱心に力を入れて、大きな劇場をつくったんです。皆が、ぜひ何かの機会にといっておりました。

中村　どうぞ、お役に立てることがありましたらおっしゃってください。

千　ぜひまたお願いしたいですね。能楽、狂言、歌舞伎、そういう日本の古典芸術を、現代社会に結び付けていこうとしています。

心のつながりは民族を超える

中村　いつも海外公演へ行きまして思いますのは、江戸時代につくられた近松の古い作品を持っていきましても、人の心に国境はございませんね。アメリカやイギリス、ロシア、韓国で『曽根崎心中』をいたしますと、カーテンコールの拍手で「わーっ」といってる顔が、国や言葉が違うのに全部一緒なんですよ。だから日本だけが違うんじゃなくて、人間のつながりというのは国とか民族は関係ないんです。

千　おっしゃるとおり。

中村　海外公演で一番嬉しいのはそれなんですね、文化交流が。人間をつなぐ大きな役目をさせていただく。もうお茶のほうは、前から素晴らしく交流を深めてらっしゃって、なかなかそこまでまいりませんけれども、歌舞伎も日本の伝統の中の人の心みたいなもの。そのつながりをスタンディングオーベーションのときに、立って手を叩いてらっしゃる姿を見てますとね、どこの国も同じことです。涙が出るほどこちらが感動いたしますね。

千　残念ながら、日本人が日本のものをわからなくしてしまいましてね。ところが、外国へ行くと、日本のことを日本人以上に感じておられる。言葉も何もいらない。ただおやりになってること自体が入っていくわけなのですね。ですからとにかく見て、その中に自分が入って感動的なものを受ける、これが私は「芸道」だと思っているのです。そういうこと自体が民族の違いを超えて人間同士、同じ人間ですからね。

中村　そのとおりでございます。本当にお茶を海外でおやりになっていること、素晴らしいことといつも尊敬申し上げております。

千　ありがとうございます。

中村　人間の心のつながりを大事にしとうございますね。

千　そうですね。外国人だから日本のものはわからんという人たちがいますけれども、それは違うんですよ。やはり外国人であろうが日本人であろうが人間なんでね。人間なわけだから心が一緒でね。

中村　ちょっと前までは、海外公演ですと向こうに合わせようということがあったんですよ。こっちでやってる同じ取り合わせで、衣裳もかつらも舞台装置も同じものを持って行かないと絶対にあきません。

千　一時、お能でも何でも言葉を日本語の難しいのを英語に直してもね、絶対だめなんですよ。合いませんしね。

中村　歌舞伎も最初はそういう考えでね。でも、絶対にそうじゃないと思います。

千　嬉しいねぇ。私も最初は試行錯誤したりして合うように、というようなことを思ったり……。ところがそんな合わせる合わさないの問題じゃあない。バーンとやれば皆わかってくれる。自分をぶつけていかなきゃダメなのですね、なんでも。

中村　比叡山で芝居しておりましたら、「私、この間、韓国の公演のときに通訳をしてたんです」っていってね。韓国から来ておられた。びっくりしましたね。

千　それはやっぱり芸を慕うて、拝見したいのですね。いろんな方が来られますでしょ。

中村　ええ、本当に国を超えて。日本の場合、まだまだ国際的なことがちょっと欧米よりも弱いところがございますが。

千　日本人が日本を閉鎖してしまっているのですよね。国際化、国際化といって、ちっとも国際化ではないのですよ。迎合しているだけのことなのです。迎合する必要は何にもない。生のままでボンとやりましたらね。

中村　いや、素晴らしいことをおっしゃいます。そのとおりだと私も思います。

千　いろんな意味でこれから新しい世界に挑戦されるのですね。

中村　本当にやるのは、これからじゃないかなと自分で思っております。

千　お歳もちょうどよいんじゃないですか。経験とそれを活かしていく自分の心が一体化してますでしょ。ぜひ、息を長くこれからも名演技を見せていただきたいと思います。

中村　本当に心でやらしていただきます。一生懸命やらなければいけないと思います。

千　どうぞ十分お大事に。十二月もまた楽しみに、皆で拝見に伺いますから。ありがとうございました。

中村　こちらこそ、ありがとうございました。いや、楽しゅうございました。

（『創造する市民』第八十五号　平成十七年十月）

ひとめぼれして花を生ける

池坊由紀

伝統を継ぐということ

千　前々から次期家元にお出ましいただいて、お花の美の世界に皆さんを誘い込んでいただきたいと思っておりました（笑）。

池坊　ありがとうございます。ずっと「いけばな」をしていますけれども、お花の世界には、若い方もいらっしゃいますし、百歳近くになられても現役で教えておられたり、お弟子さんをもちながらご自分も勉強を続けられるという方が多いのです。ですから、生涯を通して、ライフワークをもち、常に関心をもって学んでいかれるというのはとても大事なことだと思います。

千　池坊というのはお花の世界で一番古い、また最大の組織をもつ流派です。もともとは仏に花を供える供花ということで、代々の家元が六角堂というお寺の住職におなりになる。次期家元でいらっしゃるからには、いずれは住職も兼務なさるわけですね。

池坊　そうですね。父の場合は小さい頃に父親を亡くしたこともあって、中学から比叡山で、兄弟子と一緒に修行したのです。私は恵まれ過ぎていて、なかなか……。これからですね。

千　最近は女帝論も出ています。そういう意味では池坊さんは先端をきっておられると私は思うのですよ。

池坊　そこに至るまで、父自身もいろんな葛藤があったと思うのですが、最終的に「私を」といってくれたことは非常にありがたいことです。京都は革新的でいいことをどんどん取り入れますので、今までの流れを私で断ち切らないように努めたいと思います。

千　私も息子に家元を譲ったのですが、本当は一代家元でないといけないのです。ですが、いかに我々が勉強して経験を積んで、新しいことが考えられるといいましても、「自分は古いな」と感じるのです。私も約四十年間家元としてやってきたのだから、このあたりで若い人にやらしたほうがいいだろう、またフレッシュな空気を注入したほうがいいのではないかと。長距離マラソンのつもりでやっていきなさいといっています。あまり口出しをしないようにしているのですが(笑)。いかがですかお父様は。

池坊　作品ひとつにしても、父には今まで積み重ねてきた経験があって、父の感性や哲学がありますから、きっと私の作品を見ていいたいこともあると思います。

千　黙っておられますか？

池坊　私が聞いたときは答えてくれます。

千　それ以外はおっしゃらないでしょう。うちの場合も、倅《せがれ》にしたら私は親だけじゃなくて師匠ですから、その師匠からああだこうだといわれたら萎縮してしまいますものね。あなたのお父様も、戦後の長い間、流儀の発展のために、華道界のためにやってこられた方ですから、きっといいたいことはおありになる。しかし、それをいうと、あなたができなくなる。

池坊　そうですね、きっと辛抱していると思うのです。

千　私はそれがいいと思う。それがあってこそ、親と子、師匠であり次期家元であるというつな

池坊　由紀
（いけのぼう　ゆき）

京都に生まれ、父は華道家元45世・池坊専永。学習院大学文学部国文学科卒業。1988年真如堂真正極楽寺貫主・清水真澄大僧正の戒師により得度（法名：専好）。
1995年に次期家元および頂法寺副住職、（財）池坊華道会理事、池坊学園お茶の水学院長に就任。2001年には学校法人池坊中央研修学院学院長に就任。2004年、京都市芸術新人賞受賞。著書に『幸福の瞬間一池坊に生まれて』（朝日出版社）、『秘すれば花』（財団法人通商産業調査会）、『花の季』（主婦の友社）がある。

がりが成り立つのだと思います。私は先代家元、大宗匠という名前になりましたけれども、できるだけ働きたい。邪魔にならないように手助けをしているわけなのです。口には出さないで、阿《あ》吽《うん》の呼吸でやっていかないといけませんが、これは難しいでしょう。

池坊　難しいですね。伝統文化というのはその技術などを伝えるだけでなく、人をいかにしてつないでいくかということが大切だと思います。いくらものがあっても、場所があっても、そこに人がいなければ意味がありませんから。

明日を思って観る花

千　海外にいらっしゃることも多いと思うのですが？

池坊　台湾から帰ってきたばかりなのです。文化の仕事をしていますと、国境も国籍も宗教もバックグラウンドも何も関係なくて、ただ花を愛する、そして花の命を尊重するということをお伝えすることができます。それに海外の方は日本の方以上に日本の伝統文化に興味をもってくださいますね。

最近は日本のなかでも、「日本文化がちょっと異文化になっているのかな」と不安に思うこともあるのですが、海外の方は熱心に「これはどういう意味があるのか」といろいろ聞いてくださって、楽しくてやりがいを感じます。

千　本当に文化というのは、ありがたいことに、お茶やお花で喧嘩はできないですからね。

池坊　そうですね。経済や政治の話だと……。

千　そう、それで袖を分かつということがあるけれど、お茶やお花ではそれがない。私はいろいろなところでその話をするのです。だから文化というのは大事なのですよと。たとえば、花を生ける。美しいな、いいなという気持をもつ。「みる」という字には、普通の「見」と観賞の「観」とがあります。「観」には心が入っている。心を込めて観たものは、単に見たものとは違うのですね。

池坊　なるほど、そうですね。「いけばな」でも日本では蕾《つぼみ》を使うのですが、海外では満開の花がいいのです。一見すると満開のほうが艶やかで華やかなのだけれども、日本人は蕾のなかに「明日は咲くだろうか、咲いたら、どんなにきれいだろう」と、期待を込めて見ているのですね。表面に見えるものだけでなく、そこから、どれだけ読み取れるかということは大事だと思います。

千　「明日この蕾が咲いたら、どんなにきれいだろうな」と思ってお生けになるその花というのは、明日になってその花を見る目と、昨日見た目、今日見た目は全然違いますね。そこに美術的な大きな哲学がある、思想があると思うのです。

池坊　美しい花を見て、それだけでしあわせになって心が和む。落ち着いたお茶室のなかに入れば、外でどんな揉めごとがあっても悩みごとがあっても、すべて忘れて無の時間に浸れるというのは、本当にかけがえのないことだと思います。

さりげない風情

池坊　お茶を飲むとかコーヒーを飲むとか、あるいはお花を切ってきて生けるというのは、生活習慣として、どこの国にもあることですけれども、それを自らの哲学や先人が守ってきた美意識で文化にしたというのは、日本ならではのことだと思います。

千　そうですね。日常茶飯事といいますが、昔は家々で、たとえば、どんなにお母さんが忙しくても、ちょっと床の間にお花を生けてある。玄関脇に野の花が挿してあったり、玄関先に打ち水がしてあったりとさりげないなかにゆとりというものが、そして互いに環境を大事にしている姿があったと思うのですが、最近はなくなりましたね。

池坊　考えてみましたら、お花も、家族がどんなに喜ぶだろうと思って生けるわけですし、お茶だって、それでほっとひと息できるようにと思って点てるわけで、相手を思いやる心があったと思うのです。さりげないこと、自分のできる身近なことで、家族を喜ばせたい、お客様をもてなしたいという思いがあったと思うのですが、今はすべてが忙しくなり過ぎて……。なぜでしょうね、便利になればなるほど、そういう心のゆとりがなくなってきた気がします。

千　今おっしゃった「さりげない」という言葉が、本当に使われないですね。さりげない風情というものが、家庭のなかにもありましたね。それがだんだんなくなってギスギスして。

従来の日本家屋が、日本家屋でも、内部は西洋風になってきた。日本は畳というのが中心で、その畳というのは実に広々として、自由にどんな姿勢でもとれたわけですね。わりあいに窮屈であると考えられているけれど、実は畳の生活というのは自由にゆとりがとれたわけです。

池坊　ほんとうに畳の間は、襖で広くもなるし、狭くもなる。お布団を敷いたら寝るところにもなるし、卓袱《ちゃぶ》台をもっていけば、ご飯も食べられる。いろんな場面に応じて柔軟性のある空間なのですね。

千　寝室にも客間にもなる、自由自在に使えるのが畳の空間ですけれども、洋風になってしまうと扉がついて閉められてしまいますね。ご家庭でも子どもさんたちが自分の部屋をもつのはいいけれど、戸を閉めたら中で何をしているかわからない。昔は襖ひとつでしたから、子どもが何をしているのか母親はすぐにわかります。親という字は、木の上に立って見ると書きますね。親は木の上に立って子どもたちを見ていられた。今は覗いても親が怒られるでしょ（笑）。

池坊　そうです（笑）。親子の関係が変わりました。昔は、親のいうことは理屈が通っていようがいまいが、絶対と皆が思っていましたけれど、今は親は友だちなのですね。

千　しかも、本当の友だちのようになんでも打ち明けてくれればいいのですが、親には表面的なことしかいわない。どうも風通しが悪くなったような気がします。

ゆとりから思いやりへ

池坊　昔はそれこそ、おじいちゃんおばあちゃんがいて、叔父さん叔母さんがいて、こっちでは怒られても誰かが慰めてくれたり、甘やかされても厳しい人がいたり、家庭のなかでバランスがとれていたのですね。今はお父さんが仕事でなかなか帰ってこないとなると、狭い空間に母親と子どもだけが煮詰まってしまって……。

千　そうなのですね。そこで必要なのは親のほうがゆとりをもつことです。お花を生けたり、お茶を点てたりすることによって、人さまに対する思いやりというものを、花に託し、お茶に託し勉強できるのです。家庭にこもらないで、子育てのためにも自分自身がゆとりをもつということ。共働きの家庭が多いですけれども、なおさら余裕をもつことが大切だと思います。

池坊　一日のうちでほんとに短い間でもいいのですね、自分が抱えている問題をとりあえずおいて、穏やかな時間がもてれば、人に対しても優しくなれるのではないでしょうか。

千　それから、私どもでは奉仕箱という箱をつくって全国の支部に置いているのです。皆さんに浄財を入れていただいて、いっぱいになったら本部に送ってもらう。それを、たとえば今回の大水害や台風、あるいは新潟県中越地震で被害を受けられた方々に、救援物資とか義援金を送るのに使わせていただく。何かのために、他の方のためにというような気持があれば、相当なことができる。こういう奉仕ができるということも、大事なことではないでしょうか。

池坊　皆さん、それぞれ仕事があって子育てがあって、なかなか難しいと思いますが、精神的にゆとりをもてれば、まわりのことも見えてきて、そして、そういう方が増えていけば、それは大きな力になりますね。

恥を捨てて習うべし

千　この頃はお花の世界はどうですか。各流派、若い方も多いですか。

池坊　京都府でも、年に一回、「新世代いけばな展」といって各流派の四十五歳以下の方を集めて各流でいけばな展をしたりしています。伝統文化というのは、経験を積めば積んだだけ味が出るので、それがおもしろいところでもあるのですが、反面、若い人が伸びにくいのです。若い人が緊張しないで研鑽できる機会をつくりたいと思います。

いろいろな価値観があると思うのですが、伝統文化の世界というのは、やればやるほど奥が深い、わからないことがこんなにあるということに気づかされます。だから、皆さんいくつになっても一生懸命お稽古されて、また教えることも自分の勉強でもあるし、続けておられるのでしょうね。

千　やはり学び、習い、そして教える。教えたことは、自分がまた学ばないといけない。充電と放電の繰り返しと、よくいうのですよ。わからないと思ったら、また勉強する。利休が「恥を捨て人にもの問い習うべしこれぞ上手の基《もとい》なりける」といっています。これは何にでも通じることだと思います。人さまにこんなことを聞いたら恥ずかしいとお思いの方がたくさんいらっしゃる。

池坊　特に伝統文化の場合は「日本のもの」ということがありますから、かえって聞けないのですね。「日本人なのに日本のことを知らないなんて」という方が多いのですね。

千　その点、外国の方はしつこいほどいろんな質問をされる。こっちもそれに対してわかるように答えないといけない。自分で納得するまでこだわって、それがわかったときの、外国の人たちの嬉しさ。これで自分はお茶と一体になれたというのです。日本人も上辺だけじゃなくて、もっともっと入り込んで、掘り下げていかないといけませんね。

池坊　ひとときの恥を捨ててですね。

千　そうして、自分を向上させていくという気持をもつのと、まあまあやっとくかというのでは全然違います。作品をご覧になってもわかるでしょ。

池坊　そうですね。

花にひとめぼれして

千　花を生けるときはテーマをおつくりになるのですか。

池坊　基本的にはテーマがあるのですが、生の植物を使いますから、こちらの思うとおりにならないことのほうが多いかもしれません。でも、それも花と自分との出会いですから、自分がこうしたいというよりは、花を尊重して、花が一番きれいに見えるようにと心がけています。

千　最近は舞台に生けたり、大きなものも多いですね。

池坊　お座敷で生ける場合は、自分の目で見て美しい花、舞台ですと遠くから見ても映える作品ということで、ポイントが変わってきます。

千　お父様にお祝いの会などのときに、舞台に生けていただくのですが、花生けがなくても雰囲気に合わせて生けられる。すごいなと思います。

池坊　見立てというか、どういう見方をするかによって花は生かされもするし、その逆にもなります。やはり生ける人の見方と技術に尽きるのではないでしょうか。

千　お国によっては、花材が違いますね。

池坊　基本的にはどこの国に行っても、そこに生えている草、木を使います。いけばなは日本のものですが、心が伝われればその地域で一番なじみのある花を使うのがいいと思います。

千　やはり、生ける方の独創性とか芸術性、美意識とかが大事なのですか。

池坊　はい、よく出ますね。たとえば花が数種類あるなかでどれとどれを取り合わせるか、どういう器を選ぶか。それによってもその人の感覚が出ます。

千　相性というのは大事だと思うのですが、花にも相性があって、花と花器にも相性がある。

池坊　最初に器を見てインスピレーションが湧いて、こういう花を生けたいという場合もありますし、まず花にひとめぼれをして、その花に合う器を探すこともあります。

千　なるほどね、「花にひとめぼれする」か。

池坊　花を生けるということは、花に惚れることがないとだめだと思うのですね。こういう形だから、これで納まるでは感動も湧いてきません。やはり自分が花を見て、「きれいだな」とか「鮮やかだな」とか。自分の心から湧きあがってくる思いがあって、それに生けたときに、はじめて相手にも伝わるのではないでしょうか。

千　花の種類って……、我々だって茶花を覚えるのはひと苦労ですよ。茶花は山に行って珍しいものを探してこないといけない。若い頃は長老の人たちに教えてもらう。「こんなん生けたらあきませんよ」といわれる場合もありますね。「茶室に合う雰囲気と合わないものがあります。他の道具との取り合わせで、道具が負けてしまいます」。なるほどと思ってね。

池坊　それひとつが良くても、他のお道具と調和しないということですね。

千　お父様とそういうお話をしたとき、「……花のなかにいて、名前や何か忘れることもありますけど、ありがたいことに、自分は花といつも勝負しているという気持があるから、……やはり花に負けたらいけません」といわれた。いい言葉だなと思いました。自然の可憐な花を、自分が生けるということが「いけばな」の特徴でしょうね。

池坊　生けているときは、一本切るたびに考えているわけではなくて、花を手にもった瞬間にコンピュータのように動いていると思うのですけど、自分としては大きな完成図、理想の姿が頭のなかにあって生けているのでしょうね。

千　私は単純ですから、花の四清道「竹の清きを切り、水の清きを盛り、花の清きを入れ、心の清きを楽しむ」。これが茶花の根本ということで、よく口に出して、花と相対して、花生けをどれにしようかと……。掛け物を中心に考えないといけませんから。

最近、若い人たちに花を生けさせているのです。朝それを見て「花生けをもっと考えろ」とか、「大胆な表現をしろ」とかね。今の人は四角四面といいますか、1＋1が2でしかない。でも、1＋1だけが2じゃなくて、0・5＋1・5も2なのだということを自分で考えないといけない。「答えは2。だけど、方程式は自分でこしらえてごらん」ということをいうのです。

おおらかにゆったりと

池坊　よくお茶会に招かれた方から、「どんな着物で、何を持って行ったらいいのですか、どんな作法をしたらいいのですか」と聞かれるので、あなたのためのおもてなしですから、特別なことをするのではなくて、自然体でいらっしゃればいいのではないですかという話をするのです。

千　ありがたいな。まあ人間は、そういう緊張感というものをおもちになることは大事だと思うけれども、気楽にお茶をエンジョイしてもらえればいいのですよ。

池坊　お茶もお花も、本来はおおらかな、ゆったりとした精神を楽しむものだったと思うのですけれども。

千　小さいことにとらわれずに、もっとおおらかな気持で相手を思いやるということ。花に対する思いやりというものが、人さまに対しての思いやりということにも結びついていくと思うのですね。お花の世界、お茶の世界は表裏一体なのですから、これからも力を合わせて、京都のために、伝統文化を新しい意味において世界に発信していくためにも、次期家元に、ぜひご活躍いただきたいと思います。

池坊　大宗匠もご健康に留意されて、ときにはアドバイスをお願いいたします（笑）。

千　そうですね（笑）。いいお話を聞かせていただいてありがとうございました。

池坊　こちらこそありがとうございました。

（『創造する市民』第八十二号　平成十七年一月）

笑いが明日への道を拓く

桂あやめ

落語少女から落語家へ

千　お忙しいところをおいでいただき、ありがとうございます。

桂　こちらこそ光栄です。ありがとうございます。

千　今日いろいろと、お話をお聞かせいただきたいのは、まず落語界へお入りになった動機ですね。今までもずいぶんお話になったと思いますが、おうかがいします。

桂　中学校の落語鑑賞の時間に、初めて古典落語というものを生で聞いたんですね。それまで落語といえば小難しい退屈なイメージだったのですが、実際観てみましたら、たった一人の人が、いろんな役で、いろんな光景を演じていくのがおもしろくて、言葉遊びや何かで、最後にはハハッと笑っていたんです。高校へ進学してからも、ちょうど漫才ブームの頃だったので梅田や難波の花月に、よく足を運びました。東京とは逆に、寄席の途中で漫才の引き立て役のように入る落語を観たとき、やっぱり漫才より落語のほうが好きや、一人でしゃべる、こっちのほうが好きやと思ったんです。落語だけを観たくなって、関西でやっている落語の定席《じょうせき》を探して、高校も中退して、大阪、京都、神戸と、落語のあるところ、どこへでも観に行っていました。

千　落語に魅入られたわけですね。しかし、学校を中退してまで、あちこち回られたというのは大変だったと思うなあ。

桂　そのときは若いのでこれと思ったら一直線です。そのうちに私の師匠、桂文枝の落語が一番好きやと思うようになってからは、師匠が出ている会に全部行くようになって。

きっかけは、うちの兄弟子が京都の蛸薬師《たこやくし》さんの奥座敷でやっていた勉強会に、師匠がゲストで出たときです。会場へ入る前にふっと見ますと、出番待ちの師匠が寺町京極を一人で歩いてはる。思わず「師匠！」と声をかけたらおしゃべりしてもらえた。「今日ここまで何で来られたんですか?」と聞いたら「電車です。うち、車あるけど、私も弟子も運転免許ないから」とおっしゃった。「私が免許を取ってきたら師匠の弟子にしてもらえますか」といいましたら、「そうか、君、免許取ってきたら運転手やってなあ」と。そのひと言で免許取りに行こうと思いまして、十七日間で取れる合宿免許というのを。一番早い時期に空きがあったのが島根県だったので、島根で免許を取りました。師匠のところへ行って「免許取ってきました！」と、もう押しかけです。

千　師匠もびっくりしはったでしょう！

桂　あやめ
（かつら　あやめ）

1964年、兵庫県神戸市に生まれる。1982年に五代目桂小文枝（現・五代目桂文枝）に入門。1987年、ABC漫才落語新人コンクール最優秀新人賞受賞。1994年、三代目桂あやめを襲名。1997年（平成8年度）咲くやこの花賞の大衆芸能部門、2002年、文化庁芸術祭演芸部門優秀賞など多数受賞。

著書に『桂あやめの艶姿ナニワ娘』(東方出版)がある。

桂　師匠にしてみたら「そんな約束したかいな」という感覚だったと思うんですが、それで取ってきたといわれたら追い返すわけにもいかんやろということで、「じゃあ、どうなるかわからんけど、今まで女の弟子取ったことないし、女落語家さんで成功した人いてないけど、まあ来てみるか?」と、そういうことでした。

千　良い師匠を選んだのですね。出会いやなあ。人間の一生を決めるというのは。

桂　そうです。落語の入門は今も昔も自分で師匠を選んで、そこへ出かけてお願いするのですけれども、やはり師匠の選択で、タイミングが合わないと。

縁と運とタイミング。入門にはこの三つかなと思います。

千　まさしく我々のいう一期一会ということですね。それがあなたの奇縁でしたね。ご家族は、反対されませんでしたか。

桂　いいえ、うちの親は芸能や落語のことをよく知りませんでしたから、それこそ踊りとか長唄を習うような感じで、「ああ、ええ師匠に教えてもらえてええやん」と(笑)。私が弟子入りして通うようになってから、「うちの娘、落語家になったんか?」という感じです。

千　えらいこっちゃと。初めて高座に、師匠から上がっていいといわれたときはどうでした。何年くらいして?

桂　師匠や先輩の前で何度かやって、それでまあ人前に出てもといわれたのが入門して半年ほどでした。初舞台が、また京都の蛸薬師さんなんです。

千　師匠に出会われたところでね。

桂　十八歳で入門しまして、今年で二十二年になります。

「女の落語」

桂　落語を聞いて歩いていた頃から、落語を仕事にしたくて、若手の落語家さんをつかまえては聞いていたんですが、みんながいうには、「なんの条件もなく誰でも入れる」と。世襲じゃないのですね。でも、「女の人に落語は無理や」というのはどこに行ってもいわれました。落語は男がやるようにできていて、それを男の弟子に教えて伝わってきたものやから、女の人向きではない。師匠のほうも、一生懸命育てたものの、やれるかなというところでお嫁にでは、まあ、取らないだろうとか。でも私はそういわれると余計に、勢いで行こうという気持になりましたね。弟子にしてくれるかどうか、それは行ってみなわからへん。行ってみて、自分の好きな師匠に断られたらあきらめもつくかもしれないと思いました。

千　なるほど、初めての女師匠になられるほどですから。女のお弟子さんを取ろうというような、そんなお気持はございますか。

桂　もちろん弟子というのは、私たちが師匠を選んだように、向こうも選んできますから、ある程度の力が備わらないと、と思いますが、落語の世界は、上から受け継いできたものを下へ渡していくという、師匠からご飯食べさせてもらって稽古つけてもらった、その恩返しを下に、同じことを返すというだけなので。自分としては、まだまだ先です。

千 私どもの世界でも師匠から稽古をつけてやろうとは一切いわれませんから、おそらく、あなたも師匠のなさること、ひそかにこう、耳をそばだてるとか、身をひらいて言葉を聴く、或いは見るということで、日々身につけていかれたと思うのですが。

桂 そうですね。例えば明日私がどこかで噺《はなし》をするとなると、師匠は同じ噺を前日の舞台でいきなりやってくれたりするんです。これは私のためにと思いますから、一生懸命に。また私が運転をしているとき、師匠が急に落語を始めてくれたりするのですが、「前見て運転しいや」っていわれながら聞きました。

千 聞きながら運転するのですか。難しいな(笑)。でも、いろんな意味で、あなたがそれだけの気持をもって選ばれたこと自体がね、今日のあなたをなさしめたということやと思いますね。

桂 とにかく師匠からは、どの落語をやってもいいといわれて、どれでも教えてもらえます。それは自分の師匠だけでなく、例えば私が米朝師匠や春団治師匠のところへ「師匠の得意な、あのネタを教えてください」と行っても、みなさん教えてくださるんですね。

千 そうですか！

桂 はい。本当にありがたいことに、いろんな方に稽古をつけてもらいます。ところがやってみると、どうもそぐわない。やはり男の人の生活を描いているんですね。

ですから、私が高座で「こんにちは」と落語に入った瞬間、「この人、女の人やけど、噺の主人公は、男やろか、女やろか?」とお客さんが悩んでしまうんです。お客さんというのは不安なことや不審感があると、お腹《なか》の底から笑えませんから、それが、手に取るようにわかるんですね。

そこで、ショートカットにして化粧も落として、縞の着物に角帯締めて、もう少年のような格好で舞台に上がったら、「この人男か女かどっちやろ」と(笑)。余計に不安にさせてしまう。

で、次に落語の登場人物を女に入れ替えるというのをやってみたのです。例えば「時うどん」という落語は、二人の男が夜中にうどんを食べたいのに七文と八文しか持ってないから、二人分の代金十六文に足りない一文をなんとかしようとするストーリーです。

これなら男も女もうどんを食べるからいっしょやと思ったら、食べるその前があるんですね。職人さんが日当をもらって、それでご飯でも食べて遊郭を冷やかすという。それを女に入れ替えても、大工のお梅さんと植木屋のお竹さんが遊郭を冷やかすようなことはありえないわけです。そんなことで、古典落語という私の好きな形からどんどん離れていく。

落語が好きでこれでやっていきたいと思えば思うほど、落語に、はねのけられるというのが一時期すごくありました。それはとてもつらいというか寂しいことです。みんなは先輩の姿を見てまねしたらいいけれど、私は同じやり方で笑いをとれないわけですから。

服でいえば着るものがなくて、生地から買って裁断して、それでなんとか身に合うものをつくる。それが自分で創り出した、女が主人公の落語です。お客さんもこれなら、女の格好をして女を演じるから、すんなり入ることができます。

落語はおもしろい

千　なるほど。しかしまた上方と東京では違いますね。東京の落語は歯切れがいいような。

桂　ええ、東京の落語を聞いて、大阪では置き換えられないところもありますけど、大阪には大阪弁でないと表現できないやわらかさ、標準語に直せない言葉がたくさんありますね。滑稽噺といわれるようなおもしろい落語はほとんど大阪発で、人情噺とか怪談噺などは東京発です。

大阪はお客さんをちょっとでも退屈させないおもしろい噺ですが、長いんですね。東京の落語みたいに短く編集できない。無駄なようにみえる会話のなかにも、その人らの生活が出ているのです。こんな無駄な部分がと思うところもあるのですが、大事やと思うからこそ、残していきたいなあということで残ってきたと思います。

千　京都にも、昔はあったのですね、落語とか、そういう専門的な劇場が。

桂　落語というのは、もちろん大阪が上方の芸といわれていますけど、大阪も京都も同じような時期に出てきているのですね。京都を舞台にした噺もたくさんあります。例えば「はてなの茶碗」。京都の衣棚《ころものたな》にある茶道具屋の金兵衛さんはみんなも知っている目利きです。その通称茶金さんが、あるとき清水の音羽の滝の茶店で湯呑み茶碗を、こう裏返したりして真剣に見ているのです。

それを横で見ていた大坂の油屋が、あれは値打ちもんやと後で茶店の親父から二両で買い取って茶金さんのところへもっていくんですね。「あのときの茶碗ですわ」。「ああ、それなあ。傷もないのにお茶が漏るんで、どっから漏るんかなぁ～はてな？　と見てたんや」。なけなしの金をはたいて買い取った油屋に、「そこまでしてくれるとは、商人冥利に尽きる」と茶金さんは、親孝行しなはれと一両足して買い取ります。茶金さんは、いろんなところへ出入りしてますので、その話をすると、みんながおもしろがって、どんな茶碗やとなるので、桐の箱に入れて。ほんとに清水焼の湯呑み茶碗ですけど、その話がおもしろいと時の関白、鷹司《たかつかさ》公が、「清水の音羽の滝の音してや茶碗もひびにもりの下露」と、歌を添えられる。とうとう帝の耳にも入って献上したところ、やっぱり傷もないのに水が漏るというので、箱に「はてな」とお書きになった。それを聞いた大坂の豪商、鴻池善右衛門が、今度は千両で売ってくれと、続いていく噺なのです。

千　おもしろい。そんな噺がありますの。鴻池が出てくるところおもしろいなあ。

お茶と笑いの意外な関係

桂　そうですね。うちの師匠が、京都花月などでよくやっていて、その頃聞いていたのですね。よくわからないところもあったのですが……。鬱金《うこん》の裂《きれ》で包んで、桐の箱に入れて、更紗《さらさ》の風呂敷に包んでもって行くとか、箱を開ける仕草なんかも、お茶をやり始めますとね。たぶん真田紐《さなだひも》はこう掛かっているとか、茶碗の重さも、清水焼の湯呑み茶碗を茶店でもつときと値打ちものと思って箱に入れてもって行くときとでは、全然違います。

千　なるほど。桂さんは、黒田宗光先生のもとでお茶を、噺家さんグループでおやりいただいて。

桂　もともとお茶のお稽古をさしてもらったのは、高座での着物の着方や動きや何かは先輩を見て習うのですが、日常的な日本間での立ち居振る舞いを身につけたいと思ったからです。

最初は、畳何目を何歩で歩くといった堅苦しいイメージがあったのですけれども、習っていくうちに、お友だちが来たから、あの子が喜ぶようなものを揃えて迎えてあげようというようなことがわかってきて。

今のお家元が明倫茶会で初めてご亭主をされたとき、末席で参加させていただいたのです。初めは「若宗匠のお点前ってどんなふうやろ」とそればかり思っていたのですが、お家元は「みなさん、今日はほんまに寒いなかようこそ」と話しながら、時に私たちを笑わせて点ててはるんですね。で、ふっと見ると、「ええー!?　いつ」(笑)。こちらが緊張して挑む気持をもっていても、いつの間にか忘れて、あ、お茶出てる、いただきます。いいなあと思いました。

千　そう、それが本当のお茶なのです。

桂　また、お茶の道具にも、おもしろいエピソードがたくさんありますよね。茶杓の銘一つにしても、また道具立てなども「よう考えたらこういうテーマだ」というような、もう、すごく高等な洒落っ気っていうのがお茶の世界にはあると思うのです。

千　確かに、「はてな」だけでなく「一休み」「ちょっと一服」とかね、面白いものが残っていますから、落語にも取り入れられる題材がありそうですね。

桂　実はひとつ創ったのです。

千　いやそれは、今度やってくださいな。

桂　いえ、失礼な話で。まったくの創作ですけれども、京都のあるお茶のお家元が急に亡くなられて、一人しかいない娘さんが「今日から宗匠です」と留学先から呼び戻されて、なんにもわからないままに披露目をしなければいけない。それで、ややこしいことがないように全部黒の楽茶碗だけを使って、正客から順番に、初代、二代目……というように。それで「あれは何代目？」と聞かれても、数えたらわかるというふうにするのですけど、意地悪な正客さんにパーッと入れ替えられる。最後に「主茶碗は？」と聞かれて娘さんは、一番重たいのを選んだという噺です。

笑いのちから

千　こうしてみると、お茶と笑いの関係はおもしろいですね。「はてなの茶碗」の噺などもね、描写的にいっても、お茶の世界に入ってくる話ですね。先ほどの創作された噺にしても、いろんな意味で、道具の取り合わせのなかに笑いがないといけないし、緊張したなかにも揉みほぐしていくものがないと。日常生活のなかにもね、笑いは必要やと思うのです。

桂　はい。笑いというのは、緩和剤であり、その場の空気を温めるものです。ぎくしゃくした空気のところに、誰かがひとつ笑いをとっただけでホワッとほぐれて、一瞬にして部屋の温度が二、三度上がったようになるときが結構あるなあと、この仕事をしていてすごく思います。

阪神大震災のとき、私は実家が神戸ですから、家の周辺はボロボロになりました。神戸で、たまたま歩いていて耳にした会話ですけど、震災から三カ月くらい経って、大きな家がつぶれたままになっているのに、庭の桜だけはきれいに咲いていたのです。家の人が片づけをしているときに、知り合いの人が通りかかって「いやあ、お宅大変でしたな。立派な家やったのに」と声をかけたのですね。すると家の人が「ハーッ、うちの家あきまへんわ。桜と一緒でんねん。どっちも今、ゼンカイですわ」(笑)。で、いわれたほうも「ハッハッハ！　うちの家は貴乃花の成績ですわ。もうちょっとでゼンショウするとこやった」(笑)。家、全壊と全焼の人同士が、それを笑いにして、ハハハーッて。

顔見ただけでどんなに大変やったかはお互いわかります。そこはもう笑わせて、さいなら！と。

千　はあー。ええ話やなあ。

桂　普通のおっちゃんがいってはったんです。関西以外では考えられないコミュニケーションですよね。でもね、そういう、表へ出て人としゃべって笑いを生もうという人は、もう明日のことを考えているのですね。家に引きこもって、失くしたものばかり数えている人は、どんどん元気なくなるんですけど。やはり、笑わせる人が強い人だと思いました。また、そういう人が一人町内にいるだけで、周りまで元気になってたりするのですね。

千 そうですね。しかしその、明日があるというようなこと、前進があるのですね。やっぱり深刻な顔してはいけないですね。

桂 そう、あかんのです。報道はテレビでも新聞でも、被害のひどかったところしか取り上げない。でも私は、震災の話でもおもしろい話をしたいと思います。

震災後、神戸で初めて有料での落語会を復活させたとき、三百人ほどの人が来てくださいました。当日は行列で、一番前の人は、もう二、三時間前から並んでくれてはった。けど合間にインタビューしてみたら、半分以上は「え、これ、炊き出しちゃうの？」と(笑)。

でも高座に上がってわかったんです。大変でしたね、頑張ってくださいねって、もういわれ飽きてると。笑いたくてお客さん待ってたんですね。ああ、笑いというのは人の役に立つもんやなあ。震災から半年しか経ってない神戸で、お金を払って笑いたい人が何百人もいてくれはったんやと思って、すごく嬉しかった。そう思いながらも、ありがとうと涙を流すのではなく、「満席ですね。通路までいっぱいで、最初の頃の避難所みたいですね」と憎まれ口で(笑)。まあ聞く人も、私が被害に遭ったことを知っているから、共通の笑いというか。

千 同情があるのですね。

桂 その時に、その場所で、私にしかいえない笑いというのはすごく大事なものでしたね。本当に、あのときの高座は今まで二十年以上やっているなかで、一番印象に残っています。出るまでは、一番緊張もし、こんな噺、不謹慎やろかとか思いもしたんですけど。

千　そうでしょうね……。大丈夫ですかという言葉よりも、笑わせることが本当に大事だったのですね。被害に遭われたあなただからこそ、元気づける噺もできたわけですね。

桂　またそれで、私自身も楽になりました。人を笑わせる落語家でありながら、可哀相な被災者という目で見られることが苦しかったのです。だから高座に出て笑わす側になったことで、もう私はこんなに元気やねんとアピールすることができて、お客さんも笑ってくれて、一石二鳥という感じでした。

千　本当に伺えば伺うほど、いい話ですね。これからもずっと、高座を通じて笑わせてください。今の日本は笑いがなくなってきているのですね。厳しいなかで、もっとみんなが心から笑ってね。どうぞ、落語家、桂あやめさんのご活躍を期待しています。

それから、京都にもおいでいただいて、またお噺をしていただきたいと思います。本日はありがとうございました。

桂　ありがとうございました。

(『創造する市民』第七十九号　平成十六年四月)

祇園祭の息吹を継承する

深見　茂

祭りの舞台裏

千　いよいよ夏本番、祇園祭の季節です。そこで今回は、祭りの立役者でいらっしゃる祇園祭山鉾連合会理事長の深見先生にお出ましをいただきました。お忙しいところをありがとうございます。

深見　どうもありがとうございます。よろしくお願いいたします。

千　祇園祭の理事長をなさっていると、一年が早うございましょうね。

深見　はい、そのとおりです。毎年祭りがすみますと、まず祭りによって生じたいろんな損傷の後始末がございます。たとえば、保険会社との折衝とか、公的な資金援助もいただいて処理するとか。それが終わりますと、次は来年に向けてどのような懸装品《けそうひん》を新調するか、または修理するか、復元するかといったことを、お役所などと折衝しながら進めてまいります。

千　お祭りが終わった後にいろんなことどもがあるとおっしゃいましたが、祇園祭は祭りの最中に、けが人などが出るということはございませんでしょう?

深見　皆さんに注意を呼びかけていますので、最近はめったにございませんけれども、それでもたまにございます。鉾を組み立てたり解体したりするときに、作事方《さくじかた》が手足を滑らせて上から墜落したり。

千　そうですか。そういうこともあるのですね。

深見　そういう場合、いわば作事方にとっては恥でございますので、たいていの方は黙っておられるのですが、大けがなど事故の場合は放っておけません。

千　準備をする裏方さんの事情やお祭りに伴う諸準備など、お祭りの本番だけではないご苦労がたくさんおありなのですね。また、京都を代表する顔として、祇園祭が他地方に引っ張り出されるということもありましょうし。

深見　祇園祭というのは何かを宣伝するときのバックとして非常に効果があるものですから、いろいろな企業などから「なになにの映像を貸してほしい」といったお申し出が多いんですね。それが巡行風景ですと私どもの担当ですけれども、たとえば長刀鉾と月鉾とか、特定の映像ですと私どもが仲介しまして長刀鉾さんや月鉾さんに了解を得るということになります。本来は、山鉾巡行と宵山を支障なく執行するのが私どもの役目なのですが、それ以外の仕事も非常に多いですね。

深見　茂
（ふかみ　しげる）

1934年、京都に生まれる。
大阪大学大学院文学研究科修士課程（独文学専攻）修了。1996年より財団法人祇園祭山鉾連合会理事長を務める。1996年に大阪市立大学名誉教授、2004年には滋賀県立大学名誉教授に就任する。
著書に『ドイツ近代短篇小説の研究ーその歴史と本質』(東洋出版)がある。

しかし、これも大事な仕事ですので、おろそかにはできませんのです。

「例年どおり」で始まる祭りの伝統

千　昔の山鉾町は、寄付金や資産で祭りの資金や山鉾を維持なさっていたのが、最近はご町内自体が過疎化しておりますから、ご寄付が思うように集まらないとお聞きしています。

深見　これは先生のほうがよくご存じと思いますが、昔は「寄町《よりちょう》制度」という仕組みがございました。これは豊臣秀吉が決めたようですが、山鉾町を手助けするために、近辺のいくつかの町内が奉仕するようになっていたのです。ところが、明治維新で寄町制度がなくなりまして、山鉾町が孤立したわけですね。その頃に、月鉾や鶏鉾などがもう寸前で売り渡されるか質に入るかという事態になって、それで八坂神社さんが募金制度をおつくりくださって、支えてくださった。

千　そうですね。ちょっと話が変わりますが、京都ならではの学区というのがございますね。あの学区と山鉾をもってらっしゃる町内会の関係というのは？

深見　当時の学校を支えていたのが、そうした山鉾町の旦那衆です。

千　旦那衆の力ですね。お祭りといいますと、どこの学区にも氏神さんのお祭りがございます。そのお祭りに対しては、町内の皆が協力し合うわけです。それがごく最近まではスムーズに行われていたのが、近頃は転出入の方が多くて、地付きの方が少なくなった。そうすると、「なんでこんなお金を出さないかんの」というようなことがあって、氏神さんのお祭りですら、お神輿が昔のように出せない学区があります。氏神さんのお祭りでも、昔から子ども神輿というのがありましたね。

深見　はい、ありました。

千　あれは「大きくなったら氏神さんをお守りしていくんだよ。そうすると、ご利益をいただいて守ってもらえるんだよ」というような意味があったと思います。

深見　そうですね。

千　そういう背景があって初めて、「山鉾町じゃないけれども、京都の人間として祇園さんのお祭りに町内で協力しよう」という発想になる。また、各ご町内に力のある旦那衆がおられて、そういう旦那が「あんたのところはこれくらい出して」というような。こういうコミュニケーションが、今はなくなってしまったようです。

深見　今、氏神様一般や、祇園祭について数々お話いただきましたなかに、私が常づね祇園祭の維持について考えておりますす中心的なポイントは、ほぼすべて含まれており、大変感銘を受けました。それは、子どものこと、維持組織のこと、精神的伝統のことです。祭りの継承と財務と信仰の問題といい換えてもいいと思います。

千　私も祇園祭の協賛会の会長を務めさせていただいているので、この機会にぜひ申しますと、山鉾町にお住まいのごく限られた方だけが、一生懸命に祇園祭を守っていらっしゃるというのは、本当にお気の毒だと思いますね。

深見　そこが非常に難しいところなのですが、祇園祭は参加型のお祭りではなく、いわば、請負型のお祭りですね。ひと握りの旦那衆が毎年集まって、「吉符入り」で長老が「それでは例年どおり」といって始まるわけです。「例年どおり」といったら、もう何をやるかわかっている。轢《ひ》き手・かき手・囃《はや》し方《かた》・車方《くるまがた》・大工とございますけれども、それを全部、昔からの所から雇い入れて、そして運行させていくのです。雇われたほうも、何をやるか全部わかっています。そうして出発したわけでございます。それが最近は、「例年どおりって、なんのことですか?」ということになってきているんですね。

千　ほんとですね。仮にマニュアルがあったとしても、マニュアルではだめですよね。

深見　そうです。逆にマニュアル化しますと、それにしばられることがありましてね。新しい方がマニュアルを読まれて、「マニュアルに書いてあるやないか」と。つまり祭りというのは、「例年どおり」と申しましても、臨機応変にそのときどきで変えてゆきますのでマニュアルに書いてあることをしなかったではないかということになりますと、これも困るんですね。

千　東京の三社祭なんかは、お神輿さんの巡行の位置を本部がモニターでコントロールして、それで事故を防ぐのだそうです。普通のお神輿の場合は、「なるべく近くで」と群集が寄っていくでしょ。

その点、祇園さんのお祭りというのは、粛々としながら堂々と、歴史的な絵巻を繰り広げてらっしゃる。それを「マニュアルでやらないかん」というようなことになったら、とってもやない、やはりおっしゃったように、「例年どおり」といったら「よっしゃ！」。これでなくてはね。

祭りを継承するのは子どもたち

深見　先ほど、子ども神輿のお話をされましたけれども、祇園祭にとっていちばん大事なのは子どもでございます。子どものときに、役に立つ立たんにかかわらず、祭りにかかわらせる。粽《ちまき》を売ったり、鉾を組み立てるときに、それを一緒に見させたりして、そうして育てていった人間が、祭りを維持してくれるのです。

千　なるほどね。

深見　大人になってからお祭りに参加しても、その原体験がないと、どうしてもしっくりいきません。これは理屈ではちょっと説明できないので、おわかりいただけないかもしれませんが、「祭りがあって我々がある」という精神がなければならないのです。「自分があって祭りがある」という精神ではだめなのです。

千　ですから、子どもさんというのが非常に大事ですね。たとえば、お稚児さんをお決めになるのでも、厳然と鉾町のご子弟がおやりになっていた。うちは鉾町ではございませんが、私が通っていた附属小学校には、鉾町からもお子さんが来ていらっしゃる。で、その級友の一人がお稚児さんになりまして、「いっぺん、ああいうお稚児さんになってみたいな」とみんな憧れたものでした。あの頃は山鉾町周辺の学校はお休みで、我々の学校は休みにならない。でも、休んで仲間と一緒に見に行ったことがあります。

深見　ああ、そうですか(笑)。

千　「お稚児さんってえらいもんやなあ」と思いましたよ。男だけの手で守られて、お位をいただいて、作法もありますでしょ。しかし、親御さんはいろいろ負担があって、大変でございますね。

深見　そうですね。結局、お稚児さんの年齢のお子たちのあるお家というのは、ちょうど育ち盛りの腕白な時期ですので、お部屋の障子や襖が破れとるわけです。そこで、お稚児になったとたんに「こら、いかん!」と。いろんな方がお見えになりますから、襖も障子も畳も全部替えんならん。あれがいちばん大変。お稚児さんになられること自体の費用というのは、それほどでもないと思うんですけれども……。

千　お家の修繕の費用がね。

深見　そう、あれはお気の毒だと思うのです。ただ、それも全部含めて、「稚児になるとこれだけかかる」となる。これはちょっと困ったことです。

千　祇園祭はひとつの信仰なんでございますね。自分の家の子どもが、あれだけの位を頂戴して、世界のお祭りになっている華やかな祇園祭の稚児さんになれるというのは、本当に幸せなことです。お供のかむろの子たちもね。

深見　そうですね。

千　囃し方もそうです。私の仲間にやはり囃し方を務める人がいて、もう今は長老になって指導しておりますが、その孫がやはり囃し方で鉦《かね》を叩いたり笛を吹いたりしているんですね。えらいものだと思っています。

深見　それこそDNAではございませんが、遺伝子みたいなものが子どもの頃からあるんじゃないですか。私自身もそうなんですが、子どものときから一生懸命お祭りの手伝いをさせられて、「おもしろいものだなあ」と。特に、宵山に通る女の子たちのなんともいえん風情。私と同じ年なのに、ちょっとお白粉なんぞつけてもらって、普段はどこに顔があるのかわからんようなおかっぱが、その日だけは髪をアップにしてもらって、そして、浴衣姿で素足に下駄をはいてうちわをもって、僕らに「あんたら、しっかり粽を売りや」と冷やかして通っていきよるんですよ。「はあ、こんなきれいな女の子が、うちのクラスにおったかいな」という感じで（笑）。ああいう思い出は、非常に印象深いんですね。

千　そうでしょうね。

深見　子ども心に、美意識と遊びの世界というものが、植え付けられるんだと思うんです。ところが、大学生くらいになると、だんだん面倒くさくなる。それでわざと遠い学校に行ってみたり、親から「祇園祭やから帰って来い」といわれても、「今ちょっと卒論のな」とか「ゼミ旅行がな」とかいって、逃げることが多いんです。ところが、そういう連中も、四十を過ぎるくらいから帰ってくるのです。そして、一生懸命にお祭りを支えてくれる。ですから、私は子どもというのがポイントだと思っています。

千　そのとおりですよ。祇園さんの宵山のときは、京都中が沸いているわけですね。私も子どもの頃は、祇園祭ですれ違う浴衣姿の女の子に胸がときめいたり、同年代の子どもたちが歌うように御守や粽を売っているのを見ながら、「ようこれだけ口を揃えて、よっぽど稽古してるんやなあ」と思ったものでした。母に手を引かれてそんなことに感心しながらいくと、屏風祭といって、室町筋のお家がみな屛風を飾って毛氈を敷いて「どなたでもお上がりやす」と。

深見　はいはい、そうでした。

千　知っている方のお家に上がって、お茶をよばれて帰ってきたことなどを覚えています。今はほとんどございませんでしょ。

深見　ほんとの京都の町家というものが消えていきましたのでね。

神遊びの美意識と楽しさ

千　山鉾連合会も、機構がよく整えられて、祇園祭の歴史的な流れを近代社会に準じていくように、上手に運営されていると評判でございます。

深見　いやいや、難しいですね。本来であれば、私ども山鉾町が自立、自営してやろうという精神がなければならんと思っているのです。その一方で、これだけ大きなお祭りになって、京都市に及ぼす経済的波及効果が二百億円、三百億円ということになりますと、ある意味では公的なイベントです。そうなりますと、イベント化の要請と、私どもの伝統を守る要請とを、どのように調整するか。これが一番頭の痛いところでございましてね。

千　なるほどね。

深見　本来は祇園祭というのは御霊会で、亡くなられた方や怒りの神々の霊を鎮めるという意味がございます。ご承知のように、十七日の巡行で最初に御旅所まで行くときのあの囃子というのは、一種のお神楽なんです。

千　今おっしゃったように、祇園祭は神事であるということを、皆さんにご承知いただかないといけないですね。

深見　非常に古い形式の宗教だと思います。仏教にしてもキリスト教にしても、慈悲の仏、愛の神という宗教でございますけれども、それより以前の牛頭天王《ごずてんのう》といいますのは、怒りの神、妬みの神でございます。そういう信仰というものがあったという、歴史的にも非常に重要な遺産文化だと思います。つまり、一神教が支配的な今日の人類による自然の破壊が、焦眉の問題である現在、大自然を象徴する怒りの神々への崇敬という古代的信仰の強調は、非常に大切だと思うのです。

千　ですから、観光に来られた方にも、ただお祭りを見て、ついでに京都見物して帰ろうかというのではなくて、「ああ、よかったな」と、祇園祭に参加できたことは、それだけご利益をいただけたんだと、そういう気持をもっていただけることを、祇園祭の大きな特徴にしなければいけないと思っているのです。

深見　祇園祭に美意識を感じていただく、遊びというのは楽しいものだと思っていただく。つまり、神遊びというのはこんなにいいものだと思っていただければ、それで私どもは満足なんですけれども。

千　今おっしゃった「神遊び」、これはいい言葉ですな。京都は、たとえば上賀茂・下鴨両神社の葵祭、祇園さんの山鉾の巡行、それから十月の時代祭と、それぞれ趣は異なりますけれども、全部神から出発している。

深見　そういうことです。

千　それだけに、プライドと厳格さと、それから儀式性を失わないでやっていただきたいなと念じています。私が「京都ならではだな」と思いますのは、「くじ改め」のときに、町行事役の方が扇子を使って、くじが入った文箱の結び紐をスルッと解くでしょう。よくこういう儀式が残っているなと感心します。観客も感嘆の声を上げていますよね。

深見　あの伝統儀式については、私も子どもの頃に父親からいろいろ教わりました。当時はトクサで紐を磨いたと申しておりましたね。トクサで磨くと紐がツルツルになって、解けやすくなるのです。今は化学スプレーを使っているのではないかと思いますけれども。

千　トクサはいいですね。我々も竹の物など磨くのによく使いますもの。

深見　漆なんかも、私どもは古くなった絹で息をかけながら磨きます。これは今でもそうです。時間をかけてやっておりますと、その物に対する愛着が出てきます。こういうことも、子どものときからしつけておきませんと。

千　そうやって手間隙かけてお祭りをされるというのも、祇園祭の歴史的な意義ではないでしょうか。ところで、これから未来に向けてはどのようにお考えでしょうか。

深見　私自身は、各ご町内がかなりしっかりと後継者の養成をしてくださっていると思っております。結局、人間なのです。人間が同じ精神をもっていてくれる。これは教え込むんじゃなくて、育てるんですけれど。そういう人たちがいる限りは、どんな時代になっても、それなりに祇園祭を執行できるのではないかと思います。それは期待しておりますけれども。

千　理事長は謙虚ですが、あれだけの山と鉾を保存されるのですから、私たちが思い知れないご苦労が多々あると思います。

深見　三十二カ町のそれぞれが、「俺が祇園祭だ」と思っておられますので(笑)。また、そう思ってくださるからこそ、祇園祭ができるのです。

千　それがいいのですね。

深見　「お前が責任者や、お前のいうとおりにやるから」となってきたら、もうだめですね。

千　「自分がやってるんだ、あんたもやって」という代々伝わって来ていることが、祇園祭の息吹なんですね。京都市民全部に、そういう息吹を感じてもらえたらと思っているんです。今日はいろいろと貴重なお話をありがとうございました。祇園祭に対する思いがずいぶん深まりました。

深見　こちらこそ、ありがとうございました。

（『創造する市民』第八十四号　平成十七年七月）

三振も凡フライもアウトは一つ

衣笠祥雄

千　今日はお忙しいところをお差し繰りいただきましてありがとうございます。先日、衣笠さんに駅でお目にかかったとき、あっ、とひらめいたのです。京都にご関係が深い衣笠さんに、いろいろとお話し願いたいということで今日はお招きいたしました。

衣笠　こちらこそありがとうございます。

千　衣笠さんは長い野球生活がおありですけれども、最近は中央教育審議会の専門委員でもいらっしゃいますね。

衣笠　本当にいろいろなところを見せていただけて幸せだと思います。

千　講演にいらっしゃることが多いのですか。

衣笠　そうですね。現役中に日本中いろいろ行っているはずなのですが、講演では人口が四千とか五千とかいうところまで行く機会がありますので、「ああ、日本は広いなあ」と本当に思います。

限界への挑戦

千　それにいたしましても、やはり本場アメリカの野球はすごいですね。

衣笠　私は今年の七月に、オールスターゲームの取材でアメリカへ行かせていただきました。マグワイア、ソーサ、そしてオールスターまではグリフィーJr.という三人が非常にホームランのペースが良かったんです。それは楽しみでした。マグワイアというのはものすごく大きな人なんですよ。プロレスラーかなと思うぐらい。

千　私はテレビでしか拝見しておりませんが、あの打ち方は下からすくい打ちするようなフォームでしょう。すごい集中力ですね。

衣笠　彼は野球エリートなんです。日本にも大学野球で来ております。入団した年に実はもう四十九本打っているんです。ところが、それから腰や背中を痛めたり、足首を痛めたり、そのあいだに自分のなかで「どうしたら一番体を効率的に使えるか」と考えた結果があの打ち方だったのではないですか。そういうものが今年実ったという感じではないでしょうか。

千　ソーサ選手はドミニカ出身で、しかも大変苦労して……。

衣笠　彼のほうはマグワイアと正反対で、サクセス・ストーリーそのままですね。ドミニカというところは非常に野球のさかんなところで、アメリカの野球選手の供給源なのです。野球で成功

衣笠　祥雄
（きぬがさ　さちお）

1947 年京都に生まれる。平安高校 3 年時、春と夏に甲子園に出場し、いずれもベスト 8。1965 年、広島東洋カープに入団。1976 年盗塁王、1984 年には打点王を獲得し、MVP に輝く。1987 年、2131 試合連続出場を果し、世界記録を更新。1987 年、国民栄誉賞受賞。1996 年には野球殿堂入り。現在は、野球解説者の他、テレビのゲストコメンテーターなど、タレントとしても活躍。著書に『お父さんから君たちへ～明日を信じて』（講談社）、『人生フルスイング』（佼成出版社）、『野球の夢　一途に』（NHK 出版）がある。

するというのが夢なのですね。彼は今まで三十本そこそこしか打ったことがないのですが、去年の暮れから自分のチームのバッティングコーチといろいろな話をするなかで、どうしたらもっといい打ち方ができるかということをずいぶん考えたようですね。

千　私は、日本人に欠けているハングリー精神とか一生懸命やろうとかいうものが、ソーサ選手やマグワイア選手にはあると感じます。

衣笠　六十一本というロジャー・マリス選手の記録を超えるのはとにかく無理だろうといわれていたのが、このように新しい人が出てくる。これは人間の限界への挑戦です。これがスポーツの原点で、一番すばらしいところだと私は思っているんです。

千　そういう意味からいうと、衣笠さんも平安高校で捕手をやっておられて、それから広島東洋カープに入られて……。連続試合出場は正確には何試合でしたか。

衣笠　二、二一五試合です。ちょうど十七年間、ずっとゲームに使っていただいたという非常に幸運な人間なんです。

千　そのあいだにはケガもなさったでしょうし、スランプもあったでしょうし……。

衣笠　いろいろなものを経験させていただきました。ただ、振り返ってみますと、やはり周りの方に恵まれていたなと。

立派な野球選手になれなくても……

千 私も小学生の頃、ベイブ・ルースの影響で野球をやった思い出があるんですよ。

衣笠 京都は、三高の時代から実は野球は非常にさかんなんですよね。

私は一度大恥をかいたのです。軟式野球のボールは京都で発明されているんです。まったく知らなくて、「あなたは京都じゃないんですか。野球をやってたんでしょう」といわれて、ものすごく赤面しました。一高、三高の時代、硬式のボールは非常に高かった。ゴムのボールですと子どもが遊んでも柔らかくてケガがない。それが、なかったんですよ。それで文房具屋さんのご主人がつくられたという話を聞きまして……。考えてみますと、それぐらい野球が浸透していたんですね。

千 その頃、道路の横のちょっとした広場などで三角ベースをしてみたり……。

衣笠 子ども時代の野球の入口には、あれが一番いいと思います。自分たちで勝手にルールが組み立てられるでしょう。だから遊びなんですね。ルールブックに書いてあるものは競技なんですよ。われわれはそういう遊びから入れたから、野球が続いたのかなという気がするんです。

千 私も、年長者が「こうやぞ、ああやぞ」といい、それに従ってやりました。

衣笠 やはり上下関係ですとか、いたわりですとか、ずいぶんあのなかで教えてもらったような気がします。

千　衣笠さんは京都で育たれて……。

衣笠　十八年、京都で育てていただいて、二十三年、広島におりました。今、東京が十一年目です。ですから今のところは広島が一番長いですね。

千　広島のオーナーは松田さんでしたが、私もよく知っております。

衣笠　先代ですね。なかなか厳しい方でした。眼の非常にするどい方で、入団させてもらってご挨拶にうかがったときに、「衣笠くん、立派な野球選手になれなくても、立派な社会人になってカープを卒業してください」とおっしゃいましてね。当時はその言葉の意味がわかりませんでしたけれども、そういうふうな考え方のオーナーでしたね。

千　衣笠さんが入団された頃は、今のようなドラフト制のない時代ですね。

衣笠　私は最後のフリーマーケットの選手なんです。翌年からドラフト制になりました。

千　広島を希望されたのですか。それとも広島のほうから……。

衣笠　広島を選んだのです。プロ野球というのはスカウトの人が来てくれないと入りにくいところです。来ていただいたなかから自分が選べるという時代でした。なぜ広島かというと、あそこへ行けば試合に出られると思ったからです。非常に生意気なんですけどね。ただ、どこのチームに自分を入れたら自分が生きるかなと、これは真剣に考えました。

千　巨人とかは。

衣笠　それは除外していました。来てもくれませんでしたけれどね(笑)。私の高校の五年先輩の野口さんという方が、実はジャイアンツに入られたのですけれども、結局成功できなかったのです。それが頭にありました。

戦争とプロ野球

千　私は大学時代に戦争へ行って、また大学へ戻って、卒業して、そしてだんだん野球もさかんになってきた時代です。池田高校で以前監督をされていた蔦さんと大学も同期で、海軍も一緒でした。私たちの仲間では四、五人プロ野球に入りました。みんな戦争へ行って体ができていたようですけれども、飛行機乗りは過酷な訓練を受けなければなりませんから、体をだいぶん壊した連中がおりました。結局、プロへ入っても四、五年ぐらいでやめなければならないというのが多かったですね。われわれ海軍の第十四期飛行専修予備学生というのは、戦前ですが、ずいぶん各部門のスポーツの選手が多かったのです。

石丸くんという九州出身の仲間がいたのですけれども、彼は旧制中学を出てプロへ入ったのです。今のように給料というのは出ませんから働きながらです。それで結局、夜間の大学へ行って勉強して、そのときに学徒出陣で。彼の戦闘機が最後に出撃するときに、飛行機の前でキャッチボールをして、飛行機が飛び立つまで自分のボールをもって、出撃するときにそのボールを残る仲間に投げて、そして出撃したんです。もちろん戦死しましたが、そういう人たちも実はプロ野球の草分けにいるんですよ。

衣笠　野球というゲームを私たちは平和な時代にやらせていただいていますが、考えてみますと、たしか明治五年頃に日本に伝わっているのですね。そこから営々と、そうしてつないでいただいた先輩がいらっしゃるから今があるということを、本当に思いますね。

子どもが遊んでいない

衣笠　今の若い子にも、とにかく野球が好き、というところが本当にほしいなと思うときがよくあるんです。私は家が東山だったのですが、最近あのあたりをうろうろ回っても、本当に子どもが遊んでいない。

千　遊べないんですね。塾でしょう。気の毒にね。そして場所もない。

衣笠　私は馬町に十八年いたものですから、ちょうど後ろが豊国神社なんですね。あの境内は結構広いんですよ。このあいだ行ってみてがっかりしたのは、全部アスファルトの駐車場になっていました。豊国廟の下あたりはまだ残っているのですけれども、一枚看板がありまして、「ここでボール投げをしないこと」と書いてあるんです。

千　うちの近くにも児童公園があるのですが、かつては子どもたちがボール投げをしたりサッカーの真似事をしたりしていたのが、いつの間にかそこに市のゲートボールのコートができて

「ここではボールを蹴ったり投げたりしてはいけません」という看板が立った。子どもはみな横に追いやられて、そんなかわいそうなことがあるだろうかと思います。

衣笠　京都はまだ場所のあるほうですが、それでもずいぶん土のところが減りました。

千　私も生涯学習に携わっているなかで、やはり老人の運動する場所も必要だけれども、子どもたちと一緒に混ざってやれるような場所をつくっていけば、老人も孫みたいな子どもを相手にし、孫もおじいさんみたいな気持でやると、良い関係が生まれます。

衣笠　今は核家族になって、おじいさんやおばあさんと生活するということが減りましたからね。

千　ああいうときにコミュニケーションがうまくできていくのですね。

衣笠　一代飛びますとずいぶん見方が変わってきますからね。普段一緒にいますとわがままもお互いに出ますから、そのなかで学び合うものがあると思うのですが。

千　私が申したいのはそこなんですよ。そのように一緒にいると両方がわがままだから、「このときはこうだな。あのときはこうだな」というコツのようなものがわかってくる。「親の背を見て育つ」といいますけれども、家のなかの雰囲気というものを、子どもは早くつかみますね。

家族とは何だろう

千　ところで、衣笠さんはそうやって野球の人生をいろいろご経験になって、教育や社会福祉の面においてもご活躍いただいていますが、今の日本に対してどうお思いになりますか。

衣笠　大人が忙しすぎるということを一番思いますね。われわれが育った頃は、大人にもう少し時間がありました。だから、子どもの面倒を少なくとも見ていたと思うのです。最近、中央教育審議会などでお話をうかがいますと、子どもが親と食卓を囲むという家庭がものすごく少なくなっています。もう少し大人が時間をもてるような世の中にもう一度立ち返らないと、いくらすばらしい教えをしても、実践する時間がない……。

千　もう少しゆとりをもって子どもに接してやる。そして、子どものやっていることを親がよく見なければいけませんね。

衣笠　最近よく「ある日突然豹変した」というふうなことがいわれます。ところが、実際にはそれはあり得ないと。必ず子どもは信号を出していて、それを大人が気がつかないだけだということをよく聞くのです。なかにあるものを吐き出してしまいますと大人でも楽になります。子どもは、もっとそれが大きい比重を占めているでしょう。親の意見としてはしっかりした柱がないと困るのですが、何かいうとすぐに上から蓋をするように怒ってしまうのではなくて、向こうの意見も聞いてやるゆとりがほしいなと思いますね。

私は「男は外で働くものだ」というふうに教えられたんですね。けれどもユニフォームを脱いで、少し自分に時間がもてるようになって初めて、「家族とは何だろう」とか、「子どもは今こんなことを考えているのか」「こういうことで悩んでいるのか」ということがわかった。

千　東京に家を移されたわけですが、京都は素通りでしたか。

衣笠　いいえ、家内も京都ですから、私も本当は京都へ家をもって帰りたかったのです。けれども、飛行機の便を考えますと、東京ですと九州や北海道でも日帰りができるのです。私が東京でホテル暮らしでも仕事はできるのですけれどもちょうど娘は高校へ上がる思春期で、下の子は男の子ですからこれからどんどんやんちゃになるわけですよ。そういうときに私がいないというのは、さあどういうものかと思って初めて悩みました。

　ところが東京に移ってから上の娘がしばらく非常に不機嫌でしてね。特にああいう年代だったものですから、何が不機嫌なのか私にはわからないのです。三カ月ぐらい経って、もともと明るい子なものですから、やっと表情が戻ってきたときに「どうして不機嫌だったのか」と聞くと、とにかく学校ではむっつりしてしゃべらない。下手に口を開けると周りの人が「わからない」というのだそうです。「ああ、そういうことで悩んでいたのか。それがどうしてわからなかったのだろう」と。

千　息子さんのほうはどうでしたか。

衣笠　あっけらかんとしてました。「広島弁がわからないおまえらが悪い」みたいな顔をしてました(笑)。

千　完全な広島っ子でしたか。

衣笠　はい。上の子が四十八年生まれですから。下の子ももう二十一歳になりました。私はもう子育ては終わりました。

千　野球は全然ですか。教えられましたか。

衣笠　ええ、逃げられました。プロ野球の選手に、とは思わなかったのですが、甲子園には一度出てほしいなと思っていたんです。やはり自分の親がどんな感激をもったかということを、実は私も味わいたかったのですよ。ところが、小学校の三年生ぐらいから背が急に伸びだして膝の関節がきしむので、「痛い、痛い」といっていたんです。それで近所にあった野球のチームに「入りたい」といったとき、お医者さんからその時期は無理をさすなと聞いていましたから、「野球はやめなさい」と。結局、これが大きな失敗だったのですね。「やりたい」と本人がいったのですから、やらせれば良かったんです。

運動選手というのはとにかく体が資本ですから、小さいときに痛めて、せっかくのいい才能が出てこないということがずいぶんあるわけです。それが心配だったものですから。そうしたらもう全然野球のほうを向いてくれなくなった。

千　興味を失ってしまう。私も馬術の選手で活躍したので、子どもたちも馬に乗せて訓練しましたが、大学に入って別のクラブに入ってしまいました。

衣笠　中学では野球部に入ったんですけれども、今度は周りの期待が大きすぎましてね。本人は一生懸命やって「うまくいった」と思っても、「そんなもの当たり前じゃないか。おまえ、衣笠の息子だろう」となる。それで「もうやめる」というから、「どうぞ」と。私も別に親父に「野球をやれ」といわれたわけではないですからね。

甲子園へ

千　やはりご自身で選ばれたんですか。

衣笠　私は洛東中学へ入学して、野球部の練習を見て「野球をしてみたいな」と思ったんです。私は、小学校の六年生のときは柔道をしていましたから、本当は中学で柔道部へ入るつもりだったんですが、なかったんです。

私の野球生活は二十九年間あるのですが、中学のあの二年半だけが本当に楽しいといえた時期ではないでしょうか。競争も何もない、仲良しチームですから。

千　そして平安高校へ入られて、当然野球部へ。

衣笠　甲子園へ出たいから平安高校を選んだというのは非常にはっきりしていました。中学三年生の夏に、西京極球場で試合をするチャンスがあったんですね。それであの球場を見たとたんに甲子園に行きたくなったんです。今、地方へ行きますと立派な球場がずいぶんあるでしょう。できれば中学生に使わせてやってほしいと思います。私は、あの感激がいっぺんに自分の方針を決めてくれたんです。「ここで普段野球するのは誰かな」と考えたら、高校生が甲子園の予選をやるのが頭に浮かびまして、それでもう甲子園です。

千　絶対に行こうということで、何年生のときに甲子園へ。

衣笠　三年生の春と夏、二回出してもらいました。高校の二年半で楽しかったのはあの二回だけですね。

千　初めて甲子園へ行かれて甲子園の土を踏まれたとき、どうでしたか。

衣笠　実は一年生の夏に、沖縄高校かどこかのお手伝いで行ったことがあるんです。当時はまだ日本ではなかったものですから、たくさん人が来られません。経費もかかりますしね。そのとき初めて甲子園へ入らせてもらった。それをうろ覚えに覚えているんですけれども、やはり選抜大会の入場行進がものすごく緊張しました。「平安」と書いてあると、周りはみんな羨望の眼差しなんですね。「あいつらは慣れている」と。けれども学校は何回出ていても、本人は初めてなんですよ(笑)。あれをものすごく滑稽に感じました。

千　衣笠さんがいらっしゃった頃が平安の全盛時代ですか。とにかく平安は全国に名を出していましたね。

衣笠　実際に優勝しているのはもっと過去です。ただ、われわれの年代は毎年出ていましたから。

ホームランと三振

千　実は一度うかがいたいなと思っていたのですが、当然プロでいらっしゃったわけですから、ホームランは打ったら打ったでそれは大変なわけですが、三振をなさった場合、雲泥の差になりますよね。

衣笠　日本では「三振は悪い」といいますが、アメリカでは「三振も凡フライも凡ゴロも、同じアウト一つじゃないか」というのです。感覚的にそのぐらい違うのですね。私は三振の日本記録をもっているんですよ(笑)。

私はプロへ入りまして二年間ちょっと方向を逸脱しまして、三年目、本来の野球選手に戻るときにセールスポイントを考えたのです。長年プロで生活している人というのは何かあるのですね。それを自分のなかに探したときに、ちょうど二十本ホームラン打ってくれる若い選手を球団がほしがっていたんです。もうそれしかなかったですね。ボールを飛ばすという単純なことなんですけれど、コンスタントに成績を出すためには、ひとつは無駄のないいいフォーム。もうひとつはバットを振るスピードだと思ったわけです。フォームをつくるというのは、実はそう簡単なものではありません。バットのスピードはというと、これはできると思った。けれどもこれだけしか体はないわけですから、とにかく力いっぱい振るというところからスタートしたんです。だから、どうしても三振の数は増えました。

千　しかし、その代わりに当たったら……。

衣笠　飛びます。裏表なんです。これがどうしても私に必要だったんです。

千　それによくお気づきになりましたね。

衣笠　それぐらい追い詰められていたんです。二十歳のときが本当に大きな転機でしたね。ある日、本当に野球をとられるんじゃないかと。野球は私のもので、誰もとれないと思っていましたから。ところが、クビになるということはとられるということでしょう。それがものすごく怖かった。本当に野球が自分にとってこんなに必要なものだということを、ちょっと二年間忘れていたといいますか……。

最近の選手たちは……

千　今は、解説者として若い選手たちをご覧になっていますが、やはり衣笠さんなどがいらっしゃった頃のプロのシステムとは変わっていますでしょう。

衣笠　そうですね。集団で行動することが多くなりました。

千　それはどういう意味ですか。

衣笠　管理する人が不安なんじゃないですか。本質的にプロ野球の選手というのは個人事業主なのですね。自分の成績で自分のサラリーを稼ぐわけです。そういう観点からしますと、ちょっとそれは違うのではないかなという気がするのです。

われわれが入団した頃は、例えばキャンプでは練習メニューをだいたい五時間ぐらいで組みます。あとは、夜の練習もみんなでまとまってということはなかったですね。先輩などでもバットを振っているのは、必ず陰でした。今は、陰で隠れてということはほとんどないですね。個性というものからしますとちょっと乏しいなと。一人で練習するところに悩みがあり苦しみがあり、また喜びがあるんです。そういうおもしろさを今の若い人は知らないんじゃないかなと思います。

千　生真面目というか、「右を向け」といえば右を向いてしまうというか……。

衣笠　システムアップされたなかで育っていますから。内野手などでも、われわれの頃は壁にボールを当てながらグラブの使い方を練習しましたから、基本は一緒なんですが、一人ひとりの取り方が違うという感じでした。それが、ここしばらくずいぶんあちこちのキャンプを見せてもらうのですが、そんな選手は見ないですね。本当にすごいといわれる、例えば昔の吉田さんや広岡さんや鎌田さんのような方はなかなか生まれてこないですよね。

千　高校野球など見ていると、個人個人のプレーの荒削りのところが興味ありますね。

衣笠　それが見ていて楽しいのではないでしょうか。プロは、さらっとやってしまうのですね。昔はそこに何がしかの泥臭さがあって、パッと見て「あの選手だ」と。最近の選手はみんなうまいのですが、何かひっかかるものが少ないですね。

メジャーリーグの力

千　私もアメリカのピッツバーグやニューヨークで大リーグの試合を見ましたけれども、アメリカの観客というのはすごいですね、日本と違って。さすがアメリカで生まれて発展したスポーツというだけあります。

衣笠　あのお客さんが野球のゲームをつくりあげているといってもいいでしょうね。

千　プロ野球を支えているというお客さんの重心があるからこそ、選手たちにしても「このお客さんに応えなきゃいかん」と、そういう気持が一体化しているのですね。試合の進行も早いですし。またよく打つんですよ。

衣笠　野球のショーは二つありまして、ひとつはピッチャーが三振をとる。もうひとつはホームラン。そういうものを織りまぜながら、そのなかに勝敗がついてきます。それから地元は絶対的に応援して、敵は絶対応援しない。非常にローカル色が強い。これがアメリカの西部開拓時代から積み重ねた歴史かなという気がするのです。

千　大リーグで実感したことですが、アメリカの観客というのは本当に涙もろいというか、よく感激しますね。

衣笠　あそこでビールを飲んでホットドッグを食べながら、自分の実生活とはまったく違う空間に来たという喜びを楽しんでらっしゃるなという気がものすごくします。

千　まだ日本の場合は観客がそこまでいっていないと思いますね。何か必死になりすぎているといいますか……。

衣笠　それとも、また違う観点でご覧になっているかですね。

千　今、野茂さんをはじめみんなが活躍していますが、衣笠さんもやはりアメリカへ行って本場でやりたいとは思われなかったのですか。

衣笠　気はありました。ただ私の年代というのは、あまりにも力の差が大きすぎたのです。とにかく私が必死に練習して、彼らが練習しないで普通のレベルなのです。通用しないというのが正直な感想でした。

千　キャンプへ入って、一年間ぐらいトレーニングしてもだめですか。

衣笠　難しいでしょうね。それぐらい大きな差を私は感じました。

千　レベルというのは、向こうではどういう基準なのですか。

衣笠　やはりスピードでしょうね。走るスピード、ボールを投げるスピード、バットを振るスピード。例えばルーキーリーグがあり、シングル、ダブル、トリプルとファームチームがあります。この一段階ごとに打球の速さが違うのです。

千　それは一段階ずつみんな上がっていくのですか。

衣笠　なかには飛び級もします。けれども普通この四つの段階で、少なくとも三年ぐらいかけて選手をつくるのです。育てるとは思わない、つくっていると思います。悲しいかな日本にはそのシステムがないのです。

千　厳しさとか、いろいろなものをそこで味わうわけですね。

衣笠　メジャーリーグというのは現実に二十四人ですが、彼らはものすごい待遇を受けますけれども、ファームへ行きますとモーテルに泊まって、バス移動で、一日の食費が十何ドルというまったく違う世界です。

千　それでもみんなやっているんですね。

衣笠　夢がある。

千　メジャーに上がると全然違いますか。

衣笠　飛行機も必ずチャーター便です。ホテルも超一流しか泊まりません。給料も今は最高十三億五千万円ですから。

年俸は選手のプライド

千　びっくりしますね。ソーサとか、マグワイアなど、また給料は上がるのですか。

衣笠　彼らは長期契約をしているので、一年ずつはそんなにないと思います。ただ、ボーナス契約をしていますので、それは手に入れると思います。けれども彼らは十二億、十三億と取っている選手ですから、そういうものにはそれほど……。日本でもよくいわれるのですが、「プロ野球選手の給料っていったいなんですか」と。選手のプライドですよ。現実にお金が一万円でも多く欲しいわけじゃない。税金から何から考えたとき、ここで五百万違うか一千万違うかといって、もめているわけではないのですね。むしろ、その選手がプライドをかけて年俸闘争をやっているというふうに見ていただきたいですね。
千　それを私も皆さんから聞いておいてくれと……。
衣笠　シーズンが終わりますとその話ばかり出てきて嫌なのですが。結局、見方としては、例えば極端な話をしますと、野茂くんも日本にいたときはそうですし、ヤクルトの古田くんでも三年で一億になるんですよ。それは、今まで積み重ねてきた選手にとっては耐えがたいことなんです。今までの苦労はなんだったのかと、著しくプライドを傷つけられるわけです。そうなりますと、「せめてここまで私を評価してくれてもいいでしょう」と、そういう交渉ごとになってしまうんですね。
千　選手が引退されたあと、野球年金とかそういうものはどうなのですか。
衣笠　一応年金はあるのですが、これは本当に微々たるものです。
千　スポーツ選手があれだけ活躍していて、それが引退されると忘れられたようになってしまう。私もスポーツ関係でＪＯＣの評議員をしたりしていますが、何かそういうシステムがなぜできないのだろうといつも感じています。
衣笠　日本の場合、そのあたりの理解がなかなかなくて……。例えばオリンピックの選手にしましても、何年間というものを本当にそれだけにかけるわけです。そうしますと、終わったあとは実は何もないんです。終身保障云々とかそんなところまでいいませんけれども、せめて何かあってもいいんじゃないかという気はします。ただ、自分がスポーツ界にいた人間ですから、あまりそれを表にはいえない。「おまえたちは好きなことをやっていたんじゃないか」といわれると、それ以上はいえないのです。

千　私は第三者の立場に立ってもスポーツ年金とか、スポーツ選手に対するもっと功労報奨というものを設けてあげたいなという気がいたしますね。

衣笠　ありがたいご意見です。アメリカの場合は、年金はかなり充実しています。四十五歳から一応いただけるようになっていて、メジャーリーグに十五年もいますと、自分が働くということはほとんどしなくていい。ですから、ボランティア活動などもいくらでもできるんです。ただ、悲しいことに日本の場合は、どれだけの大選手であっても終わってまだ仕事をしなきゃいけない……。

頑張ることの素晴らしさ

千　それにしても衣笠さんは華麗なるプロの大活躍から、またこうして今、後進を指導されたり、いろいろな福祉教育の面で活躍していただいているということは大変嬉しく思っているわけですが、これからの子どもたちに何か夢を与えてやらなければいけないと思います。何かそういうメッセージはございませんか。

衣笠　やはり私はスポーツで育てていただいた人間ですから、それを裏切らないように生きなければならないということは非常に思います。それから、やはり子どもたちに頑張ることのすばらしさをどうやって伝えられるかなと。ともすれば、今は情報過多の時代なものですから、すぐに自分の先を読んでしまう子どもが多いんですね。今これをやったからここの答えがこう出る、というのではなくて、今ここで頑張ることがすばらしいのだということを、なんとかスポーツを通じて伝えたいなと思います。

千　ありがたいですね。全国にもこの生涯学習のネットワークがございますので、衣笠名選手のそういう貴重なご経験から、子どもから年寄りにまで、大きな示唆をしていただけるのはありがたいことだと思います。

これからのご活躍をお祈り申し上げております。本当に今日はお忙しいところをありがとうございました。

衣笠　今日は本当にありがとうございました。

（『創造する市民』第五十八号　平成十一年一月）

出会いの不思議　金メダルへの道

中野眞理子

千　いろいろな方と対談してまいりましたが、ぜひとも中野さんにお願いしたいと。
中野　感謝しております。お目にかかれるのを楽しみにしておりました。
千　この金メダルの魅力です。
中野　ありがとうございます。
千　あなたが活躍されたときは本当に日の丸の旗ばかりで、嬉しかったですけれども。
中野　あのときが全盛で、金メダルを取るのが当たり前の時代でしたね。一度目のオリンピックで銀メダルだったときは扱いが敗北者でした。あの頃、他の競技と違ってバレーボールというのは完璧に戦って、完璧に勝利を得ないといけなかったので大変でした。

バレーボールとの出会い

千　今は背もお高いですが、どんな子どもさんだったのですか。
中野　身長は173センチあります。皆さんびっくりなさるのですが、小さくて、やせていて、大変虚弱で、小学校に上がりましても保健室の先生と仲良しになるという、スポーツには縁のない子どもでした。
千　どうしてバレーに。
中野　中学二年のとき駆けっこをしているのを先生に見つけられ、人生が変わりました。それはたった一、二分の出会いでした。それまでこの子は体が弱くて運動はだめだと烙印を押されていましたのに、いい筋肉をしてシャープな動きと瞬発力があると聞かされ、体力的にはだめでも、先生はそういうもって生まれた才能を見つけてくださったのです。私は講演のテーマでよく「出会いの不思議」ということをお話させていただくのですが、かけがえのない出会いで人生が変わっていきました。自分の存在をわかっていただいた。なおかつ自分の頑張れる場所ができた。必要とされる喜びのなかでずいぶん自分の可能性を見つけ出せたような気がいたします。

千　出会いというのは本当に大事なのですね。あなたがそれだけひ弱な子であったのに走っているところを先生がパッと見て、それからスポーツに引っ張り込まれて。それにしてもお友だちなどはあなたの活躍にみんなびっくりなさったでしょう。

中野　「まさか五年後に、日の丸を付けて全日本の選手になるとは夢にも思わなかった」といまだにいわれます。

言葉と自信

中野　今、私は教育現場で講演することが多いのですが、子どもたちに対して早く見切りをつけないでほしいと伝えています。

千　先生方にそれをよく教えてあげてほしいですね。先生の心が子どもに伝わることが大切ですね。

中野　みんな切り口を変えれば、はかりしれない可能性を秘めたいいところをたくさん持っています。本当に素敵なものがあるにもかかわらず、それに気づかなかったり、挑戦して失敗すると、頭ごなしにしかり、努力や好奇心を封印してしまい、失速してしまいそうになってもがいている若者とよく出会います。失敗を乗り越えた後の達成感や感動を、その地点で消し去ってしまっているのです。失敗は、成功の前ぶれだと大人がわかれば、根気や距離を置いて見守ってやり、我慢してやることがとても必要だとわかると思うのです。それができなくてすぐ口出しし、手出しをしてしまい、親や先生の尺度で、自分たちの都合のいい形にはめ込んでだめだと決めつけてしまう。惜しいなと思うのです。そのため子どもたちも失敗を恐れて、努力し挑戦することを怖がり諦めてしまっています。何もしなければ何も起こらない。何の進歩もないのです。自分の可能

中野　眞理子
（なかの　まりこ）

オリンピック女子バレーボール金メダリスト。大阪府出身。旧姓・岡本。日立バレーボールチームおよび、全日本バレーボールチームのキャプテンを務める。1972 年、ミュンヘンオリンピック銀メダル、1974 年メキシコ世界選手権金メダル、1976 年モントリオールオリンピック金メダルなどを獲得。
現在は、美と健康と生きがいをテーマにしたスクールや墨＆土アーティストとして活躍し、講演活動などにも励む。
著書に『人生の金メダリストになるために』『あきらめないで』（中経出版）がある。

性を見つけ出すための努力を惜しまないでほしいのです。それが、マイナスはプラスとなり個性や持ち味となって変化していきます。自分を知ることで自分が変わり、人生が変わっていく、失敗やコンプレックスは自分を変える「チャンス」であることに気づいてほしいのです。大人も勇気を持って、若者たちときちっと向き合い信じて、心のキャッチボールができたら、共に成長し、子供たちは自力で歩き出してくれると思うのです。体験を通して自分や相手に興味が持て、考える力や洞察力や思いやりや感動が生まれ、生きている手応えを感じられると思うのです。

千　大事なことです。子どものときにある程度、厳しさのなかで育てられるというのは必要ですし、多くのことを自分自身への糧《かて》としてほしいですね。

中野　私は野武士のような人間が好きです。現役の頃、よく山田監督に、宮本武蔵の「五輪の書」の話を聞かされ、その生き方に感動し、その一握りの魂でも自分に持てたらいいなと思い続けて生きてきました。本当の強さというのは決して頑なになることでなく、しなやかさが必要だと思います。また、やさしさというのは甘えでも甘やかすことでもなく、逆に厳しさが必要だと思うのです。人間には強さとはかなさがあり、深い情愛をもちながら、幸せを求め日々生活を送っています。組織で生きてきた私は引退し、群れのなかでしか生きていけない生き方でなく、意志を持ち軸足を持って、一人でも自分らしく生きていきたいと、二十五年間活動を続けてきました。まさに、孤高の生き方でもいいと思い続けてきました。

千　それはいい言葉ですね。そうした強さが先生方にも、子どもの才能をちょっとでも伸ばしてあげようという目をもたせるのかもしれませんね。勉強ができない、何もできない、弱い子、だめな子。それははじめから「だめだ」という考え方をもつ先生が多いからでしょう。それはだめではなくて、今おっしゃったようにパッと引っ張り出してやるという勇気を先生にももってほしいですし、また子どもたちにもやはりそれに呼応するだけのものをもってもらいたい。それは家での親のひとつの励ましだと思います。家でも親が「おまえはだめや」とか、例えば兄弟がいて「お兄ちゃんを見てみろ」「お姉ちゃんを見てみろ」「なんでおまえはそうなんだ」と、親はすぐに比較して何かいうでしょう。すると子どもはものすごくコンプレックスをもちますね。

中野 自信がない若者というのは、他人の目を気にして自分の悪いところをチェックしようとします。そして、不安を抱え、自分の弱さや寂しさを、あるがままに受けとめてほしいと「人」を求めます。奥の深いそこの所をわかってくれる人と出会ったとき、また自分を必要としてくれる人と出会ったとき、自分をあきらめないで本気で変わろうと、無心で努力していきます。実は、それが弱い私の姿でした。教育現場で、「1+1=2」のわかりきった、型にはまったマニュアルだけが正解とする価値基準ではなく、そこからはみ出して人とは違った魅力を見過ごさないで育てる包容力や、小手先や目先のことを考えない大らかさと根気を、私たち大人は磨き育てておかなければならないと思うのです。愛情深い感性ある大人との出会いをした若者は、困難におちいっても、逃げたりあきらめたり他人のせいにしないで、自力で自分を追いつめ挑戦しようとします。そんな若者の背中を少し押してやるだけで、彼らは、「勇気」という一歩を踏みだせるのです。あとは、達成体験や感動が、より成長を加速させてくれます。これが自信となって、自分を信じることができ、マイナスをプラスにしていく、「やる気」、「本気」、「勇気」、「根気」が育ち、こうした精神が運気となって、強運を引き寄せる力が育っていくのだと思います。まさに、すべての道に通じる「心・技・体」のバランスが、生きる上でどれほど大切か気づかされるのです。たとえ荒削りで、骨太であっても、やさしさの引き出しをたくさん持った思いやりのある大人となってくれると思うのです。

恋人はバレーボール？

千　中野さんはバレーの道に入られて、厳しいトレーニングのなかで、やめようかと思われたことがずいぶんあったのではありませんか。

中野　毎日生傷だらけで、逃げたい、やめたいと何度も思いました。遠い先のことよりも、「今この苦しみをどう乗り越えていくか」というそのことで精一杯でした。

千　ちょうど全日本のメンバーに初めて選ばれたときに、あなたは非常な感激と同時に恐怖心を持たれたということですが。

中野　入社してすぐ、日立のレギュラーになり、エースアタッカーとして、レシーブの要として重大な役割を与えられました。そして、次の年にはオリンピック選手に選ばれ、銀メダルを手にしまいました。それから、チームに戻ると、オリンピック経験者は私一人となり、上級生がいらっしゃるなか、二年目で、キャプテンとしてチームを支えていかなければならなくなりました。あまりにも早すぎる、責任ある立場に、身震いするほどの怖さを感じました。しかし、チームを捨てて仲間を捨てることはできません。引くに引けない状況のなか、「やるしかない」と、金メダルという目標に向け、走り出しました。「銀メダルは敗北者」、「金メダルはあたりまえ」という重い十字架を背負わされたチームでした。その上、器を先に頂いたことで、逆にこのプレッシャーやハンディキャップがばねになって、若いチームは日本一から世界一となり、日立の黄金時代がスタートしたのです。

千　ほとんど合宿、合宿でしょう。合宿では規律が厳しくて自由がきかないし、食べるものもカロリー計算で辛抱しなければならない。やはり甘いものとかそういうものは摂ってはいけなかったんでしょう。いろいろ制限がきつかったでしょうね。

中野　朝の五時から夜の十時まで、一日も休みがない練習と、間食はいっさいダメなハードな食事制限でした。その役割はハングリーにさせていく一つの手段でもありました。自己管理・自己責任のできない選手は、試され、ふるいにかけられ、挫折していきました。生き残った十二名の選手だけが、世界一へのスタートラインに立つことができたのです。さらに、世界の頂点のコートに立てるのはわずか六名でしたから、本当に厳しい環境でしたね。

千　過酷な練習に加え、全然休みがないのですか。すべて外とのシャットアウトによりバレーのみを見つめさせるという監督の戦術ですね。そういうような厳しさのなかで自己を耐え忍ぶ訓練ができるのかもしれませんね。

中野　厳しかったですね。恋にも憧れはありましたが、一年三百六十五日休みなく練習が続き、外を見る余裕もなく、バレー一筋に青春を過ごしました。

バレーボール一筋に……

千　けれども、バレーの選手というのは表向き華やかな舞台が多かったですから、活躍されて騒がれ出したでしょう。それでもそういうことはあまり耳に入らなかったのですか。

中野　耳に入ってきました。でもそのときは、目の前にある目標に向け、「勝つ」ということに対してのエネルギーのほうが強く、勝負の世界に生き続けましたね。本来私は不器用な人間で、「両立」より、「一途」でした。

千　私は現在のあなたを見ていると、昔そんなに弱かったというのは全然感じられないし、むしろそれだけバレーというものの人生があなた自身をたくましくしたんだなと。お話をしていても、あなたの話はピシッ、ピシッと、剣道でいうと面は面、小手は小手と決まっているのです。ですからあなたはバレーのなかに解け込んでバレー一筋だったけれども、そのわりに自分自身をよく知っているなという感じを受けます。

中野　不思議なことに魂が、もう一人の自分の姿を距離を置いて冷静に見つめているときがあるのです。人間としての未熟な自分をわかっていたので、いつも原点に戻れたのだと思います。情報に惑わされず、きちんと地に足をつけて堅実に歩いてこられたのかもしれません。死点という言葉があります。「もうあかん」、「もうだめだ」と思った、その境界線です。人はみな、ここでやめてしまいます。本当は、そこから試され、人生の分岐点になっていくのだと思います。苦しくてもあきらめないで、この死点を乗り越えたとき、人間の持っている防衛本能の五感が発達し、こうした経験を数多く重ねた人間にいただく、研ぎ澄まされた第六感が育っていくのだと思います。私は大変直感がするどいといわれたキャプテンでした。誰よりも、こうした死点を乗り越えてきたおかげかもわかりません。人間は弱いもので、追いつめられたときどうしても逃げたり言い訳をしたり人のせいにしてしまうときがあります。私もそうでした。しかし、結局は、自分が引き受け一歩乗り越えないかぎり同じことの繰り返しで、否定的な人生となっていくことに気づいたのです。人生には、運を引き寄せるタイミングがあると思います。小さい頃から体が弱くて自分に自信がなくコンプレックスを背負い、戦っていかなければならない壮絶な練習のなかでは自分の弱点をしっかり見据えて自分を知るということがとても大事なことでした。もう一つはこんな未熟な私を見捨てないで育てていただいた人との出会いに恵まれていたのも、成功の原点だったのだと思います。どんな環境でもそこから小さな喜びや幸せを見つけ出せる心の習慣が育っていったのも幸せだったと思います。

千　先ほど野武士のようなというのが好きだといわれたけれども、私はわかるような気持がするのです。野武士というのは大名に仕えている侍ではない。一匹狼です。しかし、一匹狼であっても自分がこうと思った正義のものに対して突っ走っていくのですね。ですから日本の女子のバレー界がだんだん上がってきた。はじめは野武士的な集団で、そのなかからみんな這い上がって、そして金メダルを取られたのですね。

中野　それぞれの個性を高め合い、自主自立の精神が育ち、頂点を極めることができたのだと思います。その後私は、世界一になることが最終到達ではなく、それは長い人生の通過点であり、人生の生きる力となっていくかけがえのない経験であったと感じるのです。

千　それから意識として何か変わりましたか、例えば女性として。

中野　一人の女性として、母となり命を育てる大切な経験を通して、思いやりの深さや許し合うこと(包容力)、見返りを望まない愛情の大切さを知りました。人生のなかで命をかけられるものとの出会い、これほど幸せなことはありません。母親になって初めてわかった、親が私に残してくれた最大のメッセージでした。

金メダルを取って

千　いちばん最初のメダルが銀で、それで発奮されて次は金になったわけでしょう。金と銀を取られた。その数も多いですね。これはすごいスポーツ人生だと思います。私などは馬術をやっておりますが、金も銀も銅も取っていません。ちょっとした競技で金メダルは取れても、本場の馬事公苑やヨーロッパなどではとても取れるものではありません。

中野　馬という感情ある生きたものを動かしていくというのは大変困難ではないかと思いますが。

千　困難には違いないのですが、自分が精一杯やっても、あっという間に勝負は三分でおしまいですからね。私は金と銀のメダルを見たらうらやましくて、スポーツ選手としては自分で取れなかったものをあれだけ取っておられるのですから、すごいですよ。

中野　今ふり返りますと自分のことではないような気がするのです。やっているときは本当に無我夢中でした。こんな弱い人間が、一度の出会いで人生が変わり、地球で一番になれた。そのための壮絶な訓練をあれだけの長い月日、覚悟したとはいえ、本当にこの自分が走り続けてきたのかと、信じられないときがあるのです。それだけにここまでやれたのは強さや努力や根性だけでない、その人間のもって生まれた才能を開花させてくださった、素晴らしい出会いのおかげだと感謝しています。バレーボールの道へのチャンスと素晴らしい人との出会い、それは私の宿命的なものとして、神様が私に与えてくださった最高の贈り物のような気がいたします。そしてなにより、二度のオリンピックと死の恐怖を乗り越えたガンの病、この二つの体験を通して私の大切な役割と使命に気づかせてもらいました。

千　バイタリティーと同時に夢を実現化する。そして自分の栄光ある過去を自分のその後に生かしておられる。あなたの場合はいい家庭をもち、子どもさんも立派に育てられて、そして自分の人生経験をいろいろな人に与えて、また勇気づけてあげることはすばらしいと思います。

中野　本当にうれしいお言葉ありがとうございます。人生まさにお茶の世界で、一期一会というお言葉があるように、二度とない、その瞬間「出会えてよかった」、「生きていてよかった」と感じられたら、こんな幸福なことはありません。自分を見つけ出そうとするピュアな姿勢で、今、この出会いに心を尽くし、どのような出会いも経験もすべてそこに意味があり、無駄なものはないと思えるようになりました。私は決して強い人間ではありませんでした。コンプレックスにあえぎながら生きてきた私は、早くこんな自分から脱出したいと見方や切り口を変え努力することをあきらめませんでした。その結果、自分のマイナスがプラスになって、やがてそれが自分の持ち味となり、自分が変わり周りが変わり人生が変わっていくことに気づきました。ひたむきに打ち込む努力と好奇心と希望をもち続けないと生き残れなかったからです。そして、比較の人生でなく、自分らしいオンリーワンの人生を歩きたいと思ったからです。「あなたに出会えてよかった」、「この人生に出会えてよかった」、まさに自分への「幸せ」というご褒美が待っていてくれました。

スポーツから学ぶもの

千　あなたのお子さん方は何かスポーツをされているのですか。

中野　バレーの世界には縁がなかったようで、息子は水球、娘はバスケットで、娘はレギュラーでしたが、息子はずっとマネージャーで大学を卒業しました。

千　強制するものではないでしょうし、それもまた一つの自分ですから。

中野　子どもは、親の思うようにはならないと思っていましたので、「同じ道でもよし」、「違ってもよし」。本当にやりたい道が見つかれば、それが本人の幸せだと思ったのです。一番でないとだめだという考えだけはしないようにしました。一番を目指す情熱と努力を惜しみなくもち続けながら、たとえ一番になれなくても卑屈になるのではなく、そのなかで何かを見つけ出せる、あきらめない心を持ってほしいと願い続けてきました。その体験を通して心の遣い方や精神の巣立ち方や、育てていただいた人との出会いや友情を培う友だちというものが、どれほどかけがえのないものかということに気づいてほしかったのです。そして健康でこうした出会いに感謝ができ、自分の歩き続けてきた道をささやかでも誇りに思え、「自分ならではの人生が見つかれば」と願い、育ててきました。

千　あなた自身は金メダリストだからと見られることで、ずいぶんつらいこともあるのではないですか。

中野　強い人間で、完璧に何でもできる人に思われて弱みを見せられないときがあります。本来、私は争いごとや闘うことの嫌いな人間です。のんびりやでマイペースでとても不器用な人間です。その上、怖がりで臆病なところがあります。書き出せば、きりがありません。わが子からも、「お母さんがオリンピックで金メダル取ったなんて信じられない」、「夢見てたんじゃない」といわれるくらいです。こんな性格でしたから、子どもの頃はよくいじめられました。よけいに自分の世界に閉じこもり、本を読んだり絵を描いたり一人でも行動のできる子どもに育っていきました。こうして自分を採点すると、決して世間の模範になるような人間ではありません。休みたいし、さぼりたいし、自分をやさしくしてやりたいと思い、時には心のネジをゆるめてやりたいと思っても、許されない厳しい世間の目のなかで生きてきました。しかし、生死をさまよったガンという大病を患ったおかげで、弱さをかくしたり、我慢することをやめ、あるがままの自分を引き受けてやれるようになりました。その後、肩肘をはらないで、時には重たい金メダルの肩書きをはずして素の自分で生きていける芸術の世界に興味を持ち、歩き出しています。競争もなく、寄り道や脱線や立ち止まることや失敗も許される、開放された自分の世界を、こうして手に入れることができました。こうした経験を通して思ったのは人には持ち味があり、それぞれ違った生き方がありれます。その違いを認め理解しようとする、包容力のある成熟した社会をつくっていかなければ、多くの才能ある若者がつぶされていくように思うのです。ルールやマナーは大切です。しかし、それにがんじがらめになって違いやはみ出すことを許さない、枠の中で生きていることが「いい子」だという意識が残っている教育にも、問題があるのではないでしょうか。結局は、大人の都合のいい子どもになっていってくれることで、大人の自己満足でしかないように思うのです。何にもしないこと、みんなと同じであること、それ以上もそれ以下もしないことが、一番安心で楽な生き方だと信じているかぎり、決して大物は育たないと思うのです。私は体や意思が弱く、足手まといで世話のかかる子どもでした。ただ、ひたすら迷惑をかけないよう、不甲斐ない自分を変えたいと悩み続け、自分の未熟さと向き合いながら、自分の居場所を無我夢中で探し生きてきたように思います。そのおかげで、こんな私のあるがままを受け止めてくれる人たちと出会い、「生きてきてよかった」と思える幸せをいただきました。だからこそ、今度は私が、つらいときや悲しいときにこんな若者たちが着地できる、心の基地になってやりたいと思ったのです。

千　今のお言葉が、子どもたちに本当に勇気を与えるだろうと思うのです。またお年寄りたちにも大きな希望を与えるだろうと思います。例えばお年寄りたちが、近所の公園に集まってゲートボールをやっているのはいいのですが、もともと公園ですから、子どもとお年寄りが一緒になって融和できるようなスポーツとか、何か一緒にできるようなことがあればいいのですが。

中野　私も生涯スポーツや講演を通して、温かい血の通った人間関係をつくるお手伝いをしたいと考えています。

千　いいですね。そういうことをまたあなたのお力で、ぜひ実現してほしいですね。

満たされすぎているがゆえの心の貧困

中野　特に老人大学では、皆さん十歳も二十歳もお若いです。けれども行動を拝見しますと、与えられた枠の中で行動され、意外と周りを気にして自分を枠にはめていらっしゃいますね。

千　今のお年寄りは大事にしてもらっていると思うのです。マスコミなどのお蔭で介護の問題にしても、自分たちは大事にしてもらって、当たり前やないかと。そうではなくて自立という気持を持たないといけない。

中野　過保護は頭脳と感性と肉体を退化させていきます。少しずつでも自分を開拓していく好奇心を忘れないで、行動を起こしていくということが長生きの秘訣かもしれませんね。八十歳でも九十歳でも「少しの刺激」を持ってあきらめないかぎり、まだまだ新しい自分を見つけ出せると思うのです。ときめきと感動がそのエッセンスになっていくと思います。

千　中野さんの指導でバレーでもしてもらって。

中野　いいですね。できますよ。

千　お年寄りも行動を起こさないといけない。静かなことどもだけで人生を終わらせてしまうのはもったいない。心の躍動を起こすためにも静と動を上手に使うことです。

中野　何かきっかけさえあれば、心と体は自然に動くと思うのです。自分を必要としている人がいる。自分を見てくれている人がいる。スポーツは助け合いや思いやりが必要ですから、そうした人のつながりが前へ進む力を生むのです。スポーツは激しいものばかりではありません。それぞれの年齢にあったやり方を知ってほしいですね。今、私は美と健康と生きがいをテーマにした体操教室を開いていますが、スポーツは心と体のリハビリにもなるのです。

千　私どものアスニーに講師としてお話に来ていただいて、それをぜひ取りあげてほしいと思います。中野さんにはぜひ、皆さんが行動を起こすためのきっかけになっていただきたいですね。

中野　ぜひやりましょう。

千　昔は馬術の試合などでも土の上でやっていましたが、この頃は危ないからというので馬場に木屑とかを敷いて落ちても大丈夫なようにやっているのです。過保護もいいところです。

中野　落ちて痛い。では落ちないようにどうしたらいいかと立ち止まり、考えることで、知恵や工夫が湧くんですね。バレーでも天井が低い、体育館が狭いと不足を見つけ出しますが、今すぐどうすることもできないことで不平不満をいうのではなく、その中で「何ができるか」、努力し、工夫していかないと何の解決にもならないと思うのです。それが考える力となり生きる力となっていくことだと思います。どんな環境でも不足を見つけ出そうとすればいくらでも見つけ出せます。だからこそ、幸せを見つける心の目を持っていたいものですね。

千　努力しようとせずに怖がっていますね。

中野　小手先で人は動かないと思います。魅力や器や度量や風格は、覚悟を持ってその人がどう生きたか、危機感や苦労をどう乗り越えてきたか、豊かな体験と感性のなかで備わっていくように思います。

為せば成る

千　先日、免許証の更新に、七十歳以上は講習を受けないといけないので行ったら、五人ぐらいでしたが、そのうちで八十二歳のおじいさんが自動二輪のオートバイに乗っているというのです。試験官の人が「今でも乗っているんですか」と聞いたら、堂々とオートバイは十八歳から乗っていますと。えらいものだなあと思いました。やはりやれる人はやるのです。

中野　自分をあきらめない、幸せも不幸も自分の心の置きどころ一つではないかと思うのです。明治や大正生まれの人たちは戦中戦後の激動の中、命をはり、覚悟のなかで生きてこられた。魂の強さがありますね。年齢を重ねていくほどに、未熟なほうが自分がどう変わっていくか、どんな人生を演出していけるか楽しませてもらえるように思えてきました。チャーミングに、心のべっぴんを忘れないで、努力していきたいと思っています。最近はふしぎなのですが、年を一つとるたびに身軽になっていっています。かっこいいおばあちゃんになるため、愛情と使命を持って今を生きる。シンプルなつみ重ねでしかないですね。お金や物は残せませんが、「あなたに会えてよかった」といってくださる人が残ってくだされば、こうしてもう一度いただいた命を生きぬいた証になると信じています。

千　今日は本当にお忙しいのに、いいお話をありがとうございました。今後ともよろしくお願いいたします。

中野　この出会いに感謝いたします。どうもありがとうございました。

（『創造する市民』第六十四号　平成十二年七月）

スポーツで生かす、子どもの才能

伊達公子

レールを敷かれる子どもたち

千　今日はお忙しいなか、おいでいただきありがとうございます。

伊達　よろしくお願いします。

千　伊達さんは京都市のご出身で、偶然にも私のすぐ近く、上京《かみぎょう》でお育ちになりました。世界の伊達公子、京都の誇りとすべきスポーツウーマンでいらっしゃいます。

伊達　ありがとうございます。

千　京都という所はいろんな面で世界に誇るものがたくさんありますが、スポーツにおいては、なかなか日本一の座をとることが難しいのですね。もう少しというところで、いつも関東に負けてしまう。だから悔しくてね。世界的な選手が京都からもっと育ってほしいと思っています。

幸い、桝本市長は、誰もがスポーツに親しむことができる環境づくりに取り組んでおられます。今日はぜひ、スポーツを通じた生涯学習ということでお話をお願いします。

ところで、伊達さんは園田学園女子大学で教えていらっしゃるそうですね。

伊達　はい、今年から人間健康学部で、やらせていただいております。

キッズテニスというスポンジボールと小さなラケットを使ったゲームで、子どもたちにスポーツの楽しさを拡げる、伝える活動を一九九八年からやってきました。私には小さいときから身近に体を動かす環境があったので、子どもたちにそういう環境を与えてあげたいという目的で始めたのですが、三年ぐらい経ったときに「あっ」と思ったのです。実際に子どもたちと接していると、子どもたちはとても純粋で、遊ぶことが好きで、汗をかくことが好きなのに、周りにいる両親や大人たちが、すぐに方向や答えを与えてしまう。それが、今、世の中で見聞きするいじめの問題や、「キレる」ということにもつながっているのではないか。だから、子どもたちだけに伝えていくだけでは、難しいのではないかと感じたのです。

千　それですよ。子どもたちは実に無邪気で純真に、どちらかといったら遊びたいほうだけど、親が最初から、時間割なんかを決めて「勉強しなきゃダメだ」というのですね。

われわれの頃は、もう泥まみれでケンカしたり走りっこしたりして、いろんな意味でスポーツとかかわり合っていたでしょう。今は何か全天候型の秀才みたいな人間を求めたがる。それが今の日本をひ弱くしているのではないかと非常に心配しています。

伊達　公子
（だて　きみこ）

1970年、京都に生まれる。園田学園高校3年時にインターハイでシングル・ダブルス・団体の三冠を獲得。1989年、プロテニスプレーヤーに転向。1993年、全米オープンベスト8。1994年にはNSWオープンで海外ツアー初優勝。WTA世界ランキング9位。1996年、ウィンブルドンでベスト4入り。同年、引退。
1998年から子供にテニスの楽しさを伝えるキッズテニスを展開中。テレビ番組出演やテニス解説の他、園田学園女子大学客員教授、東海学園大学客員教授なども務める。

伊達　そうですね。ケガにしても、転んで初めて知ることってありますね。でもそれを、大人が、「転ぶから気をつけなさい、あぶないからやめなさい」と止めてしまいますと、その経験ができなくなってしまう。

千　「転ばぬ先の杖」もいいのですが、あまりにも過保護すぎますね。

伸びやかだった少女時代

千　伊達さんの子どもの頃といえば、一九七〇年代ですか？

伊達　はい。七〇年生まれです。

千　ちょうど日本が高度成長の後、平和ボケに入りかけた頃ですね(笑)。どうしてテニスをやろうとなさったのですか。きっかけは？

伊達　上京区に生まれて、よく天神公園で遊んでいたのです。大好きな公園でした。幼稚園も寺之内幼稚園で、そこは何かというと、子どもたちを庭に出すという方針で、よく裸足で遊んだりしていました。だから、とにかく小さいときから外で遊ぶのが大好きで、体を動かすことが大好きでした。それに両親もそういうことが好きだったのです。

千　テニスはお家でどなたかなさっていたのですか。

伊達　北区に引っ越した後、小学校一年生ぐらいのとき、たまたま近くのテニスクラブへ、最初は健康のために両親が通い始めたのです。そこに、私がついて行って。

千　それからのめり込まれた。というよりも、ご自分でやろうと思われた。

伊達　最初はたぶん、落ちているボールを拾ったり、ボール投げをしたりとか、うろちょろ遊ぶ程度だったと思うのですね。それが見よう見まねで、置いてあるラケットを振り回してみたり。ですから最初はお月謝を払ってテニスを始めましょうというのではなく、自然に。そのうち、あまりにもラケットをもって楽しそうにやっているから、習わせてみたらどうですかということで始まったのです。

千　なるほど。誰に強制されることなしに、見よう見まねで。これが一番大事ですね。そして、それがご自分に合っていたのですね。

伊達　そうですね。

千　そうして、中学校へ入られた頃はもう、相当に。

伊達　中学の頃、滋賀県へ引っ越したので、山科にある四ノ宮テニスクラブというところに移りました。そこは名門といわれていて、世界的なプレーヤーを輩出していたクラブだったのですが、そこで、攻撃的なテニスを教えてもらいました。

千　なるほど。われわれがやると、どうしても自分だけで、防御するのに精一杯でね、攻撃となると、大変難しいですね。ボールがどこから飛んでくるのかわからなくて、受けるのに精一杯。ですからあなたにはそれだけの勘と、やはりテニスに対する才があったと思うのですね。

伊達　どちらかというと個人種目で、はっきり勝ち負けが出るというのが合っていたのと、それからやはり性格的なことも含めてですね。
当時、日本のテニスは百球打たれたら百一球返せというスタイルだったのですが、そうではなく、自分からエースを、決め球をつくっていくというテニスを、教えてもらったのです。それが、自分に向いていたのではないかと思います。
千　ご自分が世界的なプレーヤーになるというようなことは……?
伊達　考えてもみなかったですね。初めてプロが出ている試合に出たのが園田学園女子高校の二年生のときです。テニスの場合、何歳以下というクラス分けなのですね。十、十二、十四、十六、十八歳以下というように。関西では常にベスト4、良くて準優勝。全国大会にいくと、いつも良くてベスト8、ベスト16が常でした。それが、高校二年生のとき、初めてプロの大会に予選から勝ち上がって、ベスト4までいったのです。
千　高校生でベスト4ですか!　相手はプロでしょう?
伊達　はい。それが大きな転機になりました。
千　やはり、チャンスをうまくつかまれたのですねえ。もうひとつは勘ですね。

テニスは息の長いスポーツ

千　私は障害馬術競技をやっていまして、馬と自分が一緒になって目の前の障害物を飛んだらいいのですが、なかなかそうはいきません。馬が拒否する場合もありますし、自分の場合もあります。気持が高ぶって、怖いなあと思ったら絶対だめですね。呑んでしまうというか、障害も「これぐらいだなあ」という気持で飛ぶのが大事です。

テニスの場合もなかなか思うように体が動きませんね。やっている間にハアハア、ハアハア。私はね、スポーツのなかでもテニスは一番過酷だと思うのです。一見、か弱いスポーツのように見えますが（笑）。

伊達　そうですね（笑）。動きも前後左右なのでハードですし、精神力も大きく影響します。

千　他にも単独でやるスポーツはたくさんあって、やはり自分で、孤独のなかでやっていかなければならないけれども、テニスだって孤独との闘いでしょう？

伊達　孤独ですね。試合に入るとテニスの場合は、外からのアドバイスを一切受けることができません。コーチともアイコンタクトだけです。

千　目で合図するのですか。

伊達　サインプレーをしている選手もいるのですが、基本的にはサインプレーもだめです。なので、コートのなかでは、自分で判断するということが求められるのです。

千　伊達さんが世界ランキングを上がっていかれたとき、最高で四位でしたね。三位以上となると、やはり、目に見えない鉄壁みたいなものがありましたか。

伊達　そうですね。トップ10の選手はもう、ナンバーワンになるためには生活のすべてを犠牲にするという気持が、全面にあらわれているような選手たちばかりです。

千　やはり、英国のウィンブルドンのコートなんかに立たれると、何か精神的な、プレッシャーというか。

伊達　そうですね。選手にとって、ウィンブルドンのセンターコートは憧れの場所なのですね。独特の空気があります。確かに、プレースタイルにもよりますが、一度はタイトルを手にしたいと思うのは、みんな、ほとんどの選手がウィンブルドンですね。やはり歴史と伝統があるだけに。

千　なるほど。歴史と伝統といえば、まだ天皇陛下が皇太子でいられたとき、両陛下が軽井沢でテニスをなさっているのを拝見したことがあります。なかなかお上手やなあと思ったのですけれども、お相手なさったことは？

伊達　はい。させていただきました。

千　どうでございますか。

伊達　すごくお上手で、ある程度のスピードにもついていらっしゃいますし、また一緒に組まれるといっそう。お互いにかばい合いながら、ちょっと走って、取れるか取れないかぐらいのボールをうまく拾っていかれる。足も、とても、お速いのです。

千　お速いのですか。

伊達　はい、お二人とも。

千　例えば、われわれの生涯学習センターにも、お年を召した方がいらっしゃって、運動もなさっていますが、テニスは今おっしゃったようにハードでしょう。年をとると、もう、体の動きがゆっくりになって、プレーできないのではと、そんなことはありませんか。

伊達　いえ、ハードにしようと思えばいくらでもできますが、程よくすることもできるスポーツなので大丈夫です。本当に、九十八歳でなさっている方もあるくらい。海外でもかなりご年配の方で、毎日のようにテニスコートに来られるケースも多いですし、おすすめできるスポーツだと思います。

故郷の京都のこと

千　伊達さんはお茶のお稽古もなさっておられて、私は大変うれしく思うのですが。

伊達　インタビューでよく「お茶ですか？」って聞かれます。動と静、これだけ違うものをどうしてですかと。でも実際やってみると、テニスだけではないと思うのですが、スポーツは、動きに無駄があると、バランスが悪くなる。テニスはバランスがとても大事なので、無駄があると、いいボールが返せませんしスピードも出ない。まだ初心者ですけれども、お茶をやっていると、精神的な部分にも動きにも、無駄があってはいけないのだなあと感じました。そういう点では、共通するところがあるのではないかと思っています。

千　うれしいですね。私も、絶えずそれをいうのですね。私は馬なのですが、馬場馬術のほうなど瞬間的なミスで減点されます。普段からお茶をやって落ち着いていると、うまく手綱をさばいて、すっと対応できるわけなのです。ですから今おっしゃったように、動と静のなかにある安定感、そういう心の平静というものを学ぶには、お茶はもってこいです。

ところで今のお住まいは、本拠としては東京ですか。京都にはお帰りになりませんか。

伊達　東京とモナコと半分半分です。京都には、なかなか、ゆっくり帰ってくることができなくて、今日も神戸のほうから来て、京都駅に着くと、ああ、ここからちょっと行けば家なのになあと(笑)。いつも素通りなのです。

京都というと、なんといっても白みそのお雑煮がなつかしくて、お正月だけは京都で、母のつくった白みそのお雑煮を食べたいといつも思うのですが、お正月はヨーロッパなのです。彼(レーサーのミハエル・クルム氏)とドイツで迎えます。

千　それは残念。伊達さんのような方にこそ、ちょっとでも帰ってきていただきたいですね。

伊達　外国で「故郷はどこ?」と聞かれて、「京都」というと、みんな知っている。ありがたいことにファンも多いのですよ。それに向こうの方たちはとても愛国心があって、故郷を愛していらっしゃいます。私のほうが故郷のことを聞かれて、あまりにも京都のことを知らないと恥じることがあります。だから、もっと京都の良さを見直さなければいけないなあという気持になります。

千　ああ、それは……。特にそうやって世界中へいらっしゃるのだから、やはり京都の宣伝というか京都のことを伊達さんの口からいっていただいたら、とてもうれしいですね。

勝ち負けの感情は大切

伊達　年月が経つと忘れてくることもあって、家族と話していても「ここ行ったかな？」と。「行ったやんか」といわれても、小さいときの記憶が……。

千　変わってもいますね。あのお好きな天神公園も、ゲートボールのコートができましてね、お年寄りはよく集まっていらっしゃるのですが、子どもたちをあまり見かけない。近くには寺之内幼稚園や、他にも幼稚園がたくさんありますから、小さなラケットでもボールでももって、遊んでいる間に、テニスに入っていくチャンスもあると思うのですが。

伊達　私がずっと考えているのは、幼稚園で課外授業みたいな形でテニスができたらおもしろいだろうなあと。年少はちょっと難しいかもしれませんが。三歳が百人となると、ちょっと大変ですので（笑）。でも年長さんぐらいなら。

千　幼稚園の教育のなかに入れるというのはいいですね。スポーツをやっていると、試合開始時に必ず「よろしくお願いします」と挨拶をして、礼儀正しくなるでしょう？

伊達　はい。それから、お友だちと仲良くして、協調性ということも覚えていきますね。

千　なるほど。子どもたちのテニス選手権といったものはあるのですか。

伊達　あります。オープン大会といわれる公認の大会で、一番小さいのは八歳ぐらいからですが、その他にクラブ内でトーナメントを開いたりします。

今は、小学校の運動会で順番をつけないようにしているところもあるようですが、私はどちらかというと反対なのですね。「勝ってうれしい、負けて悔しい」という感情は、とても大事だと思うのです。そういう感情を抱く心を子どもたちにはもっていてほしいです。

やはり、体育が良くできる子もいれば、音楽を得意とする子もいると思うのです。私もそうでしたけれど、体育といえば、そこはもう私の出番！　そういうところを失ってほしくないですね。

千　おっしゃる通りですね。勉強でも何にしてもそうですが、人間には競争心というものがあって、次は絶対勝ちたいという気持が芽生えるでしょう。それを平等に「ご苦労さんでした。みんな一緒にゴール」というのは、おかしいと思うのですよ。やっぱりファイトが湧くような。

伊達　そうですよね。

千　またそれによって、運動は得意ではないけれども、音楽的な才能があるとか絵のほうの才能があるとか、自分の得意分野がわかってくると思うのですね。

伊達　そうです。そしてその分野を極めることによって、不得意な分野のレベルも上がってくるということを覚えると思うのです。

成長段階に応じた指導を

千　それにしても、一度ウィンブルドンで、伊達さんがなさっておられるのを見たかったなあ。よくテレビで、ハチマキを締めて、ほんとに凛々しく。グーッと口を引き締めてね。やるぞ！というあなたの顔がなんともいえなかった。大好きでした。

伊達　昔と今とではずいぶん表情が違うとよくいわれます（笑）。

千　この頃は、杉山愛さんが頑張っておられますね。今は日本でも相当、プロのテニス選手が育ってきているのではないですか。伊達さんから見られていかがでしょう。

伊達　とにかくテニスをやりたいという子どもたちが増えてきていまして、これからが楽しみな時期なのですけれども。ただ、やはり……、どうしても、日本のスポーツは勝負にこだわりすぎるというか。さっき勝ち負けの感情が大事だといったのですが、小さい頃から逆にあまり勝負にこだわりすぎると、早い時期にピークを上げてしまって、続かなくなってしまいます。その辺のバランスが難しいですね。

千　それはいえるでしょうね。小さいときから頑張って、行くところまで行ってしまったら、そこから、あまり伸びなくなる。

伊達　そうですね。周りの親や大人が、ある程度まで引き上げてあげることは必要だと思うのですが、その時期が早すぎると長続きしなくなってしまう。

それから、もうひとつ。成長には段階があるので、その時どきに、必要なものとの橋渡しをしてくれる環境が大事だと思うのです。例えば私の場合は、最初にテニスの楽しさを知って、中学時代はテクニックを教えてもらって、高校のときには体をつくった。いい時期に、いいコーチにめぐり会えて、橋渡しをしてもらえたことが大きかったと思います。

千　なるほど。やはり、どんなときにでも、その段階でいいコーチ、いい先生にめぐり会ってこそ初めて才能が発揮されるわけですね。確かに、出会いということ。

伊達　そうですね。大切ですね。

千　先生によって、何度も習いたくなるし、続けてやりたくもなります。逆に先生との相性が悪いと途中で放り出してしまうことも。先生との出会いは、生涯学習にとって重要ですね。

テニスによって子どもたちを育てたい。とてもいいことだと思うのです。これからも大いに世界を駆け回られて、なごやかな、世界の子どもたちのつながりができますように、ご健闘をお祈りいたします。けれども、どうぞ京都のことも忘れずに。京都の皆さんに、伊達さんの生の声を聞かせてあげてください。今日はどうもありがとうございました。

伊達　こちらこそ、ありがとうございました。

（『創造する市民』第七十八号　平成十六年一月）

●第三章●今に生きる茶道の教え

日本人とおもてなしの心

堀部公允

和魂洋才から洋魂洋才へ

千　本日はお忙しいところをありがとうございます。京都の有名な老舗旅館、炭屋さんのご主人、堀部さんにお越しいただきました。

この頃あちこちで、京都人はもっと「おもてなしの心」をもたなければならないといわれています。その割りにはなかなか行き届いておりませんので、いろいろ京都に対する注文というのが多いようです。長い間、炭屋さんのご主人としてお客様をお迎えになっておられて、どうでございましょうか。

堀部　お家元もよくご承知のように、代々お茶をやっております。手前どもには四畳半の小間から広間にまで、全館で五席、炉の切った部屋がございまして、毎月お茶事をやっておりますが、それだけではなしに先々代の命日に当たる七日、先代の命日に当たる十七日には釜をかけまして、おいでいただいた方には、まず薄茶を一服差しあげるということもやっております。そういう個性の強い宿ですが、その個性をよしとするお客様もございますし、「なんや、こんな薄暗いところ」とかおっしゃる方も。これは、ずっと代々やってきておりますので、当世風に、にわかに変えるわけにもいきません。お客様の好みによりまして、好き嫌いが出てくるのは当然でございます。

千　やはり昔は、どちらかというと順応性がございましたね。順応性ということは、昔はどこのお家にでもその家々にお茶があり、ないといってもそれなりに日本人独特の生活様式がございましたが、戦後は中途半端になり、「和魂洋才」から「洋魂洋才」のようになってきています。「和」がどこかにいってしまっているのですね。ですから、お客様のなかには「こんな薄暗いところへ通して」とか、おっしゃる方もあると思うのです。昔なら同じようにお客あしらいしていたことも、今ではそういうわけにはいかなくなってきて、人を見ておあしらいをしなければならなくなってきているのですね。

堀部　そうです。非常に難しい時代になってまいりました。比較的料金も高いところになっていますので、お客様はその料金を見ただけで「これはいいところに違いない」とご想像なさっておいでになる。ところが、いわゆる秀吉の黄金の茶室のような豪華絢爛ではなくて、利休のようなわび・さびの世界ということで、思い込みと違う、イメージと違うとおっしゃるのです。

堀部　公允
（ほりべ　こういん）

1925年、京都に生まれる。京都・炭屋旅館主人。茶道・能楽・歌舞伎など、伝統芸能や古今東西の文学・美術に精通する数寄者。謡は金剛流宗家直門で、裏千家今日庵の老分職を務めた。
2004年没・享年78歳。
著書に『風韻余滴　京・炭屋の四季』『京・炭屋　もてなしの茶の湯』（淡交社）がある。

四季の移ろいから京都を知る

千　昔、天皇陛下や大名がお泊まりになったという宿が、ずいぶんあちこちにあります。これまでは、「あかずの部屋」として、人には見せるけれども、お泊めはしないというところが多かったのですが、最近は、そこを開放といいますか、そういう志向性が高まっているわけです。せっかくそういうところへ行くのだから、普段できない経験をしたい。ちょっと贅沢をしたいと。西洋文化に倦きた、もう一度畳の上で、お膳でお食事をいただきたいという思いがあるからこそ、炭屋さんや柊家さんなどへ行かれる方が多いのではないでしょうか。そこへもってきて炭屋さんは代々お茶がある。今度もご本を出されて、おもてなしの数々の文章が出ております。写真もなかなかすばらしいですね。

堀部　あれは淡交社の雑誌の表紙撮影をされている宮野正喜さんという方の作品ですが、ついこの間までギャラリーで展覧会をやっておりました。それがまた好評でして、おかげさまで本も大変な売れ行きでした。

千　あれは炭屋さんの四季でしょう。春夏秋冬の。

堀部　さようでございます。毎月の趣向の。

千　お部屋の飾りつけとかお茶室の取り合わせとか。

堀部　京都観光の宣伝にもなりますので、たとえ三日でも四日でも東京のギャラリーでできないものかと思っているのですが。

千　東京の六本木に「京都館」というのがあります。京都の物産とか伝統産業品を展示しているのですが、案外ご存じない。私は京都市の宣伝が行き届いていないとよくいうのです。東京の方でも、「こんなところに京都館があるのですか」といわれるし、まして京都の人が知らないのです。

堀部　私も存じませんでした。

千　そこでおやりになったらどうですか。

堀部　いいお話を聞かせていただきました。先日、この話をしたら、「東京でも結構ですが、いっそパリでされたらどうですか」といわれました。エッフェル塔の下のところに何かあるんだそうですね。

千　日本文化会館というのがあります。日本の古いお宿のいろいろなもてなしの心というものを、写真や文章を通じて知っていただくということは大事なことだと思います。それと同時に、実は京都というイメージが全世界で売れているようで、意外と売れていないのです。京都の人は、世界中のだれもが知っているように思いがちですね。私などはずいぶん世界のあちこちに行っていますが、京都を知らない人のほうが多いのです。東京は首都ですから。けれども「京都」というと「どこにあるのか」といわれますし、「京都の金閣寺を知っていますか」というと、「金閣寺ってなんだ」と。ですから、おやりになったらいいと思います。京都のためにも大変にすばらしいことだと思います。

「お帰りやす」と「行っといでやす」

千　祇園などではお茶屋さんへあがるときには「お帰りやす」といいますね。それから帰るときには「行っといでやす」といわれる。すると、本当に自分のひとつの住処のように思うのです。この「行っといでやす」というひと言が、お客様に京都にまた行こうという気にさせるのでしょうね。

堀部　私どもは「またお出ましください」という意味のことは申し上げます。皆さん喜ばれて「また、寄せてもらいます」とか、「また、あの部屋に泊めてください」と指定なさるようなお方もございます。

千　炭屋さんにお泊まりになる方は、若い人が多いのですか。

堀部　年齢はあまり関係がありません。それよりも、やはりお茶に心を寄せているといいますか、たとえお稽古はしておられなくても、そういうものに対する憧れ、親近感というものをおもちの方ですね。なかでも外国の方は、みなさん非常に興味をもっておいでになります。

千　例えばお茶室に入ってお茶をいただく。外国の方は「そういうことは知らないので教えてください」というように素直でしょう。それから、お箸の使い方や食事の仕方、お酒などに対して興味が大きいのでしょうね。

堀部　マナーといいますか、そういうものに関心をもっておられます。例えば、お席でお茶をお出ししますと、外国の人に限ってお茶碗を両手で包むように持たれますね。どこの国の方でもみんなそうです。

千　大事なものに対してはそのようにもつ癖があるようです。外国の人たちは手のひらに置くということがないのです。やはり器というものが日本人と違いますから。しかもスプーンとフォークでしょう。日本はお箸です。そして、お椀でもなんでも塗ったものであるとか、瀬戸物、陶器のものが並んで置いてあって、みんな手に乗せていただきますが、外国の人にそういうことはありません。

堀部　そういえば、外国の方はテーブルから食器を離しませんね。

千　これはお隣の韓国でもそうですね。同じようにお箸を使っていても、器を手にとって食べるということがありません。みんな置いたまま箸でつかむ。スープ類は韓国でも中国でもスプーンです。お箸でご飯から味噌汁までなんでも食べるのは日本人だけ。ですから、日本人は器用だなと。お箸さえもっていったら、どこででもなんでも食べられるのではないかといわれます。

堀部　私どものところへおいでになるお客様のなかで、外国の方だけが今いったようなもち方をされる。不思議やなと、常々疑問に思っていましたけれども。

千　フォークやナイフが普及する以前(十六世紀)、外国の人はみんな手づかみですから。ナプキンが食事のときに扱う大事な、唯一のものだったわけです。日本にはそういう習慣がありません。最近はおしぼりを出しますね。それで口を拭いたりしていますが、日本の食卓においては、おしぼりは行き過ぎだなという点もあるのです。夏ならば、ちょっと冷たいもので汗でもお拭きくださいと。それから、お食事でまたおしぼりを出すというのは。最近は、もてなしの心のなかに、行き過ぎの心があるのです。

堀部　おっしゃるとおりですね。

おもてなしの本質とは

千　日本人というのは食生活においても気楽なので、何から、どこから食べても文句はいわないですね。たくあんでご飯を食べている人もいれば、刺身を食べている人もいる。お茶事の懐石ですときちんと食べ方が決まっていますけれども、それ以外のお席とか家庭ですと、一つのお皿に盛ったものをみんなが箸で取り分けていただくわけでしょう。

堀部　好きなものから取りますね。

千　好きなものから食べればいいのです。日本人の食生活というのはそういうことなのです。外国ではどんなところへ行っても、食べるものが決まっています。出される順番も。ひとつのものを食べなければ次のものが出てこない。どんな家に行っても出されるやり方はみんな一緒です。

堀部　あれはレストランだけとは違うのですか。家庭でも一緒ですか。

千　私は何回もホームステイしましたが、どこへ行きましても同じです。ただ、そこの奥さんやご主人の、もてなしをされる心をひしひしと感じるのです。日本の場合は、だいたい外へお連れする。それから、手料理を作るよりは店屋物をとる。外国はそうではないのです。どこへ行ってもどんな家に行っても、ささやかでも手料理をお出しする。ジャガイモとハムを炒めたものとか、自分の家で焼いたパンだとか。「召しあがれ」「おいしいですよ」という気持で出してくれるのです。

堀部　そのほうが、心が通いますすね。

千　日本人は何かもって行っても、玄関の端のほうで「お粗末なもので、申し訳ございません」と、恐縮しながら置いていくでしょう。外国人はそういうことをしませんね。堂々と、どんな小さいものでも「あなたのためにこれをもってきたのです」と。ですから、自分の庭で拾ってきた松ぼっくりに色をつけたようなものでも心を込めてつくります。そういう気持が違うのです。日本人は謙虚といえば謙虚かもしれませんが。

堀部　ある程度、儀礼的かもしれませんね。

市中の山居を求めて

千　日本人の心というものが失われているこの頃、やはり炭屋さんのような、ホテルではない日本旅館の存在意義は大きいと思います。畳の部屋で、しかもそのうちの五つもお茶室がしつらえられて、そこへもってきてお茶の用意もなさる。掛軸を用意して、花を生けて、炭をおこして、釜をかけて、お茶一服、差し上げる。それだけのご亭主のご苦労が果たしてどれだけ通じているのかと思います。

堀部　案外、情報というのは、流れているようで流れていないというもどかしさがございます。どう申し上げていいか、ちょっと前までは部屋に風呂がついていなければ売れなかったのですが、今は変わってしまいまして、部屋に風呂がなくてもいい。その代わりにみんなと一緒に入れる広いお風呂がほしいというのが流れのようです。少し広いめのお風呂ならご用意していますが、「温泉のような広いお風呂はないですよ」と申し上げると、「えっ京都は温泉ではないの」といわれる方があるので。

千　温泉が出ていると思っておられるのですか。

堀部　「京都は温泉ではないの」といわれたときは、外国の方と話をしているようだと思いました。

千　今のはおもしろいお話ですね。最近、若い人たちはみんな広場に集まる。そういう、広場に集まるというのは、一五四九年にフランシスコ・ザビエルがキリスト教をもってきて、その後、ポルトガル船でやって来たジョアン・ロドリゲスという人が、日記に「市中の山居」と書いているのですが。例えばヨーロッパにおいては、ローマにおいてもどこにおいても街のなかに広場がある。そこにみんなが集まってくる。それはひとつのところから逃れてきて、そこでみんなと語り合って、ほっと一息つく場所である。そういう場所が、日本ではお茶室、「市中の山居」だということをいっているのです。まさしく今の世代の人たちが広場を求めてきているのです。

堀部　それで市役所の前の空間がもてるのでしょうね。

千　それが今の「市中の山居」。広場、みんなが集まる場所。ですから、お風呂でも大きな風呂場に入りたい。普通の温泉旅館に行っても個室のお風呂には入りません。みんな広い大衆浴場のほうに行くのです。これはおもしろいですよ。

畳文化は日本人の知恵が凝縮

堀部　今は日本人の生活が洋風化されて、畳のない家が多くなっています。子どものときから畳の上に座ったことのない人たちがだんだん大きくなりつつある。こういうところで、将来、私どものような商売はどうなのだろうという一種の危惧《きぐ》といいますか。畳がないから日本人が座らなくなったでしょう。

千　外国人と一緒です。

堀部　それがやはり日本人の思考において悪いことだと思うのです。やはり日本人は座らないといけない。座った目線で、ものを考えないといけないということを思うのです。座って膝をついて、そしてお互いに手をついて挨拶をするということが日本人の根本的な、いいところだと思います。外国の方は、神様かあるいはそれに近い人の前でしか膝をつきません。ところが日本人はお互いに膝をついて、手をついてご挨拶をする。この日本人の態度といいますか、心といいますか、そういうものをもっているのは、世界でも珍しい民族だと思うのです。そのためにはどうしても畳が小道具として必要ですし、私は畳から離れたくないのです。

千　畳は絶対になくならないと思います。今のように生活が洋風化すればするほど、どうしても畳志向になってくる。日本人はもともとお米の国に生まれて育ってきたわけです。お米を食べている以上、そのお米の稲で藁をつくるでしょう。藁と米との一体性を考えてみると、やはり日本人の体質からしても、それこそ藁葺きの家、藁屋というのが日本人に合っているのです。気候からいっても日本は大陸性ではないですね。夏は湿気が多くて冬は寒い。今、環境問題がいわれていますが、このような状況下になって、世界中が今までどおりに快適な温度で生活できるかというと、そうではないでしょう。やはり自然に順応できるような体質をつくっていかないと。昔の人はそれに順応できたのです。今の人はだめです。人工的な温度のなかで育ってきているので弱いです。順応性というものが循環的生活態度というものになって、今は洋風化になっているけれども、また日本化になってくると思います。

堀部　またもとへ戻ると。

千　こういうことを繰り返していくのです。そうして生活に対する人間の新しい知恵というものが生まれてくるのです。ですからご心配される向きはないと思いますが、やはり日本人はもっと坪庭や借景、日本人独特の生活哲学というものを、培っていかないといけない。そういう役割をもたれているのが炭屋さんであると思うのです。

堀部　心強くなりました。

千　炭屋さんのおもてなしの心で、ぜひ、もっと多くの方々に京都のよさ、そういうものを味わっていただきたいものです。堀部さんがいわれているように、日本礼賛。日本のものはやはりいいのであるということを認識してもらえるような、お宿の構えと雰囲気を失っていただきたくないと思うのです。

堀部　ありがとうございます。

千　そういう意味でこれからもいよいよご多幸で、ご健康でありますようお祈り申し上げます。今日は本当に長時間ありがとうございました。

堀部　こちらこそありがとうございました。

（『創造する市民』第六十八号　平成十三年七月）

茶道とともに歩んだ「京文化のかたち」

上坂冬子

理にかなっています

上坂　念願の今日庵にお伺いさせていただきまして、ありがとうございます。こちらは裏千家を代表する由緒あるお茶室で、一畳台目《いちじょうだいめ》と向板《むこういた》というたいそう珍しい形だそうですね。

千　はい。もう一つ、邸内に又隠《ゆういん》という四畳半の茶室、利休の好んだ草庵がありまして、ともに四百年以上の歴史がございます。屋敷全部、重要文化財に指定されております。

上坂　昨日、京都に参りまして、建都千二百年の特別開扉ということで、普段は拝見できない高台寺をお訪ねしました。そうしたら、ずっとあこがれていたお茶室の傘亭《からかさてい》をすき間からチラッと見ることができたんですよ。

千　それはよかったですね。

上坂　今朝は五時に起きまして、泊めていただいた炭屋さんの朝茶事のお仲間に入れていただきました。

千　よい経験をなさいましたね。

上坂　朝寝坊の私は意識朦朧の上、茶道の心得がありません。困っていましたら、和気あいあいといいますか、ご一緒の皆さんがいろいろ教えてくださいました。素人が混じって、かえって良かったみたいです。

千　そうですね。知らない人がおられると、その方のために亭主がいろいろ教えて差し上げる。

それを聞きながら、また勉強できるのです。

上坂　お稽古の終わりの頃に、皆さんご用意のやわらかい紙でお椀を拭きますのね。とても印象的でした。

千　お水屋の方にお手間をとらさないため、ある程度清めるのです。しかし漆器ですから傷がついてはいけません。拭くというよりも、上から押さえるくらいに。

上坂　そして、箸先を清めますでしょう。おもしろかったのは、一、二の三でお箸をパタンと音をたてて置くこと。

千　箸落としといいます。ご馳走様でした、と。亭主がそれを聞いていて、お粗末様でございました。そういうフィニッシュ・アンド・サイン。合図のサウンドです。

上坂　お箸一本のコミュニケーション。お茶はずいぶん神経が行き届いた世界なんですね。濃茶

上坂　冬子
（かみさか　ふゆこ）

ノンフィクション作家・評論家。1930年、東京に生まれる。1959年、『職場の群像』で第一回中央公論社思想の科学新人賞を受賞。これを機に1962年から文筆活動に専念。1993年、『硫黄島いまだ玉砕せず』（文藝春秋）で第41回菊池寛賞、第9回正論大賞を受賞。日本文芸家協会会員。著書に『巣鴨プリズン13号鉄扉』（中央公論新社）、『生体解剖―九州大学医学部事件』（PHP研究所）、『「北方領土」上陸記』（文藝春秋）他多数。

をいただくときふきんを小さくたたんで並べて運んでくるでしょう。アラ、おいしそうなお菓子なんて間違えて恥をかきました(笑)。

千　お茶碗を回し飲みするお濃茶では、飲み口を自分の持っている濡らしてしぼった茶巾で清めてから、お隣に渡します。お一人おひとり茶巾を用意するのは大変だろうと、先代淡々斎が考案した茶巾台をご覧になったのでしょう。

上坂　あれが先代のご考案とは存じませんでした。

千　正式には濡らしてしぼった茶巾なんですが、お茶会などのお呼ばれのときには懐紙を折って飲み口を拭かれればよろしい。

上坂　大勢でお濃茶をいただくのも、独特の厳粛な雰囲気が漂います。

千　濃茶は大事な席ですが、体の具合の悪い人は飲むのを遠慮されるべきです。水っぱなが出るとか、せきやくしゃみが出そうな方、風邪をひきかけの方は遠慮しなければ……。これはエチケットですね。そういうことまでお茶は教えているのです。

上坂　うかがいますといちいち、たしかに理にかなっていますね。お正客は本来は男性がおつとめになるということですが。

千　お茶はご維新までは男性のものだったのです。女性はせいぜい水屋のお手伝いくらい。正式なお茶席に入れなかったのです。そういう時代には、お正客はもちろん男性。

上坂　いつから、女性中心になりましたの。

千　欧米思想が入ってきて鹿鳴館が華やかになりますと、逆にたしなみを忘れてはいけないということで、女性方にお茶を開放して伝統的な躾けをお教えしようと、私どもの十一代玄々斎という方が政府に建白書を出されました。それまでは大名家やお武家、豪商たちの趣味、というとらえ方でしたが、婦女子の教育に重点をおいて各女学校に正科で茶儀科がつくられたのです。そうして、一般の家庭にお茶が広がった。

上坂　以前、戦争未亡人の自活の道としてお茶を教えたこともあるとうかがい、感心しました。でもお茶をなさっている方はご年配ばかりと思いましたらそうでもなくて。

千　そうなんです。最近は物のなかった時代に育った昭和二十年代生まれの四十代後半くらいの方が増えています。子育てを終わってホッとなさり、日本文化に目覚めて自分が学ばなかったものを吸収しよう、取り返そうとお稽古を始められていますよ。

お点前には性格があらわれます

上坂　お稽古事ではよく筋がいいとか、悪いとかいいますけれど、お茶にも素質がありますか。

千　それはあると思いますし、悠長だな、せっかちやとかお点前にはよく出ます。

上坂　私の欠点は短気で……。

千　すぐにわかります。その人のもっているものが全部出ますね。

上坂　私は素質がないから駄目かしら。

千　いや、それは治ります。せかせかしてた人がお茶をやってピシッと落ち着く。またお茶でははじめの準備や後始末がとても大事なことなので、うっかり型の人も全然物忘れがなくなっていきます。

上坂　根性入れなおしてみようかしら(笑)。

千　性格全部とはいいませんが、お茶は人間を変えるんですね。別な説明をするとキャラクターを悟らせる。そして、導く。

上坂　炭屋さんの朝茶事ではお料理、お道具、お床の茶花や掛軸、とてもすばらしくて感嘆いたしました。

千　お点前ができなくても、お道具が拝見できて茶事ができればそれでよし。私はお茶は生きた美術館だと思っておりますよ。

上坂　私は茶道の心得はありませんけど、お道具にはとても興味があり、炭屋さんでは美術館を二つ拝見したくらい、本当に楽しい時間を過ごしました。

千　バチカンで講演をしたことがあるんです。その後、サンタンセルモという一番古い教会でミサとお献茶を一緒にやったんです。聖壇の前に台子を置きまして正式なスタイルで献茶をいたしました。

上坂　お召し物は和服で。

千　もちろん黒の紋付きです。打ち合わせはなく、司祭さんがミサを始められたので、私はそれなりにお点前を始めて、一碗のお茶を点てて聖壇のところにもって行きましたら、ちょうど司祭さんが聖壇にこられて白いナプキンで銀の容器を清めていらした。そのままスッと受け取られて奥の祭壇にお供えになったわけです。

上坂　お二人の息があった、ということね。

千　私もいろいろなところで献茶をしましたが、打ち合わせなしにビシャッとうまくお献茶ができたとは、まさに東西の魂が出会ったような気持でございました。

マンカインド・イズ・ワンの心

上坂　キリスト様もお茶をお受けになってびっくりなさいましたでしょう。

千　つくばいで手と口を清めてにじり口から茶室に入るのも、指に聖水をつけて十字を切って教会に入るのも、清める、無になるという気持は同じですし、また帛紗とキリスト教のミサで使う白いナフキンは清めるという意味で同じもの。

上坂　究極として、西も東も同じところに辿りつくということでしょうか。

千　利休は新しい西洋の思想、哲学をどんどんお茶に取り入れていますが、決して真似をしたんではなく、自分がしてきたことはキリスト教の教えと同じであると気づいたのではないかと思います。

上坂　禅宗から大きな影響を受けた日本のお茶とキリスト教が共通点がある。とても刺激的なお話ですけれど……。

千　利休は茶の精神として「和敬清寂」といっています。「和敬」はキリスト教の愛、慈しみを平等に与えるということで、清寂とはマタイの福音書にある「狭き門を求めた者は命の泉に達する」、この教えと同じ。教えはにじり口に象徴されています。

上坂　たしかに狭き門で、私など入るのに苦労します。

千　生まれたばかりの裸の心になって入れと利休は教えているのです。だから武士といえども帯刀は許さない。お茶室では身分の上下を忘れて、連帯感を感ずることこそ、お茶の本意なれという。

上坂　なるほど。

千　ですから茶事のなかでも最も大切と考えられている濃茶では、一碗のお茶を飲み回すわけです。ご聖体拝受のときに葡萄酒を皆さんで飲むのと同じでしょう。

上坂　つくづく人間の考えることって同じなのだと思いますね。

千　いまお話ししたように、お茶事、懐石の一品ずつ出てきて食べ残さず、最後に器を清めるお料理のいただき方、お点前をちょっと知っていると、大切に扱う所作で鑑賞ができる。ありがたくいただく、お先にいかがですか、と隣の方に勧め合う。これが全部、西洋のマナー、エチケットといえます。

上坂　わかります。私事ですが、私の妹は子どもが成人してから茶道をはじめて、いま夢中です。日常の態度まで変わってピシッとしてきてますね。

新刊の対談集『一亭一客』（淡交社刊）で私はお家元が戦後いち早く渡米されたお話をうかがってます。

千　昭和二十六年に渡米してから六十カ国くらい、二百回は渡航しています。ありとあらゆる国に参りました。

上坂　そして各国にお茶室を造られて。また朝茶事で恐縮ですが、あのお席で私がニューヨークの裏千家茶室に行った話を得意気にいたしましたら、皆さんご存知でした。

千　そうでしょうね。わりあい年配の方なども渡米しておられます。世界各地に支部があってお茶を習っていると聞いても半信半疑だったのが、外国人がきちっと着物を着てお点前するのを見て、皆さんびっくりするのです。

上坂　ニューヨークの先生はハンサムなアメリカ人です。

千　ニューヨークだけでなく各国とも全部その国の人が教えていますから。ここ京都に来て、少なくとも五年から十年は勉強して帰っていった人たちです。

上坂　もちろん茶道も日本語も。

千　四十年前から世界各国の、これという人に奨学金を出して留学させています。ハワイ大学にはウェイ・オブ・ザ・ティーというコースもありますし。一年間ですが茶道部から留学生も来ます。

上坂　長期的な展望を立てられたのは、いつ頃からですか。

千　戦争の前からですが、うちには外国のいろいろな方がお見えになり、お茶事を楽しんで帰られました。父の自慢をするようで恐縮なんですが、先代は着物のみで通した本当のお茶人でした。また、語学が堪能でして、今日庵に見える外国からのお客さんと英語で話してました。そういう出会いの場で、文化が非常に大事なんだと。

上坂　いいですねえ。英語の達者な茶人とは。

一盌から生まれ出ずる平穏

千　さきほどもお話ししましたが、東西の魂はひとつだと思います。国際的なことでも、利休の「和敬清寂」を信念としまして、私自身「一盌からピースフルネスを」の理念をここまで盛り上げたということですね。あとは二十一世紀に生かしていく。

上坂　ヘンな感心の仕方ですが、アメリカもよくぞ京都を爆撃しないでくれました。ありがたいというべきか、よかったですね。

千　燃えなくてたしかにありがたいことです。ただ、茶室なども継ぎたし、修復しながら四百年使ってきたわけです。私どもの話だけでなく、京都全体も同じですが、文化財を、どこまでもちこたえさせるか、これからが大変だと思いますね。

上坂　お家元は建都千二百年記念協会では要《かなめ》のお役をなさっていますね。

千　はい。三年前に頼まれました。記念協会は府と市と商工会議所の三者合体なので、「和敬」の気持がなければバラバラになる。そこで私に白羽の矢がたったようです。私も京都に恩返ししなきゃいかんという気持でお受けしたんです。

上坂　大きな行事の推進役に茶道家元が選ばれたのは、いかにも京都らしい。

千　やはり、茶室では誰もが平等という心なのでしょうか。記念協会では京都の方はもとより、全国の方に京都に来ていただき古いものにふれていただきたいんです。そして、千二百年を経た京都の土壌、派生した京文化、そういう文化がここまで残った以上は二十一世紀に向け、また千三百年に向けて、どのように役立てていくのか。桓武天皇が遷都の詔を賜った記念すべき十一月八日に天皇皇后両陛下にお成りいただいて『平安宣言』を出します。

上坂　コッソリとも教えていただけませんでしょうから、『平安宣言』を楽しみに待つことにします。

話は変わりますが、お家元は六歳の六月六日からお稽古を始められて、もう茶道に関しては学ぶことはございませんでしょう。

千　先代が「死んでからも修行ですよ」といわれた意味が、この頃ようやくわかってきました。利休の茶は大成したのではなくずっと未完成。だから続くんです。次の世代が、どのような味をつけていくかに期待したいですね。

（講談社刊『ＳＯＰＨＩＡ』平成六年十一月号）

お茶とお華と・道を語る

吉田裕信

お茶もお華も宗教哲学実践する道

司会 お家元は大徳寺で僧堂修行し、現在妙心寺派の住職にもなっておられます。また、ご門跡（吉田裕信）は仁和寺を総司庁とする御室流華道の家元です。このようにお二人には家元であり、仏教者であるという共通点があります。また、茶道と華道は共に道を求めるという点で仏道にも通じるものがあります。

個人的にもお家元とご門跡は以前からお知り合いであり、本日はざっくばらんに宗教と文化との関わりも含んだお話を期待しています。また、仁和寺が世界文化遺産に登録されましたが、二十一世紀に向けて世界に開かれた本山を目指す仁和寺と、積極的に海外に目を向けて活動しておられる裏千家、そのお互いの今後のビジョンにもふれていただけたらと思います。

千 門跡さんは厳島《いつくしま》（広島県佐伯郡宮島町）の大聖院という長い歴史のある寺でお育ちになり、当然、いつかは門跡になられる方だと思っていました。大変お茶が好きで、大聖院に茶室をお造りになり、私は毎年交互に、厳島神社と大聖院で献茶のご奉仕をさせてもらっています。

門跡さんが仁和寺の執行長（御室派宗務総長）のときに仁和寺で献茶をしています。父（十四代淡々斎）の代の昭和二十七年にも献茶をしておりますから、仁和寺さんとはもう四十年以上のおつきあいになります。

吉田 昭和六十三年の仁和寺開創千百年のときに御献茶をしていただき、盛会に法要を進めることができました。

千　高松宮妃殿下がご臨席されました。仁和寺は宮家と縁の深いお寺ですね。

吉田　宇多法皇の開創以来、第三十世の純仁法親王（小松宮彰仁法親王）まで約一千年も続いて皇室から門跡に就任されています。今も高松宮妃殿下が仁和会（仁和寺の護持団体）の名誉総裁です。お家元には、宮島でも仁和寺でもお世話になっています。

千　私も身近に感じるご門跡です。また、若い方が就任されたことは、仁和寺が世界文化遺産に登録された意味からいっても非常に革新的なことだと思います。歴史と伝統の上に立って、これから世界に対し広き心を示されることと期待しています。

吉田　私は、伝統は伝統として尊重しながら、仁和寺をもっと開かれた寺にしたいと思っています。「温故知新」という言葉がありますが、長い歴史の古き良きものを大切にしながら常に新しいものを求めていかなければならないと考えています。そういう点でお家元は早くから目を海外へ向けてご活躍なさっておられますので、いろいろとお教えいただきたいと思います。
　ところで、お家元は禅僧でもあるわけですね。

文化の力を知り感銘

千　家元になるためには若宗匠という段階を踏まなければなりません。そして若宗匠になるため

吉田　裕信
（よしだ　ゆうしん）

1929年、広島県に生まれる。京都専門学校（現・種智院大学）を経て、龍谷大学文学部仏教学科卒業。
1963年、大本山大聖院住職に就任。1986～90年、総本山仁和寺執行長、真言宗御室派宗務総長を務め、1993年には.・仁和寺第四十六世門跡、御室派管長に就いた。同年、真言宗京都学園の理事長となり、1994年からは御室流華道家元を務めた。1998年没・享年70歳。

には、その前に大徳寺に入り、修行するのが利休居士以来の伝承なんです。もしそれが嫌なら跡をだれかに譲らなければならない。

ところが、私は昭和十八年に学徒出陣で海軍にとられました。そのとき、私は覚悟してましたので（裏千家の）跡を継げないといいました。私には弟が二人おり、入隊の前に、どちらかが跡を継ぐようにとの遺書を残して出陣したわけです。

飛行機乗りになり、しかも二十年四月から我々の航空隊は特別攻撃隊編成で沖縄攻撃の任務につきました。私はテレビドラマの『水戸黄門』で有名な俳優の西村晃少尉とペアを組み、もうそのときは今生の別れだと思いました。しかし、どちらも生き残りました。沖縄攻撃ではずいぶんと仲間が散華いたしましてね、茫然自失で復員しました。

戦争から帰ってくると、家にはたくさん進駐軍が来ておりました。先代も私と同様に同志社出身で、語学が達者でアメリカ人相手にお茶の心を説いていました。そのとき、私はなんともいえない気持であったわけです。

しかし、戦ってきた相手国の人が靴を脱いで自分の家の茶室に座り、一斉にお茶を飲んでいる姿を見て、これはすごいと感じました。アメリカ兵を畳の上に座らせて、神妙にお辞儀をさせてお茶を飲ませている。文化の力とはなんと大きなものかと思い、一念発起して、お茶で世界平和のために尽くすのが私の任務だと思ったわけです。

三老師の下で参禅弁道

吉田　寺での修行に入られたのはそれからですか。僧堂の修行はずいぶんと厳しいものだったんでしょうね。

千　いや、軍隊で鍛えられていましたから修行自体はなんでもありませんでした。しかし、食べる物には苦労しましたよ。泣きましたね。

吉田　お師匠様はどなたですか。

千　妙心寺派管長を務めてから大徳寺派管長になられた後藤瑞巌老師です。老師は「あなたはいっぺん死んできたんや。死んできたらどんなことでもできる。しかし、それを全部忘れんことには弟子入りさせない」という。なんと難しいことをいう和尚さんだなと思いました。

老師にしたら、死と直面した死にぞこないが弟子入りしてきた以上は、何か求めるものが違うだろうと見抜かれたのだと思います。

老師について十二年間、参禅弁道を行いました。瑞巌老師がお亡くなりになり、正眼寺の梶浦逸外老師(二十三・二十五代妙心寺派管長)について、また修行を続けました。そして垂示を受けて虚心庵(臨済宗妙心寺派)の住職となりました。ですから、瑞巌老師の時は在家出家で、逸外老師のもとで垂示を受けて正式な住職となったわけです。

逸外老師が亡くなられてからは、やはり正眼寺におられた谷耕月老師とずっと一緒でした。そのため、私は、谷老師が学長を務めていた正眼短大の理事長を務めることにもなりました。

いずれの方々も今ではもう故人となられましたが、三人ともかけがえのない良い師匠であり、兄弟弟子でもありました。まことに悲しい思いをしたものです。

間一髪で原爆回避　目に見えない力に感謝

吉田　良いお師匠様に恵まれたと。出会いが大事だということでもありますね。私は昭和四年の生まれですから、戦地へは行っていません。でも、親に内緒で予科練の試験を受けて、昭和二十年九月六日の入隊通知も届いておりました。中学生活(旧制修道中学校)はほとんど勤労奉仕と軍事教練ばかりでした。

千　広島の原爆のときにはどこにおられましたか。

吉田　私はその当時、目を患って広島市内の母の里（東区二葉の里・明星院）から日赤病院に通っていました。八月五日が日曜日だったので、四日から宮島に帰っていたのです。ですから（原爆の投下された）八月六日の朝は、宮島から出かけました。

広島にいたら、午前八時十五分は日赤に入っているか、その途中の中心部に近い所で原爆に遭っているんです。

ところが、その日、広島にいる感覚で朝寝坊をしまして連絡船に一便乗り遅れたのです。そのため、原爆が落ちたときは宮島口（本州側）から己斐《こい》駅行きの郊外電車のなかでした。ピカッと光ったかと思うとドガーンというものすごい衝撃が走り、電車が止まり、炎天下、歩いて宮島口まで帰りました。爆心地から約十キロほど離れた所にいましたが、被災せずに済みました。

朝寝坊せずにいつもと同じ船に乗っていたら、今の私はないわけです。目に見えない何かが働いたと思います。神仏の御加護に心から感謝しています。

千　門跡さんが大聖院へ入られた経緯は……。

吉田　私の父（恵光和尚）は広島市郊外（現在は安佐北区）の安芸の高野山と呼ばれている福王寺を復興したのですが、その実績を見込まれて宮島の大聖院の再興も頼むと、本山から特命を受けました。昭和三年のことです。大聖院は明治十八年に大帝の行幸を賜わりましたが、明治二十年に焼けて以来、そのまま荒廃した状態でした。

明治維新まで厳島神社の別当寺として、非常に栄えていたのですが、父が入寺した当時は大師堂だけが残っている有り様でした。私はそこで十一歳のときに得度しました。

千　それから今日のお寺に再興したわけですね。門跡さんが仁和寺で修行されたのは戦後ですか。

吉田　そうです。師匠（父親）に二十年十月、仁和寺に連れてこられ、そこから東寺中学校（現在の洛南高校）と京専（現種智院大学）へ通いました。そのときに、裏千家執事の英昌賢さんが二級先輩で仁和寺におられました。二年半仁和寺でお世話になり、その後は下宿生活です。三十九代岡本慈航門跡の時代です。厳しいお方でした。いろいろと怒られたり、注意を受けました。当時は、うるさいことをいう方だと思いました。今になるとその言葉の一つひとつがありがたいことだと思っています。

千　英執事の話が出ましたが、このたび仁和寺執行長（同派宗務総長）に就任した倉信（隆源）さんは裏千家淡交会鳥取支部の幹事長を務めるなど、何かと裏千家のために働いてもらっています。

吉田　倉信総長を交えいっそう御縁が深まりました。私は真言宗の末徒ですから、本来は高野山大学なのですが、龍谷大学へ進みました。広島は安芸門徒の土地で真宗のお寺が多く、真言宗の狭い世界だけではだめだ、将来の人脈をつくるためには龍谷大学の仏教学科へ進学する方が良いと判断したんです。今はそれが役立ち、宗派を超えたおつき合いをしています。

千　将来を見据えていたわけですね。

吉田　いやあ、それだけでなく、高野山の山のなかよりも京都のほうが暮らしやすいという気持が強かったようです。

積極的に境内の開放を

千　皇室との御縁ができてからはじめて身近に感じるようになりましたが、それまでは私らからすると、仁和寺とか大覚寺は格式が非常に高いお寺という印象をもっておりました。

吉田　私で四十六世となるわけですが、そのなか、三十世までが皇室から入寺しておられたために、周囲の人たちからも門を閉ざして敷居が高く、入りにくい寺だと思われていました。最近は、（仁和寺境内にある）成就山の御室八十八ヵ所霊場巡拝を奨励したり、地域への境内の開放を進めたりするなど、親しみやすいお寺にするよう努力しています。

千　仁和寺は御室流という華道の本山でもありますね。

吉田　仁和寺は門跡寺院の筆頭として総法務の立場にあり、民間の芸能技芸家へ御所にかわって称号の許認可を行っていました。そのなかには華道もあり、出入りの家元を華務職に任じ、流名に「御流」と呼称することを許可していたわけです。昭和十三年、「御室御流」に統一、戦後現在の御室流と呼称しました。

華道を通して宗教と芸術による人格の育成、及び伝統文化の向上につとめています。仁和寺が華道総司庁で、門跡が総裁として成り立っていたのをこのほど改革し、本来の形に戻して門跡が家元となりました。技術的には何も分からない家元なのですが、お華の心を育てていくことで、家元の責務を保っていけるのではないかと思っています。

また、御室流は、開かれた本山実現のためには大事な役割をもっていると思っています。

千　私は、華道はひとつの宗教哲学の実践だと思います。そもそも華道は立花から生まれたもので、仏に供えるという性格を有していたわけです。千利休が『南方録』で、お茶とはなんであるかについて、「家はもらぬほど、食事は飢《うえ》ぬほどにてたる事也、是《これ》仏の教《おしえ》、茶の湯の本意也、水を運び、薪をとり、湯をわかし、茶をたてて、仏にそなへ、人にもほどこし、吾ものむ、花をたて香をたく、みなみな仏祖《ぶっそ》の行ひのあとを学ぶ也」とはっきり申しています。

お茶は仏や神に供える献茶、供茶というものから発生しています。お華もそうです。それに対する道はやはり、宗教哲学の実践だと思います。人倫道徳の教えをその道で示しているのは、儒教、道教の内容を含んでいます。

茶道はむずかしいといわれますが、むしろ、厳しいものです。単なる芸でも技でもない。あくまで美を追求しても、自分の心のなかを正していかなければならないものです。それだけに作法には厳しい。茶道はあらゆる宗教の実践の場であると思います。

お茶やお華をやっておられる方は立ち居振舞いが洗練され、お華を生ける、お茶を差し上げるということから、人に対する思いやりの心が自ずから身についてきます。

吉田　どことなく品格がにじみ出ているとでも申しましょうか。

千　自分ばかりを主張する世の中では、一歩下がって人様のことを伺うということがない。思いやりの心は貴重なものです。

昔は、小さい時から仏様、神様に手を合わせ「ありがとうございました」とか、「ごちそうさま」が素直にいえるように親が躾けていました。そういう背景が、助け合いの心と思いやりの精神につながると考えます。

吉田　お茶やお華の精神を普及させる意味が大いにあると思います。日本人はもともと心を大切にする国民で、仏様、神様を拝む心、すなわち「報恩感謝」の美徳をもっていると思います。

譲り合う被災者に感動　震災の神戸、貴重な教訓

千　このたびの大震災で、家族だけでなく隣近所でおにぎりやバナナなどを分けて食べておられるのをテレビなどで見ると胸が詰まりますが、日本人にはまだこういう気持が残っているのだ、よかったな、とも思います。被災された方は本当にお気の毒ですが、今回の震災を教訓として「もったいない」「ありがたい」という心が見直されるのではないでしょうか。

吉田　自分一人が生かされているのではない。多くの人や物や自然に支えられ、おかげを受けて生かされていることを実感されたと思います。水にしろ電気、ガスにしろ何も不自由を感ぜずに暮らしていたのが、こういうことで、物を大切にしなければならないと思うようになるでしょう。

若い方々は初めての経験だったと思います。

震災は不幸なことでしたが、人様のことを思いやるということの体験を、良い意味で今後の精神生活に役立てていただきたいと思います。

仁和寺の末寺も多大の被害を受けていますが、末寺だけでなく被災者にもできるだけのことをしたい。一刻も早い復興を願っております。

千　お茶の世界では、よく仕え合うことが仕合わせにつながるといいます。「いかがですか」「お先に」と勧め合う、思い合うその気持が「仕え合う」ことなんです。

吉田　譲り合うことですね。手を合わせて合掌することは、右の手の皺と左の手の皺を合わせることから幸せ（皺合わせ）に通ずるといいます（笑）。

海外に目を向けて活動　平和実現、一碗のお茶で

司会　ところで、昨年十二月に、仁和寺が世界文化遺産に登録されましたね。これからの仁和寺については。

吉田　大変光栄なことですが、それだけに責任重大なことと身の引き締まる思いもあります。仁和寺が国内だけでなく、世界から眼を向けられることになる。世界の方々に日本文化の良さを認識してもらい、アピールする絶好の機会だとも思います。

千　門跡さんのときに登録されたことに何か因縁めいたものを感じますね。裏千家では先代のときから四十年来海外で活動しています。これは先代も学んだ同志社の創立者、新島襄のキリスト教精神に基づく「世界人類みな友」との精神に根ざしています。

お茶を勉強している外国の方も多いですよ。例えば、イスラエルの最高学府、ヘブライ大学の国際的な宗教学者のヴェルブロウスキー教授はお茶が好きで、宗教的実践の場として私のところに弟子入りして勉強されています。

お茶とは、点前、作法の順序の問題だけではなく、一緒に座ることが大事なんです。同席したからには差別も区別もない。「いかがですか」「お先に」と一緒に飲む。宗教も肌の色も関係なく同席できるのは、お茶室以外では考えられません。一碗のお茶こそが平和を訴え、実現させることができるのです。

吉田　お華もお茶の世界とまったく相通ずるものがあります。どこの国の人でも花を愛さない人はいない。美しい、きれいに咲いている花を見て怒る人はいません。わが国ではそれが生け花の形をとっているのです。すばらしい文化だと思います。花に対する気持は万国共通で、茶の心と華の心はひとつです。

千　茶道、華道は「心道」だといいたい。心のよりどころとなる精神文化ですね。御室流と裏千家、どちらも長い伝統の上に立った文化です。門跡さんと私、一緒になってその心を伝えていきたいものです。

吉田　技術的な問題ではないのです。上手下手でなく心の問題です。人の心がお花にもお茶にも反映されるのですね。

司会　門跡さんは来年、国家安泰などを祈願する真言宗最高の大法である後七日御修法の大阿闍梨を務めることになったそうですね。

吉田　私などまだその任ではないと思うのですが、ありがたいことに真言宗の十八総大本山の集まりである各山会から推薦されて決まりました。私はとても恵まれていると思います。仁和寺執行長のときには開創千百年に巡り合い、願っても願えない法縁に出合っています。

千　御修法の大阿闍梨とはすばらしいことです。お祝いを申し上げます。

吉田　ありがとうございます。

さて、お家元は先見の明がおありで、お茶の心を海外にも広められています。私はお華もお茶と同じように海外へ広めて、世界の平和に貢献する時代だと思います。日本だけに閉じ込もっていては駄目です。人間の心は万国共通です。お茶の心が、お華の心が人類の幸せにつながるように思います。二十一世紀は心の時代です。今後ともお家元のご指導を願っています。

千　門跡さんのお仕事は忙しいものがあると思いますが、今までのように心の道を教えていただきたい。

ふれ合いのひとときを大切に

吉田　ところで、昨年は平安建都千二百年記念協会の理事長として大変でしたね。

千　おかげさまでなんとか務めを無事果たせたと思っております。期間中、二千以上のイベントがありましたが、無事故でした。また、天皇、皇后両陛下も大変お喜びになられ、「父祖のつながりのある京都が一千二百年を迎えたことは大変嬉しい」とのお言葉をいただきました。

今度は千三百年に向けて協会を続けるとの意向で、協会の理事長を続けることになりました。名称をどうするかはただいま検討中です。

吉田　お家元はお忙しいのにいつもお元気ですね。その行動力には感服いたします。

また、お家元を見習っていることがもう一つあります。それはどのような会合でもふれ合いのひとときを大切にされるお家元のお姿です。華道の先生方の会合や、いろんな集まりで、周りからは動いてはいけないといわれるのですが、せっかく皆さんが来ていただいているのに、こんな絶好の機会を見逃すことはないと思い、なるべく各席を廻るように努めています。門跡、家元だからといって、特別なものではないのです。これが開かれた本山につながることだと思っています。

千　まさにそれは千利休の和敬の精神に通ずることです。さて、今年は十月に、厳島神社創建千四百年にあたり、献茶をいたします。続いて十一月には門跡さんのご自坊・大聖院で献茶をする予定となっております。その時はよろしくお願いします。

吉田　こちらこそよろしくお願いします。今日はこうしてゆっくりお話させていただきありがとうございました。

（『中外日報』平成七年二月七日付）

砂漠と茶室—無限の空間をめぐって—

平山郁夫

世界の文化財を守る

千　今日は本当によくお出ましいただきました。このたびは、奈良の法隆寺に平山先生がお書きになった碑が完成して、昨日が除幕式だったそうで、大変おめでとうございました。記念碑にはなんとお書きになったのですか。

平山　はい、「日本最初の世界文化遺産　法隆寺」と書きました。もう大変に名誉なことでありますけれど、少し恥ずかしいような気がしております。

千　先生のお力があったればこそ、法隆寺はもとより、京都の社寺も世界文化遺産に登録されたわけです。また先日は、先生の故郷である広島の原爆ドーム、そして厳島《いつくしま》神社が指定されて、本当に喜ばしいことでございますね。

平山　ありがとうございます。原爆ドームは、人類最初の「平和でありますように」「核兵器を使ったら滅びますよ」という、核兵器廃絶にいたる一里塚ですから、戦争の負《ふ》の遺産であると同時に、先へ向かう出発点ということで、私は各国にお願いしたのです。いろいろ紆余曲折《うよきよくせつ》もありましたけれど、最終的にはご理解いただいて通ったわけですが、先行き、平和のためには大変ありがたいことだと思っています。

千　そういう文化遺産のみならず、世界の文化財を先生自身がいとおしまれて、なんとか維持、保存されようとしている。そのために「文化財赤十字」の運動を提唱され、文化財保護振興財団を設立され、自らも私財を投じていらっしゃるというお話を伺いまして、感激をして何か私もご協力いたしたいと思います。

ところで、カンボジアのアンコール・ワット遺跡のほうは、今どうなんでしょう。

平山　アンコール遺跡修復計画は、今やっとフランスや日本が中心になって入り口に入ったところです。これから時間をかけてだんだんと進んでいくと思うのですが、何しろ長い間の戦争で人心が荒廃していますのでね、人間性を取り戻して自助努力までとなると、相当時間がかかると思いますね。

千　そうでしょうね。世界のいろいろな国、地域でそういう保存しなければならないものが野ざらしになっている。先生はそれをなんとか保存しなければというお気持で努力をされてきたわけですね。日本政府もようやく積極的になってきている。そういうことができる日本の今の立場を、もっと世界に理解してもらえれば、日本という国が思い直されると思いますが……。

平山　そういう気がしますね。これは政府があまり前面に出るとなかなか難しいでしょうけれど、民間が声を上げつつ協力するということが国際的にも大事なことだと思いますね。

千　私もこれまで、いろいろな政府関係の仕事をしてまいりましたけれども、どうも政府が先に出てやると、何かぎこちなくなってしまいますね。民間のほうからですと、非常にやりやすいんですね。

平山　やはり困っているときに助けるというのが人間性ですから、相手の文化や感情を理解しな

平山　郁夫
（ひらやま　いくお）

1930年、広島県に生まれる。東京美術学校（現東京藝術大学）日本画科卒業。1953年、第38回院展に初入選し、以後入選を重ねる。1967年には法隆寺金堂壁画再現事業に参加。1968年からシルクロードと仏跡の取材を始める。1978年、第63回院展で内閣総理大臣賞を受賞。1988年、東京藝術大学美術学部長、ユネスコ親善大使に就任。1989～1995年、東京藝術大学学長を務める。1992年日中友好協会会長、1996年日本美術院理事長に就任。1997年、故郷の広島に平山郁夫美術館が開館。1998年、文化勲章を受章。

がやるとなると、どうしても個人ですね。最初に事情をよく理解する個人やグループが手伝いながら、だんだん政府機関にもち込んでいく。官民一体になって、最後には国が主要な骨格をやることにはなりますが、細かい仕上げ、心遣いというのは、どうしても民間の力が必要だと思いますね。

敦煌の印象

千　もう半年前になりますが、六月に敦煌《とんこう》へご一緒させていただいて、法隆寺の高田良信管長とともに先生の講義まで伺って、そして普段はめったに見られない莫高窟《ばっこうくつ》の代表的なところを拝見できまして、私には忘れられない大きな収穫でした。

平山　いや、私もお家元や高田管長にお供できて、これまた二度とできないことでした。

千　莫高窟の第九十六窟でしたね、あそこでお献茶をさせていただいたことは、歴代のなかでも大変なことをさせていただいたと、先生に御礼申したいと思っております。それにしても、あのとき立松和平さんがまかれた散華《さんげ》が、先生の足元には「敦」と「煌」が揃って落ち、私が捧げた茶碗の上には「敦」の字が落ちるということは、これはもうめったにない不思議なことでした。

平山　偶然といえども、確率からいえば考えられないことでしたね。また、あの莫高窟の前で、お家元が日本の文化の代表として献茶されたというのは、おそらく千五百年くらいの長い敦煌の歴史のなかでも初めてのことだと思います。

千　私にとりましても、一世一代のことでしたし、あの仏様方にお茶を召し上がっていただいたんだと思いますと、本当に感激で、何かじーんと胸に迫るものを覚えました。しかも風がきついところだと話に伺っていまして、お道具が飛んだりしたらどうしようかと案じておりましたが、それがお献茶の間は静まって、非常によい天気の中でお茶を捧げることができました。また献茶式のあと、改めて先生の案内で窟を拝見し、一つひとつご説明いただいたことも忘れられません。帰りましてみんなに話をしましたら、敦煌へ行ったことのある人が「いやー、うらやましい」といっておりました。やはり、百聞は一見に如《し》かずですね。

平山　そうですね、細かいところは写真や解説書で理解が可能と思いますけれど、最初の本物の実感というものを現地できちっと心に刻み込むというのは、なかなかできないことだと思いますね。

千　私もいろいろと話に伺ったり、写真なども見ておりましたけれど、実際あの砂漠のなかに本当によくもあれだけのオアシスがあったものだし、それに窟のなかによくもあれだけのものを刻んでいったものだと、自然の不思議さや人間の不撓不屈《ふとうふくつ》の努力に思いをいたしましたね。

平山　莫高窟は約一千年の間に掘られたんですけれど、戦乱や国の興亡もあった長い歴史のなかで、あれだけのものがよく残ったものだと思いますね。普通だと、ある国を滅ぼしたら、徹底的に破壊して痕跡《こんせき》を残さないようにするのですが、あそこは、負けた国の王様や偉い人が寄進したものと、勝ったほうの人が隣で仲良く同居しているわけですね。しかもひとつも壊さず、大変な環境のところで保存されてきたんですね。やはり仏教というアジアの共通の文化に、それだけの力、魅力があったんですね。

千　なるほど。今おっしゃったように、戦争をしながらも、そういう遺産をお互いに大切に守ってきたということ自体が、仏のお教え、力だと感じますね。

文化の伝承

千　ところで、エジプトのピラミッドとかスフィンクスの保存が話題になっておりますが、ああいうものは、ひとつの権威を象徴させるために、あるいは権威を永続させるために、方位、方角といいますか、位置の決定を非常に大切にします。これは西洋、東洋を問いませんね。風水《ふうすい》思想なども同様のことでしょうね。

平山　それは日本にもありますよね。

千　神様ごと、とくに皇室などでは、神仏と自分を相対していく、ひとつの位置というものがありますね。それを権威づけるために、たとえば天照大神《あまてらすおおみかみ》をお祀りした伊勢神宮を建てる。そういうことを考えてみますと、世界中のいろいろな国に、権威を象徴するだけではなくて、その国を永続させるためのものが、歴史的な意味をもって存在しているように思いますね。

平山　今おっしゃった伊勢神宮などは、二十年ごとに遷宮《せんぐう》して、六十一回も続いている。そして驚くべきは、遷宮するお社《やしろ》はデザインは全然変えない。同じ道具、同じ工法で建てていく。それを、いかなる戦乱があろうと天変地異があろうと、正確につくる。これはなんだというと、おそらく日本人の先祖が、稲作の文化を取り入れて国造りの基《もと》とし、自然の恵みに感謝しながら生きてきたんだという当初の精神を忘れてはいけませんよということだと思うんです。途中でデザインを変えたり、便利な道具を使わないで、昔のとおりにつくっていく。二十年というのは一世代ですね。ですから、一代で継承しながらずっと伝えてきたんですね。

ほぼ同じ期間、法隆寺の伽藍《がらん》は白鳳《はくほう》時代に建てたものを守り抜いて今日にいたっている。これはオリジナルを千三百年間守り続けている。伊勢神宮と法隆寺、この異なる文化の両面が続いている限り、日本はまだ大丈夫だなあと思うんですね。途中でぱかっと新しいものをという、思いつきの文化ではないんです。

千　なるほど、そうですね。確かに思いつきの文化では、これだけ続くはずもないですからね。

平山　それが延々と生き続けているのが日本なのだと思います。滅びて土中に埋まっているものを発見して「昔の人はこんな大変なものをつくったんですよ」と、再びよみがえらせたというのが、エジプトなどですね。日本の場合は生き続けている。また、今日は御家元の茶室を初めて拝見させていただきましたけれど、何百年間も守り継がれていて、ただ守っただけではなく、伊勢神宮と同じように、茶道の精神をきちっと伝えながら生き続けているところに、大変な価値があるわけで、それが日本文化の権威だと思うんです。一朝一夕《いっちょういっせき》でできない厚み。私、今日初めて拝見しまして、「なるほど、これだけの深みがあって今日まで来られたんだな」というのを大変深く感じました。

千　ありがとうございます。何にしましても、守っていくというのは大変なことなんですね。私どもも、守りで精いっぱいなんです、本当は。ですから、特に自分たちが意識するしないに関わらず、やはり先祖から受け継いだものが、万が一にも自分のときに妙なことになったら、恥ずかしい以上の思いをしなければいけない。ですから私、家元を継いでからは、毎日薄氷を踏むような思いで住まわせていただいているのです、実のところは。火事ですとか、盗難に遭《あ》ったりとか、何か粗相《そそう》でもあったらそれこそ大変なことですから、どこへ行っておりましても、気が気ではありません。私どもは毎日毎日、炭を扱いますでしょう。ですから火の準備と後始末は、金科玉条《きんかぎょくじょう》のように気を付けること。何しろ紙と藁《わら》でできている茶室です。それを四百年間、こうやって受け継いできた。そして私は次の代、若宗匠の時代に伝えなければなりません。ただ次の時代には、各茶席の修復をしなければと思います。若宗匠は今から「自分の代は大変だ」といっておりますがね。何しろ国指定の文化財なものですから、中途半端に修復するわけにはいきません。ですから、先祖からの遺産を守り、次の代に伝えていくというのは、大変気苦労のあるものです。茶家に生まれ育って死ぬこの一生ですから、責任というより覚悟をもって日々にあたらせていただいています。

不自由のなかの自由

平山　その点、私も伝統的な日本画を専攻しまして、戦後五十年くらいの経験ですけれど、延々と中国から伝来したものを継承しながら、そして新しいものを創《つく》ろうと思いながらも、ずっと背負ってきたそういう蓄積というものを大変感じるんですね。そういう継承した文化をその時代に生かしながらやっているわけですけれど、特にお家元などはこういう文化財を引き継ぎながら、なおかつ生活のなかに生かして守り、さらに発展させなければいけない。これがまた京都の文化そのものなんですね。

言葉を例にとれば、関東はストレートに「嫌いだ」とか「好きだ」という。はっきりわかるけれども、それだけでは世の中や文化に味がないと思うんです。そういうときに、持って回った言い方、それが味や人柄であって、千二百年という年月を生き続けながら磨きにかけられて洗練されてきたんです。京都の言葉は、やはり京都で生まれ育った文化なんです。同じように奈良には奈良の、鎌倉には鎌倉の、また関東には関東の、それぞれ培《つちか》ってきた文化がある。共通のものもあれば、各地に独自のものもある。これをきちっと認めたり、互いに学んだり、違いをはっきり認識し合う必要がある。国際的にいくと国家対国家でまたそういう問題にぶつかると思いますね。住まいのことにしても、古い町家に住んでいる人が、マンションのようなものに変えたいという。それは生活は快適だけれど、文化は生まれないというか、文化を生むのにまた長い時間がかかる。我々、不便な日本画の材料を使って絵を描いているけれど、しかし不自由のなかに自由がある。

千　おっしゃるとおりです。不便のなかに、不自由のなかに、自由がある。自由の履《は》き違えは困ります。

平山　だから、やりたい放題やって本当に自由かとなると、自由で不自由なんです。自由のなかで本当の自由を見つけるというのは、非常に時間がかかる。ですから伝統的な文化にさらに磨きをかけようとすれば、どうしても不自由のなかの自由を一回通らないとだめですね。それが伝統というものであり、エッセンスである。これがきらっと光る文化、そういうものが国際的に通用するものであると思いますね。それが本物の文化であり、一朝一夕には生まれないものですね。

千　そうですね。京都には眠ってしまっている文化財が多いものですから、それを活性化、活性化といい過ぎるために、かえって焦《あせ》るんですね、京都自体が。焦るために何か妙なことをやってしまう。まさに先ほどおっしゃったように、京都というところは本当に自由なところなんです。自由、フリーであったからこそ、ここまで保たれてきた。しかもそのなかで、人から見たら「京都みたいに窮屈なところで」という不自由さを、実は京都人は自然に構成してきているわけなんです。だからこそ、自由と不自由が上手に組み合わされて長い歴史を保ってこられたと思いますね。最近では「不自由はかなわん。息がつまる。もう逃げ出したい」というような風潮が多くなっている。これは、せっかくの京都のそうした文化の土壌を破壊してしまうばかりでなく、京都自体をつぶしてしまうことになる。

平山　自由に走り回ったと思っていたら、実はお釈迦さんの掌のなかで遊ばれていたというような、自分では自由だと思っているだけの、大変な不自由もあるわけです。ですから、不自由のなかで解脱《げだつ》していく自由くらい、本当の自由はないんですね。それをなぜ理解しないのか。今日も、御家元に伺う前に、光悦寺へ行ってまいりましてね。本阿弥光悦《ほんあみこうえつ》、烏丸光広《からすまるみつひろ》、宗達《そうたつ》、光琳《こうりん》、そういった琳派の文化を生んだ場所を眺めながら、なぜああいうものが出たのかと思いましてね。これは江戸に対して、狩野派に対して、純度の高い大和絵《やまとえ》をもう一遍やろうというはっきりした主張をもっていた。平安のルネッサンスだと思うんですね。あるいは、光悦寺から山を眺めて、ハッとしたかも知れない。だから、京都の絵描きさんはなぜここへ来ないのかなあと思ったですね。なんで外をうろうろせんならんのか。ここで発見すれば、また新しい平成の京都が生まれるんじゃないか。心の軸を外《はず》したらだめだ、大事にしなければいけないということを感じましたね。

千 やっぱり先生は、すごいところを見つけられますね。私は、今おっしゃった光悦寺から見る山ですね、すごい存在だといつも思うんです。

平山 つくったデザインじゃなくて、ここに本物があるという感じですね。嵐山などもそうです。そこから大和絵や『源氏物語』が生まれた。そういうものを大事にして、それを洗練させていけば、現代に生きながら、ちょっとやそっとではない、千年単位の発想ができるんじゃないか、そんな感じがしましたね。ですから我々、外国へ行くときは、中国も含めた日本の文化を担いで行きますけれど、やはりときどき京都や奈良に来ると……。

千 そういう新しい発見をなさる。

平山 ええ、発掘があります。

千 先生をしてそういう発見をしていただけるなんて、うれしいことです。

平山 砂漠でうろうろしたつもりが、お釈迦さんの掌の上だったりして……。

千 お釈迦さんの掌の上で遊んでいたという(笑)、どうも我々はそれが多い。

平山 わずかな額《ひたい》のような庭や、極端にいうと先ほど拝見した二畳のなかで……。

千 今日庵のなかでですね。

平山 はい、二畳の茶室のなかに大きな空間があるものだなあと思いました。ただ広さだけではなくて、物をつくるというのはどういうことだ、肝心なものは何なんだというときに、砂漠の何千キロかを相手に「やったな」と思っていたのが、今日狭いところへ来てハッとしました。

砂漠と茶室——無限と有限

千　先ほど今日庵で、先生がいみじくも「コンデンス（凝縮）されたひとつの美意識」とおっしゃったけれども、本当に私はありがたい言葉をいただいたと思いました。「空白の哲学」といいますか、無限に広がっていくもののなかに、先生が感じられた美意識があるんですね。私は、先生がお描きになる砂漠の無限のなかに、同じような空白の哲学というものを感ずるんです。ですからおそらく、広大な自然のなかのコンデンスされたものと、今の今日庵の狭い空間とが結びついている。

平山　そう思いますね。竹を切って、花を一輪入れる。本当に全部省略して、ただ一点だけをスパッと出してくる。そういうところが、我々の花鳥画の宇宙観と共通するものがあるんです。その背後には、生態系のあらゆる何千何万という花や鳥の集約がある。それだけに、ただ一つなんですけれど、あるいは広さはこれだけなんですけれど、これ以上はカットできないというぎりぎりのところだから、それだけに強いといえると思いますね。

千　たしかに今日庵は、本当にぎりぎりの、これ以上詰められないという茶室でございます。たった一畳台目の茶室ですけれど、そこから無限へと結ばれていく空間なんですね。私はこれは非常に大事なことだと思うんですよ。今の世界は、むしろそういう構図ではないかと思うときがあるんです。

平山　そうですね。特に日本の価値観や感性、美というのは、カット、カットで省略して、もうこれ以上はできませんというところで珠玉《しゅぎょく》の何かが生まれる。万里の長城みたいに、何千キロも延々というのとは、まるっきり正反対です。ところが、長さで比較したら、五千キロより一万キロのほうが長いですけれど、これ以上カットできない究極のものと比べて、じゃあどっちがどうだというと、量や長さではなく、バランスがとれているかどうかだと思います。今日庵もこの庭も、長い時間をかけて今ここにある。先ほどの又隠席でも、天井の窓をあけると、そこから見える枝ぶりや空や光や陰、訪れた客が想像もできなかった空間や形がパッと目の前に出る。すると、うんと広いところに住んでいた人が、また逆に自分の足元を見詰め直したり、感じ直したりということが今までにもきっとあったんじゃないかと思いますね。今日庵で「これは広いなあ、生きているんだなあ」と思いましたが、これがやっぱりお茶の精神なのかという感じがしましてね。そうなるとすぐ「これは絵になるな」と……。

千　やはり、すぐにそういうふうに結びつくんですね。さっき今日庵をご覧になっているとき、ものすごく鋭いものを先生から感じました。見どころというのではなくて、先生のもっておられる哲学が見抜いているんですね。非常にうれしいことです。今度は今日庵でのお茶事に是非およびしたいですね。あそこへ道具を置きますとまた印象が変わりますのでね。季節がよくなりましたらおよびいたしますので、もう一度おいでください。

平山　ありがとうございます。何しろ砂漠という茫漠《ぼうばく》としてなんの焦点もないところを漂《ただよ》っているものですから、ぎゅっと締まったようなものにふれますと、「ああ、やっぱり日本人だなあ」と思います。京都には美しい究極のものがあるんですね。人間は、砂漠では葉っぱに落ちた一滴の露みたいなもので、いやでも宇宙観というか、命を感ずることがあるんですが、茶室や茶庭にもそうさせるものがあって、やはりすごいものだなあと感じました。

千　以前、砂漠のなかで先生がスケッチをされている写真を拝見したことがあります。本当に行けども行けどもの砂漠、そこでスケッチをされている。その姿が茫漠たる砂漠にずっと広がっていく、無限のなかの有限さを思ったのです。ちょうど今日庵が大きな広がりを持っているのと同じような、そんな印象をもちました。

平山　ですから茶室という空間には、その点では同じ広がりと緊張感がきっとあるんでしょうね。それは本人の心のなかにあるんでしょうが、「そういうものを感じなさい」と迫ってくるというのは、大変すごいことですね。初めて拝見したものですから、さすがに四百年の結集というものを、強く感じました。

千　ありがとうございます。この次に今日庵で一服差し上げますのが、今から楽しみです。

（『淡交』平成九年三月号）

武将と茶の湯

津本 陽

武道との出会い

千　今日はよくお越しいただきました。いつも津本先生がお書きになったものを愛読いたしております。また初釜式にはいつもお越しくださって嬉しく存じています。先生は時代小説家として、もっとも注目されている作家のお一人でありますけれど、また、剣の達人としても、知る人ぞ知る方でありますので、今日はせっかくの機会ですから、剣道のお話を交じえながら、武将と茶の湯の話などもさせていただければと思います。

先生が剣道を始められたのは、どのようなきっかけだったのですか。

津本　私、剣道は小学校五年生から始めました。父がその昔、柔道で鎖骨《さこつ》を折ったことがございましてね、私には「剣道をやれ」ということで。子供の頃から私は軟弱でして、親などはちょっと危ないことをすると随分心配したものですが、剣道だけは何か性に合いましたですね。それで中学で剣道部に入りまして、試合をしても割合勝ったりしました。

千　先生は、和歌山のご出身でしたね。紀州藩でございますね。

津本　はい、和歌山中学です。それで、三年生のときに全校で生徒が七百人いたんですが、半分が剣道、半分が柔道でした。その三百五十人でトーナメントをやりまして、私は十回勝ちましたら一位になりまして、「これはおもしろいものだなあ」と思ったものです。中学のときにやったスポーツは、剣道と水泳だけでございます。

千　やっぱり和歌山ですから、水泳もおやりになったのでしょう。

津本　はい。お家元はいかがでしたか。

千　私も先生と同様に、小学校のころは大変にひ弱な子供でして、育つかどうか、親や周りが随分と気をもんでくれたそうですが、柔道と、やっぱり水泳、それに父の淡々斎が乗馬が趣味だったものですから、奨められたのがきっかけで馬術をやりまして、中学や予科大学のころには人並み以上の体格になりましたね。剣道も少しはやりましたが、柔道と馬術が主でした。

津本　戦後、昭和二十八年に剣道が再開になって、会社の剣道部で近所の警察とか大阪の機動隊とかに稽古に行っておりましたが、横面《よこめん》をくらって鼓膜が破れまして、すぐに治って聴覚は全然変わりませんけれど、それ以来、家で木刀や竹刀を振りまわすぐらいは、運動のつもりでやっておりました。

真剣で斬る

津本　その内に時代小説を書くようになりましたが、山本七平さんが「日本刀は斬れない」というようなことを書いておられたんです。おそらく軍刀のことをいわれたのだと思います。それで、『文藝春秋』に武道家の編集者が二人おりまして、私はその人たちに「本当に日本刀は斬れるか斬れないか試してみたい」と頼みまして、日本一の抜刀《ばっとう》術の先生が川崎市におられまして、当時七十

津本　陽
（つもと　よう）

1929年、和歌山県に生まれる。東北大学法学部卒業。1978年、『深重の海』で第79回直木賞受賞。1994年には『夢のまた夢』（文藝春秋）で第29回吉川英治文学賞を受賞。1997年、紫綬褒章を受章。2005年には第53回菊池寛賞受賞。
主な著書に『明治撃剣会』（文藝春秋）、『下天は夢か』(日本経済新聞社)、『柳生兵庫助』(毎日新聞社)、『柳生十兵衛七番勝負』(文藝春秋)、『小説渋沢栄一』(日本放送出版協会)他多数。

歳くらいだったのですが、その方のところへ参りました。変な話ですが、十八キロの豚肉の塊を車の後ろに積みまして、お伺いしました。先生が「何しに来たの」といわれるから、「いや、ちょっと斬ってみたいんです」と。「じゃ、やってみなさい」と道場へ連れて行かれました。先生は、お茶碗くらいの太さの竹を置きまして、それを抜きうちに斬りますと、上がボーンと飛びまして、下は真っ直ぐに立ったままなんです。もう、びっくり仰天しました。

それで、「巻き藁《わら》を斬れ」ということになって、畳表を巻いて石のように固く締めたものが立てられた。袈裟《けさ》に斬れといわれても、剣道とはまったく違うんです。それで斬り方を教えてもらって斬ったところ、何の手応《てごた》えもなく斬れてしまった。それでいよいよ豚肉です。前もって、とても斬れるものじゃないと聞いていたのですが、結局、十八キロの豚肉を斬るのに、土壇《どだん》というのですか、まな板をパチーンとたたくだけで、手応えゼロでした。骨にあたったときにでしょうが、少し刃こぼれはしましたが……。

千　よく折れなかったですね。

津本　ええ。それは先生の愛刀でしたので、「刀を買うように」ということで、関《せき》の二尺四寸五分の刀を買いまして、その後も行きました。

千　今、刀は随分おもちですか。

津本　いや、二本です。関と、肥後《ひご》です。肥後は二尺三寸七分ですが。

千　相当に重いものですね。

津本　一・二キロか、一・三キロくらいじゃないかと思いますけれど。

千　時代小説を書かれるとき、やはり斬り合いの場面などで、これだけの刀をもって斬り込んでいくのだと思われると、描写も違ってくるでしょうね。

津本　要するに、薪割《まきわ》りなどをしますと、すごく手応えがありますけれど、真剣で斬るときは、何も手応えがないんですから。

千　力を入れないわけではなく、瞬間的に、刀をおろした瞬間に力を入れる。

津本　そうです。構えたときに肩をさわったら、斬れるか斬れないか、分かるといいます。構えは柔らかくて、斬る瞬間に力を入れる。すると、ものすごく気持がいいですね。そんなことで私、抜刀術は奥伝までもらいました。剣道は三段のままです。

千　それじゃあ、剣道はもうやられていないんですね。抜刀術ひと筋なんですね。しかし、先生も相当な方ですね。昭和四年のお生まれでしたね。その体力には脱帽します。
津本　それはやっぱり面白いといいますか、実物はとてもよう斬らんですけど、巻き藁ならなんとか……。

信長と茶の湯

千　それでも大したものですね。さすがにそういう実験をなさるという意味においても、やはり先生の作品自体が生き生きとしています。いわゆる剣を使うところなどには、嘘がないですから。
私、この間、先生の『真田忍侠記』ですね、おもしろくて、読み出したら止められなくて一気に読んでしまいました。忍者という世界、おもしろい世界だとは思うのですが、伊賀流、甲賀流、そして徳川の忍びお庭番、それから霧隠才蔵《きりがくれさいぞう》にしても猿飛佐助《さるとびさすけ》にしても、みんなよほど訓練ができているんですね。私、本当に恐れ入ったんですが、たとえば、離れた所から、よその部屋での密談の内容がわかるというようなことですね。
津本　ただ、ああいうことは全く荒唐無稽《こうとうむけい》なことでもないんですよ。現代にも忍術使いのような人はいます。これはある方に聞いた話なんですが、忍術使いに会ったというのです。博多から東京に帰るときに、見送りにきたその人が「僕は名古屋で君たちと会うよ」というのだそうです。それで、名古屋駅でお茶を買いに行って電車に戻ると、後ろからポンポンと背中をたたくので振り向いたら、その人がいたというのです。それで、電車が動き出したら窓の外で手を振っていたというんです。眉つばといいますか、とても信じられないと思うのですが、その方は本気でいっておられましたね。

千　なるほど。そういう意味においては、昔の人はもっと訓練をし、鍛錬《たんれん》を重ねているから、たとえば敵陣のなかを歩いていても敵の連中は誰も気がつかないとか、そういう一種独特なものがあるんですね。

津本　織田信長を書いたときですが、信長が茶室に相手方の大名を招待して、それで話をしていて、ちょっと機微《きび》にふれるようなことをいうと、向こうの息遣《いきづか》いが変わったり、目がきょろきょろ動いたりする。そういうかすかな変化で相手の心を読んだという、そんな資料がありました。忍術とは違いますが、心を見透かすといいますか、相手を読むということでは共通するものがありますね。

千　その通りですね。茶の湯というのは非常に静かな場で、それにお香をたいて清めていますので、室内が澄《す》んでいるんですね。ですから、信長のやり方というのは実に賢い方法で、お茶を非常に上手に使って読心しているんですね。戦国時代の武将のなかで、一番うまくお茶を利用したのが、信長でしょうね。お茶を一服すすめておいて、相手の心を読む。試す。こいつは本当か嘘か、よく読んでいるんですね。

　ですから、信長みたいに気性の荒い武将がなんでお茶を好んだか、どうしてあれだけお茶を取り入れたか。もちろん当時の最高の教養としてのお茶を知っていることで、相手を非常に辟易《へきえき》させるんですね。あんな無作法な信長がお茶の作法を知っているということで。それから茶道具ですね。初めはよく分からないで手に入れていたのが、だんだんとその価値が分かって利休を使って道具を集めた。それを論功行賞《ろんこうこうしょう》で部将たちに与えるんですね。貰ったほうは初めは不服ですね。これだけ闘っているのに、一国一城貰えると思ったら茶入ひとつですからね。それでも従順にしているんです。だから信長という人は、実に戦略的に上手な武将であったと私は思うんです。

津本　そしてもっと手柄をたてると、今度は茶会を開くことを許すわけですね。

教養としての茶の湯

千　あれは大変な名誉で、秀吉も、いつ自分が茶会の亭主を許されるか、気になってしようがない。当時、茶会の亭主をやってよろしいと信長からいわれることは、変なたとえですが、東京大学を首席で卒業したくらいの教養的な裏付けになるんですね。ですから、秀吉も合戦では勝っているけれども、まだそれだけのことで、教養的にもなんとか箔《はく》をつけたい。だから信長から許しを得たときの秀吉の喜びようは、それは大変なものだった。そして利休に弟子入りをして、茶会の亭主をやったということで、鼻高々なんです。お茶の魅力というより、お茶のそうした姿なりが、天下の武将を非常に惹《ひ》きつけた。やはり大変な文化であり、教養でありました。

津本　やがては、内々のことは利休にと……。

千　そして公儀のこと、外交的なことは秀長に……。

津本　私、前に『夢のまた夢』という小説を書きましたときに調べたのですが、利休の手紙で「秀吉」と書いていましたですね。

千　秀吉があれだけ偉くなっても、利休だけには頭を下げていた。それは利休の後ろに信長公がある。利休は信長公の師であった。だから秀吉にとっては、利休は信長公と同等、いやそれ以上であるという意識が常にあった。私のほうにも利休の手紙が残っておりますけれども、秀吉がお茶会をする、自分はそれを補佐しますというようなことを書いて、他の人に出しています。いかに秀吉が利休を信頼していたか、いかに利休を自分の唯一の師匠だと思っていたか、よく分かりますね。

現在ではあまりおられませんけれど、たとえば松下幸之助さん。松下さんは、先代淡々斎について茶道を修道され、何かあるごとに、自分の存在を知っていただくためにもたびたびお茶会を開かれた。まったく四百年前に戻ったなあという気がしたものです。松下さんが亭主をされ、父がその補佐をして、私はそのときは若宗匠で準備を手伝ったりしていましたが、そのときにふっと、松下さんが秀吉としたら、父が利休で、「なるほど、おもしろいなあ」と思いました。内外のお客さんがずらっと座っているなかで、松下さんが茶を点てながら「皆さん、お茶の心が分からんようではあかんよ。忙しいばかりではあかんよ。お茶一服飲んで、明日の経営を考えんと」とやっておられるところなんか、実に興味深い場面でした。そして、四百年前の秀吉と利休のことに思いを寄せることができました。

津本　何か、聚楽第《じゅらくだい》で秀吉が茶会を開いているような感じですね。

千　そうなんですよ。ですから、ふとそういう錯覚にとらわれたほど、やはり現代でも、そういう意味においてお茶というものは大事なのです。まして戦国時代で、いつ合戦が起こるか分からない。荒くれたなかにそういう風流というひとつの道があったということは、救いでもあったと思いますね。

（『淡交』平成九年六月号）

道を求める
―「和敬清寂」の世界―

北畠典生

「和」の心

北畠　もう六、七年も前になりましょうか、バークレーのＩＢＳ（米国仏教大学院）で「日本仏教の思想と歴史」の講義を済ませて、日本へ帰る途中ハワイに数日間立ち寄った折に、ハワイ大学を案内してもらいましたが、そのときに、千先生がハワイ大学で、茶道文化について情熱的に教授しておられるというお話をうかがったことを憶えています。

千　ええ。ハワイ大学とは、戦後まもなく成人講座で茶道がとりあげられ、その講師で招かれて以来のおつき合いなのです。講義は午後で、午前中は時間が空きますので、大学院で一年間、お世話になりました。

北畠　ハワイ大学を案内してくださった方は、その当時の本願寺ハワイ開教総長の津村淳誠先生でしたが、キャンパス内にあるとても立派で本格的なお茶室を拝見させていただいて、大きな感動を覚えました。

千　私もハワイでは、いろいろと本願寺さんにお世話になりましてね。開教使の帆足正韻《ほあししょういん》君（一九四九年龍谷大学文学部卒）と私は海軍の同期でして、親しい間柄でした。

北畠　ほう、そうでしたか。

千　彼の兄さんの帆足正音《しょうおん》氏といえば、マレー沖海戦で英国の東洋艦隊の主力部隊を偵察機で発見し、そのことがきっかけとなりプリンスオブウェールズ撃沈につながったのです。以来、帆足正音氏は国民的英雄として知られるようになりました。あれはたしか、昭和十六年のことでしたね。

北畠　そのことは私も当時聞いていたことです。それは、たしか帆足さんが龍大の専門部を卒業された翌年のことであったと思いますが、残念ながら昭和十七年には戦死しておられます。

千　私も学徒出陣でかり出されまして二年間、飛行機乗りとしての訓練を受け、あと五日ほど終戦が遅れていたら、ここにはいなかったでしょう。六百名近い仲間が、沖縄の海に特攻隊として散りました。そのなかには多くの龍谷大学出身の仲間もおられ、本当に辛い思い出がいっぱいございましてね。

北畠　実は私の三番目の兄も学徒出陣で、昭和十八年に北海道の恵庭にあった予備士官学校を出て、終戦当日ソ満国境で、そして長兄は盛岡の予備士官学校を出て、一木支隊の一員として昭和十七年九月にガダルカナルへおもむき、二人とも戦死いたしました。ともに龍谷大学の出身です。

千　残念なことでしたね。生き残った我々が亡くなった仲間の分まで、平和の大切さ、戦争の悲惨さを伝えていかなければなりません。あの時代のような誤りは、二度と起こしてはいけない。今年は折しも戦後五十年ということで、しみじみとそう思うのです。

北畠　まことに仰せの通りです。そうすることが私たちの責務だと思います。それだけに「和の心」が大切になってきます。利休さんのお言葉で申しますと「和敬清寂《わけいせいじゃく》」ということでしょうか。

千　利休があの時代、豊臣秀吉にずいぶん「和の心」を教えたのですが、逆に切腹を命ぜられてし

北畠　典生

（きたばたけ　てんせい）

1928年、北海道に生まれる。龍谷大学研究科仏教学専攻卒業（旧制）。1970年龍谷大学教授。1995～99年龍谷大学学長。1999～2005年岐阜聖徳学園大学学長。
本願寺派監正局長。聖徳学園理事長。バークレーIBS（米国仏教大学院）・ソウル東国大学校仏教大学院客員教授等を歴任。
現在、龍谷大学・岐阜聖徳学園大学名誉教授。善行寺住職、善行寺学園理事長、本願寺勧学。文学博士。
主著　華厳法界義鏡講義、往生要集綱要、『観念発心肝要集』の研究（永田文昌堂）、日本中世の唯識思想・編（龍大仏教文化研究所）、その他。

まいました。その原因として、いろいろな説がいわれておりますが、ひとつには利休が本当の意味の平和主義者だったという背景があります。秀吉が朝鮮出兵を計画したとき、利休は、武でおさえたものはかならず武でお返しがくるからやめなさい、それよりお互いの心の交流こそが大切だと、手紙を書いている。「和敬清寂」というのは、一盌のお茶を通じて、差別も区別もない平等の世界をつくっていくという、利休の理想郷のキーワードでした。

外国へ行ってよく話しますのは、「和敬清寂」の「和」はピース（平和）だと。しかし、ひと言で簡単にピースといいますが、そのピースを実現するにはハーモニー（調和）が必要で、それが本当の「和」なのですとお話します。また、「敬」は敬うことですが、口先だけの敬いではありません。心からリスペクトするのです。それから清らかさ――ピュリティーです。自らが清めていこうという気持がなければなりません。そして最後に「寂」、そのためには自らの心を正す、つまり「心の腹ごしらえ」ですね。

利休が提唱した「和敬清寂」、私どもは「利休四規《しき》」といっていますが、この言葉を借りて、このように外国の皆さんにお話するのです。

北畠　とてもいいお話ですね。仏教で「和」といえば聖徳太子の「憲法十七条」に謳われているあの「和＝やわらぎ」ですね。この「和」を実現するためには「篤く仏・法・僧の三宝を敬え」と。

千　第一条の「和をもって貴しとなす」――。

北畠　「和敬清寂」は四つの言葉からなっていますが、ひとつの言葉に集約することができるかも知れません。それは「和敬清寂」の反対の概念を明らかにすると、それが際立って鮮明になってくると思うのですが。

千　ええ。これまで私は、長年「お茶の哲学」というものをあたためてまいりました。お茶というと、すぐに茶室にこもって点前作法をするという、いわゆる技術的な「実」の面ばかりが取り上げられ、茶道に込められた総合的な文化という側面は、あまりクローズアップされてきませんでした。そのことを私は、非常に残念に思うのです。そこで私は「道・学・実」の三位一体を提唱してきたわけです。

そのなかでも、お茶のもっている「道」という要素を分析し、そこには深い文化体系があるのだということを、龍谷大学の学生さん方に学んでいただきたい。茶道の本当の「顔」を知っていただこうと思っています。

北畠　まことにうれしく、ありがたいお話です。

「技術」と「道」の違い

千　お茶には「道」という言葉がついておりますように、お茶は道教と仏教と儒教の三つのものをしっかりと受けとめています。ですから一盌のお茶をいただくということについて、なぜあのような点前作法が必要なのかと申しますと、ひとつのルール、基準といったものを通してお茶を点《た》て、相手の方に心から分けへだてなく差し上げることができるようにと、トレーニングするわけなのです。

そうしたトレーニングを積み重ねると、おのずから自分自身の心がおだやかになり「ありがたい」「もったいない」という感謝の念が湧いてきます。「ありがたい」というのは「ありやすい」ことではないのです。お金さえあればなんでもでき、贅沢きわまりのない生活をしている現代人に、本当に必要な精神ですね。

我々の「お茶の経典」でもあります『南方録』で、利休は「家はもらぬほど、食事は飢《うえ》ぬほどにてたる事也、是《これ》仏の教《おしえ》、茶の湯の本意也、水を運び、薪をとり、湯をわかし、茶をたてて、仏にそなへ、人にもほどこし、吾ものむ、花をたて香をたく、みなみな仏祖《ぶっそ》の行ひのあとを学ぶ也」と申しております。この言葉の実践によって、「もったいない」「ありがたい」ということを、自然にしからしめることができるのです。「人にも施し、吾も飲む」——人が先で、我が先ではありません。自分を謙虚にし、あくまでも人を先にして自分は後でいい。そういう人間関係を、利休は大事にしているのです。

北畠　まず、仏さまに供えるということは、仏教の心ですね。そして、仏道と同じくお茶に「道」という言葉がついている点に、注目すべきだと思います。ただ単にお茶をおいしく点てるということだけではなく、そのことを通して道を求め、理をきわめる世界が大切でありましょう。「道」とは主体的実践であって、単なる「技」や「技術」ではないと存じます。

千　その通りでございます。仏道でも茶道でも華道でも、すべて道を求める「求道」です。臨済禅師という方が、「求道」ということを大切に思う者こそ、道を明らかにできるのだとおっしゃっている。

ですから「道」と名のついていることは、非常に深みのあることでして、最後は東洋哲学の根本思想である「無」から「有」を生じ、「有」からまた「無」に戻るという世界に到達することになるのでしょう。バイステップといった実践的な形をとりながら、その背後には深い深い哲理や宗教的真理を、一歩一歩着実に追い求める世界があります。そこに「道」の「道」たるゆえんがあるのではないでしょうか。

自らをかえりみる

北畠　すると道を求めるには、まず自らが清らかであらねばなりません。「清寂」の「清」ですね。

千　「静か」の「静寂」と書かれる方もおられますが、私も「清寂」だと思います。

北畠　「清」は、仏教では「清浄」とか「清澄」を意味します。この反対語をいえば「清濁」の「濁」、つまり「濁《にご》り」です。仏教で「濁り」といえば、いろいろな解釈がありますが、私は「煩悩」あるいは「自己中心的欲望」といいかえてもいいのではないかと思います。そうすると今、この世に生きている私自身は、朝から晩まで濁りきった煩悩にうちのめされている存在だと、そういう自己反省、懺悔《ざんげ》の心が「清」という字のなかに含まれていると、私は考えたいのですが……。

千　そうだと思います。「七仏通戒偈《しちぶつつうかいげ》」（釈尊がこの世に出るまで過去に六人の仏がいたとされ、この七仏の戒めの偈）には、「諸悪莫作《しょあくまくさ》　衆善奉行《しゅぜんぶぎょう》　自浄其意《じじょうごい》　是諸仏教《ぜしょぶっきょう》」（諸々の悪を作ることなく、善を行い、自らの意を浄らかにしなさい。これが諸々の仏の教えである）とあります。

人間は放っておけば、欲望のおもむくままの野放図な生活を送りがちです。そういう自分自身の姿勢を正しくして、清らかにならねばならない。心を落ち着かせて自らをかえりみる――それができてはじめて、清らかさというものに結びついていくと、私は解釈しているのです。

北畠　なるほど。そうですね。

千　ですからお茶をいただくとき、どこから飲んでもいいのですが、掌の上で茶碗を少し回して、正面をよけて飲みます。それはつまり、自分をかえりみるひとつの手段なのです。まさに「自浄其意」です。

北畠　その心が「求道」に通じるものなのですね。その心を、作法として具体的にあらわそうとしているのが茶道で……。

千　帛紗をさばいて道具を清めるのも、そうです。もともときれいにしてしまってあるものを、わざわざ客の面前で取り出して、帛紗をさばいて清めるのは、道具を清めるのと同時に、己の心を清めているのです。

北畠　そうした一連の動作・作法といったものは、表現がぴったりしないかも知れませんが、私は極めて合理性に富んだ所作であると常々思っています。そのような作法は、もっとも短い距離を、短い時間で、的確にして、かつ一切の無駄な動きがないからですね。

千　私はそれを「無駄、無理、斑《むら》がない」といっています。利休が「無駄、無理、斑」を省いた一碗のお茶をもって、人と人とのつながり、リレーションシップというものをつくり上げたのです。それが利休の哲学です。あのようなむずかしいといわれる点前作法を身につけることによって、出処進退が決まってくるのです。ただ単におじぎをして挨拶ができたというのではなく、おじぎも挨拶も自分にかなったものでないといけません。利休は「かないたるは善し」「かないたがるは悪しし」という表現をしています。

北畠　だから利休は、かなおうとする瞬間《とき》が非常に大事であると、秀吉に瞬間ということの大切さを教え、そうした瞬間というものを通じて、「一期一会」の妙味を説いている。生涯にただ一度のめぐり合いの一瞬、その際のお互いの触れ合いのなかから、豊かな人格の形成を見出し、いのちの輝きを向上させようというのです。

六畳の間に「宇宙」が

北畠　龍谷大学も創立三百五十年を超える歴史があります。そこで伝統と創造といった点について、この際ぜひともお聞かせいただきたいと存じますが。

千　そうですね、利休以来、四百年をこえる私ども裏千家の伝統の中で、さまざまなことがございました。しかし、新しいものに乗り替えるのではなく、新しいものをいかにすれば古いものとマッチさせることができるかという視点でつらぬかれてきました。ひと言でいえば、「温故知新」でしょうか。ですから、いろいろなことにチャレンジしてきました。たとえば、椅子、テーブルのお茶ですね。これは明治元年に第十一代の家元である玄々斎が「立礼《りゅうれい》の点前」というものを創設しまして、明治五年、京都で開かれた万国博覧会では畳の上で「立礼の点前」を行い、内外のお客を接待して皆を驚かせました。

北畠　床にしないで、畳の上というのがいいですね。

千　ええ。当時は大きく意見が分かれたようですが、今はもう実にぴったりと決まっています。

四百年の歴史のなかで、私たちの歴史はいろいろな試みをしてきました。しかし、四百年伝わってきたものが、どれもこれも悪いわけではありません。すばらしいものが、たくさん伝わってきました。

北畠　それはむしろ洗練されてきたということでしょうか。

千　そうです。たとえば、伝統的な日本の家屋です。日本の気候風土にマッチし、夏は涼しく冬は暖かく過ごせる工夫がなされている。そのなかにある畳の間は、一人しか座れない椅子と違って、何人でも座ることができますし、どんな用途にも対応できる、自由な創造的な空間です。また、風鈴などを吊るし、音で耳で涼しさを味わうといった、すばらしい文化、工夫が随所に見られます。

このたび京都に、建都千二百年の記念事業として「和風迎賓館」を建てようという計画ですが、わざわざ「和風」をつける必要はないと、私はずいぶんと申しました。本来、京都自体が「和風」なのですから、そのことに誇りをもつべきですよ。また、「学都」であることについても、京都の誇りです。京都というせまい空間に、多数の歴史と個性ある大学が存在し、すべての「学」が包含されている。すばらしいことです。

北畠　今の「和風」論議は意味深長で、大いに傾聴に価すると存じます。

現在、京都には四十五の大学・短大がございます。このことは京都という地域の、ひとつの大きな特徴ですね。この四十五の大学が京都市と協力して、互いの個性を生かしつつアイディアを出し合って、単位互換の制度を発足させました。これを充実させるにはまず「京都・大学センター」なるものを設立し、「学都」と呼ぶにふさわしい教育・研究活動を展開しようと現在進めているところです。

千　大学というのは学問所です。そして学問所というのは、学生たちがなじみ親しみ、京都ならではの雰囲気や土壌を長年にわたって培ってきました。学問所としての土壌をいかにこれからもつくり出していくか——非常に大事なことだと思います。

北畠　私事で恐縮ですが、龍谷大学の大宮学舎の本館は明治十二年に完成した重要文化財（現在修復工事中）ですが、この本館正面の二階にあるバルコニーを通して東側を眺めますと、実にすばらしい景色が見えるのです。この景観は、そこに座ったことのある人でないとうまく説明できないほどで、そこには春といい、夏といい、秋といい、四季それぞれの変化がありながら、しかもそこには一貫して変わらざるものが厳然とある……。

千　それなんです。

北畠　今から百十数年前につくってくれた先達の、智慧でしょうか。作家の五木寛之氏が、この大宮学舎の雰囲気をとても好んでおられました。ここには、先ほどおっしゃられたように、「学都」ならではの雰囲気があるのです。この学問的風情は簡単にできあがるものではありません。それは、時間と空間とがほどよく融合されて、自然に生じる世界でしょう。

仏教では「自然《じねん》」と呼びますが、私はこれもお茶の世界に通じるのではないかと思います。私どもの言葉で申せば、「自然法爾《じねんほうに》」ということです。それは、つくろうとしても容易につくれるものではありません。ただ、そこに、いつとはなしに人間の心の奥底に訴えてくるものがあるということです。「自」とはおのずから、「然」はしからしめる、「法爾」とはその通りあると申しますか、真理そのものに則って、そのごとくあるといいますか、我々の先験的な一種の概念ですね。いわば、自然の道理と人間が本来的に一体化して融合してある真実相とでも申しましょうか。

お茶の心も、そうだと思います。単に人と人の心だけではなく、茶器ひとつにしても、その平凡な一つひとつが何者にも制御されることなく、また支配されることなく、それぞれが「いのち」を輝かせ、しかもそれはばらばらではなく、大いなる調和のなかにあります。もっといえば、あのせまい六畳の極小の世界のなかに、広大な宇宙というか大自然がぜんぶおさまっている。茶道とは、そういう妙にして優雅な文化的価値体系をもっているのではないでしょうか。

普遍性と国際性

千　おっしゃる通りです。そのような一体感のなかで、お茶が営まれます。人間同士の融和のなかから生まれた、大きな自然哲学です。心をこめて点てた一碗をお客さまに差し上げる。客は、その心に感謝しながら頂戴する。そういうことによって生じる「道」であり、そのなかには自然と結合する大きな融合性がございます。そのようなことが、今日、多くの海外の人たちの心を揺さぶるのでしょう。
私はこの四十数年間、世界中をまわって、日本を代表する総合文化体系である茶道文化を紹介してまいりました。今、世界の二十五カ国に支部が置かれ、多くの外国の方に、茶道をたしなんでいただいております。

北畠　すごいことですね。日本の伝統的総合文化を世界の多くの人びとに知っていただくご努力は、国際化をめざす二十一世紀に向かって、これからはますます大切なことです。

千　今でも茶室の入り口には「刀掛《かたなが》け」と称するものがあります。かつては、武士といえどもすべてここに刀をあずけて丸腰で茶室に入ったのです。しかもあの小さな入り口から扇子一本で、低頭して入ります。あの小さな入り口は「にじり口」といいますが、これは、身分の上下を捨てるための実践なのです。ですからどんなにえらい大名でも、頭を低くしないと入れない。反《そ》っくり返っている人は、だめです。そして、先ほど触れましたように、お茶をいただくときは茶碗のどこから飲んでもかまわないけれど、正面をよけていただく。自己反省をしながら、無限な道を求めるのです。それを実践いたしておりますと、人に対して一切の区別や差別のない接し方というものが身について、なんともいえず心が和らいでくるのです。

北畠　「和」の精神であり、平等の世界ですね、そして「敬い」合う心でもあります。「和」は客体的なものではなく、人間が主体的に睦み合う実践——そこには差別や不信や対立の心があっては、真に睦み合うことはできません。「和」と「敬」を求める道にこそ、真の茶道の普遍性と国際性が大きく期待されていると思います。

千　ええ。茶道のもつ総合的な文化を、これからももっと広く世界の方々に理解していただくとともに、利休の「和敬清寂」の世界を深くきわめていきたいと思います。

（『龍谷』第三十三号　龍谷大学広報　平成七年十一月）

◆収録対談初出一覧

塚本幸一
心意気――『創造する市民』第五十号　平成九年一月号
田中田鶴子
学びて時に之を習う、亦た説ばしからずや――『創造する市民』第五十二号　平成九年七月
松山義則
生きるということ、学ぶということ――『創造する市民』第六十三号　平成十二年四月
藤岡　弘
己を修め、道に生きる――『創造する市民』第六十五号　平成十二年十月
永田　萠
絵心は童心に通ず――『創造する市民』第七十四号　平成十五年一月
犬飼栄輝
旅は道づれ――月刊『私の旅』八月号　平成九年七月十五日（めいかん企画）
片岡仁左衛門
心を引き継ぐ――『創造する市民』第五十三号　平成九年十月
井上八千代
京舞に生きる――『創造する市民』第六十二号　平成十二年一月
坂田藤十郎
和事の芸脈に新たな広がりを――『創造する市民』第八十五号　平成十七年十月
池坊由紀
ひとめぼれして花を生ける――『創造する市民』第八十二号　平成十七年一月

桂　あやめ
笑いが明日への道を拓く――『創造する市民』第七十九号　平成十六年四月
深見　茂
祇園祭の息吹を継承する――『創造する市民』第八十四号　平成十七年七月
衣笠祥雄
三振も凡フライもアウトは一つ――『創造する市民』第五十八号　平成十一年一月
中野眞理子
出会いの不思議　金メダルへの道――『創造する市民』第六十四号　平成十二年七月
伊達公子
スポーツで生かす、子どもの才能――『創造する市民』第七十八号　平成十六年一月
堀部公允
日本人とおもてなしの心――『創造する市民』第六十八号　平成十三年七月
上坂冬子
茶道とともに歩んだ「京文化のかたち」――『ＳＯＰＨＩＡ』平成六年十一月号（講談社）
吉田裕信
お茶とお華と・道を語る――『中外日報』　平成七年二月七日付
平山郁夫
砂漠と茶室　無限の空間をめぐって――『淡交』平成九年三月号
津本　陽
武将と茶の湯――『淡交』平成九年六月号
北畠典生
道を求める「和敬清寂」の世界――『龍谷』第三十三号　平成七年十一月（龍谷大学広報）

◆『創造する市民』は、財団法人京都市生涯学習振興財団・京都市生涯学習総合センター（京都アスニー）より毎年四月、七月、十月、一月に発行される季刊誌です。

あとがき

私は一九二三年に、裏千家十四代家元の長男として生まれ、爾来今日まで、茶道ひとすじに生きて参りました。日本を象徴する総合文化体系である茶道の修練には、実に奥深いものがあり、家元を十六代に譲りました現在、先代淡々斎がいわれていました「死んでからも修行だよ」の意味がわかり、厳しく自身をいましめ精進しております。

前著『国を想う　京都、日本、そして世界へ』に続いて、このたびは『道を拓く　ひとすじの道に生きる』と題して対談集を編みました。まことに人生とはさまざまであり、人が人として生きることがいかに厳しく、また素晴らしいものであるか、改めて思いを致した次第です。

本書には、各界を代表する二十一名の方々に登場いただきました。経済界で活躍した方、教育界に新たな地歩を築いた方、伝統に生き伝統を継ぐ方、スポーツの世界に人生をかけた方等々、話の端々に巧まずして多様な人生訓が散りばめられた印象です。

そうした感慨以上に、このたびの編集を通じて強く感じたことは、時の流れの速さであり、時の重ねの意味深さです。

塚本幸一氏、犬飼栄輝氏、堀部公允氏、吉田裕信氏は既に鬼籍に入られました。時の非情を感じるとともに、大きな寂寥を覚えます。一方、片岡仁左衛門氏、井上八千代氏、坂田藤十郎氏は、襲名される以前の対談でした。時は移り去りますが、それを受け継いで新たな道とする方がおられることに、道統の重さと貴重さを感じるのであります。

本書は、前著と同様、㈶京都市生涯学習振興財団が発行する生涯学習誌『創造する市民』に掲載された「所長対談」を中心にしつつ、他誌での対談六編を合わせて構成いたしました。関係各位に深謝申し上げる次第です。

二〇〇六年二月

千　玄室

千玄室対談集　道を拓く
ひとすじの道に生きる

平成十八年三月十五日　初版発行

編　者——千　玄室
発行者——納屋嘉人
発行所——株式会社淡交社
本社　京都市北区堀川通鞍馬口上ル
営業　(〇七五) 四三二—五一五一
編集　(〇七五) 四三二—五一六一
支社　東京都新宿区市谷柳町三九—一
営業　(〇三) 五二六九—七九四一
編集　(〇三) 五二六九—一六九一

印刷製本——図書印刷株式会社

http://www.tankosha.co.jp
ISBN4-473-03307-4